MARIA PUBLIG

Stille Nacht, keiner wacht

WALDVIERTELTOD Schnee, Stille und Frieden. All das wünscht sich die stressgeplagte Wiener PR-Agentin Walli Winzer, während sie mit Kater Filou ihr Wochenendhaus im Waldviertel betritt. Als gleich darauf ein attraktiver Weihnachtsmann an der Tür klingelt, ist sie vollends begeistert. Nicht nur von ihm, sondern auch von dem Auftrag, der sie erwartet: Sie soll eine globale Friedensausstellung zur Wirkungsgeschichte des berühmten Liedes »Stille Nacht« betreuen. Der Hobby-Weihnachtsmann arbeitet als Security und bewacht das Original, das sich seit einer Auktion in einem Waldviertler Safe befindet. Auf dem Weihnachtsmarkt macht er allerdings auch anderen Frauen schöne Augen. Und nachdem der Glühwein die Sinne eifersüchtiger Ehemänner benebelt hat, liegt der Weihnachtsmann enthauptet auf dem Gelände des Sägewerks. War es Eifersucht? Geplantes Kalkül? Ein neuer Fall für Walli Winzer und Dorfpolizist Sepp Grubinger.

Maria Publig wurde in Wien geboren und verbrachte mit ihrer Familie viele Sommer im südlichen Waldviertel. Nach ihrem Studium arbeitete sie als Journalistin für Tages- und Wochenzeitungen. Später wechselte sie als Moderatorin und Redakteurin in den ORF. Bevor sie sich dem Krimischreiben zuwandte, schrieb sie Kultursachbücher, die international ausgezeichnet wurden. Wovon sie überzeugt ist: Für gute Gedanken und Kreativität muss man sich Zeit nehmen. Die gönnt sie sich zwischendurch – ziemlich oft im Waldviertel.

MARIA PUBLIG

Stille Nacht, keiner wacht

Weihnachtskrimi

GMEINER

Immer informiert

NEWSLETTER

Spannung pur – mit unserem Newsletter informieren wir Sie regelmäßig über Wissenswertes aus unserer Bücherwelt.

Gefällt mir!

Facebook: @Gmeiner.Verlag
Instagram: @gmeinerverlag
Twitter: @GmeinerVerlag

FSC
www.fsc.org
MIX
Papier | Fördert gute Waldnutzung
FSC® C083411

Besuchen Sie uns im Internet:
www.gmeiner-verlag.de

Im Ehnried 5, 88605 Meßkirch
Telefon 07575/2095-0
info@gmeiner-verlag.de

1. Auflage 2022

Herstellung: Mirjam Hecht
Umschlaggestaltung: U.O.R.G. Lutz Eberle, Stuttgart
unter Verwendung eines Fotos von: © fotofrank / AdobeStock
und paranormal / shutterstock
Druck: CPI books GmbH, Leck
Printed in Germany
ISBN 978-3-8392-0304-0

Personen und Handlung sind frei erfunden.
Ähnlichkeiten mit lebenden oder toten Personen
sind rein zufällig und nicht beabsichtigt.

1. KAPITEL

Schneeflocken wirbelten durch die Luft. Viele in der Wiener City hatten dadurch gute Stimmung. Das jedoch war nicht der Grund allein.

»Frohe Weihnachten wünsche ich dir jetzt schon! Falls wir einander nicht mehr sehen sollten.«

Eine junge Frau mit Studentenrucksack winkte einem gleichaltrigen Mann zu, stieg danach auf ihr Fahrrad und fuhr los. Im vorweihnachtlich dichten Gedränge am Graben streifte sie einen älteren Herrn im feinen Wollmantel. Er lächelte erschrocken, entschuldigte sich, indem er die Hände schuldbewusst hob, und sah nochmals zurück zu seiner jüngeren Begleiterin. Offenbar konnte er sich nur schwer von ihr trennen. Die Frau lächelte verhalten, zeigte aber sonst keine Reaktion und blieb am Punschstand stehen.

Normalerweise wäre der Blick der modebewussten PR-Agentin Walli Winzer etwas länger am Outfit der attraktiven Frau hängen geblieben, um mit Kennerinnenblick festzustellen, welche Accessoires diese zum neuesten Modell von Isabel Marant trug. Doch dazu hatte sie keine Zeit mehr, denn ihre Hände waren voll mit Taschen und Weihnachtspaketen. Langsam, aber sicher begannen die Tragegriffe sie in die Handflächen zu schneiden. Außerdem grübelte sie, was sie obendrein ablenkte. Denn ihr fehlte das letzte Darüber-Streusel in Form eines originellen Geschenks für Lena. Bei ihr und deren Familie würde sie am Weihnachtsabend eingeladen sein. Das Hauptpräsent hatte sie schon gefunden. Aber irgendetwas Kleines schwebte Walli zusätzlich für ihre beste Freundin seit Jugendtagen vor. Etwas, das nicht unbedingt kostbar war. Doch bereits während sie das Geschenk auspackte, sollte es deren Herz erwärmen.

Walli Winzer drückte sich an einigen Schaufenstern die Nase platt. Danach kam sie an einem Infostand für Spenden zur »Rettung des Regenwalds« vorbei. Da sie Lena wirklich gut kannte, wusste sie, dass so etwas das Richtige für sie sein würde. Walli spendete einen beträchtlichen Betrag, der die Mädchen am Infostand erst einmal aufschauen ließ. Danach machte sie sich auf den Weg, zufrieden, für die Welt und somit für Lena einen sinnvollen Beitrag geleistet zu haben. Sie wusste, dass die einstige Lehrerin in Wien gerne ökologische und soziale Bausteine verantwortete, und freute sich, so in ihrem Sinn gehandelt zu haben.

Jetzt blieb Walli sogar ein bisschen Zeit, eventuell noch etwas für sich selbst zu finden. Das ging zwar weniger in diese Richtung. Doch indem man die Wirtschaft durch Einkäufe belebte, würde man auch Gutes tun können, indem … indem – augenblicklich fielen ihr keine wirklich passenden Argumente ein. Oh ja, indem man in der Gesellschaft die Existenz aller sichern könnte. So ginge es nämlich auch. Puh! Also, derzeit besonders einiger. Ähm, eher einiger Weniger, dachte man an die vielen Konzernriesen, deren Aktionäre weltweit praktisch alles unter sich aufteilten. Wie in einem Pyramidenspiel vereinten sie viele Firmen unter einer mächtigen, meist unbekannten Dachmarke.

Gut, mit dem Weltretten – obwohl Weihnachten nahte – wollte es die PR-Lady jetzt auch nicht übertreiben. Der Nachhaltigkeitsgedanke hielt sie dann aber doch davon ab, in die Fashion-Meile Goldenes Quartier in der Tuchlauben einbiegen zu wollen.

Ein kleines Brötchen mit einem Glas Sekt im Schwarzen Kamel, einer der ältesten kulinarischen Institutionen und besonderes Juwel der Wiener City, lockte sie da schon eher. Sie stellte ihre Taschen unter einen Bistrotisch auf der Straßenseite und beobachtete die Umstehenden.

Es war mitten am Nachmittag und wie meist viel los. Trotzdem kamen hier ausschließlich Menschen zusammen, die sie nicht kannte. Das war sonst keineswegs so. Denn als Fachfrau für Public Relations, also Öffentlichkeitsarbeit, traf sie sonst Bekannte an fast jeder Ecke in Wien. Doch die meisten von ihnen waren offenbar zu Weihnachtsfeiern geladen und daher beschäftigt.

Sie hingegen hatte sich vorgenommen, heuer einmal so richtig ruhige und stimmungsvolle Weihnachten erleben zu wollen. Abseits von all dem Trubel. In der Stille und Abgeschiedenheit des Waldviertels. Mit Schnee, Nadelwäldern und friedliebenden Menschen, die an gemütlichen Adventnachmittagen noch gemeinsam buken oder selbst Weihnachtsschmuck anfertigten. Sie stellte sich vor, dass die Waldviertlerinnen und Waldviertler dazu Glühwein tranken und Weihnachtslieder sangen.

Na gut. Das wusste auch Walli, dass das wohl ein frommer Wunsch ihrerseits sein würde. Denn sogar im Waldviertel, der nördlichsten Region in Österreich, wo sie seit einigen Jahren ein renoviertes Schulhaus besaß, war mittlerweile die neue Zeit angebrochen und zog nicht nur die

Jugend in ihren Bann. Was sie sich in ihrer Wunschvorstellung zusammenreimte, war wohl nur noch die blasse Erinnerung an die gute alte Zeit, die sie allerdings durch den Mangel allen Lebenskomforts und gesellschaftlicher Offenheit so sicher nicht wieder erleben wollte. Doch manche Brauchtümer sollten nicht völlig in Vergessenheit geraten, dafür hatte selbst die PR-Expertin einiges übrig. Vieles davon hatte schließlich den Charakter einer Gegend geprägt. Und Weihnachten hatte immer etwas mit Nach-Hause-Zurückkehren zu tun. Zu dem, was einem vertraut war. Das einem behagte.

Ein Weihnachtsmann in roter Robe und weißem Rauschebart rasselte plötzlich mit einem Glöckchen laut vor ihrer Nase. Dabei schwenkte er seinen Korb mit Geschenkbons für das angrenzende Goldene Quartier. Walli Winzer versuchte zu entdecken, wer hinter der Verkleidung steckte. Doch beim besten Willen konnte sie nichts ausmachen. Es war auch nicht zu erkennen, ob Mann oder Frau. Die weiße Lockenpracht verhüllte den Großteil des Gesichts, der Rauschebart den Rest. Die Größe war indifferent.

Da der Weihnachtsmann die vielen Geschenktaschen um Walli herum sah und merkte, dass sie ihm Aufmerksamkeit schenkte, fühlte er sich aufgefordert, zu ihr kommen. Er begrüßte sie freundlich und legte ihr einen der Bons sowie ein Weihnachtskonfekt auf den Tisch. Walli lächelte, sprach einige Dankesworte und genoss es, gemeinsam mit dem Stimmungsbringer im Mittelpunkt zu stehen.

Ja, so etwas war ein kleiner Ausflug ins globale Weihnachtswunderland, der Spaß machte. Sogar im Kitsch einte er alle Menschen in ihrer Freude. Was durchaus seinen

Reiz hatte, wie sie für sich feststellte. Ein sanftes Lächeln huschte über ihr Gesicht, während sie dem Weihnachtsmann ein paar launige Worte mit auf den Weg gab. Sie hatte das Gefühl, dass sich dadurch auch die Stimmung ihrer Umgebung hob.

Walli biss vom Brötchen ab, das man ihr inzwischen gebracht hatte, und nahm einen Schluck Sekt.

»Darf ich mich zu Ihnen stellen?«, fragte ein junger Mann. »Ich finde es köstlich, was Sie dem Weihnachtsmann da eben geantwortet haben.«

Walli Winzer schmunzelte und nippte erneut von ihrem Glas. »Na ja, wenn's doch wahr ist«, zeigte sie sich selbst noch amüsiert. »Als alter Herr trägt er doch ziemlich viel mit sich herum. Wie schafft er das in seinem Alter, die ganze Welt in nur einem Tag zu bereisen? Ich wollte einfach seine Anti Aging Formel wissen.«

»Ich glaube, ab einem gewissen Alter verlieren sich die Jahre sowieso wie von selbst.« Der attraktive Unbekannte platzierte sich neben Walli und blickte wie sie zur Straße hin. Beide schauten dem Weihnachtsmann nach, der flink und unbeschwert seine Bons an Passanten verteilte. »Da hat es das Christkind doch viel leichter als er.«

Walli lachte hell auf. »Das kann ich mir genauso schwer vorstellen. Es wurde eben erst geboren und besucht noch am selben Tag die ganze Welt. Wie sollte das gehen?«

»Der Funke von Liebe und Fürsorge füreinander ist doch eine Sache des Augenblicks. Und Sympathie entsteht laut Psychologie bekanntlich innerhalb von nur zehn Sekunden. Also, seine Reise in unsere Herzen funktioniert daher sofort.« Er sah Walli freundlich an und prostete ihr mit seinem Glas zu.

Walli erwiderte seine Geste. Die Leichtigkeit und der Charme des jungen Mannes gefielen ihr, weshalb sie das Gespräch auch launig fortsetzte.

Der Weihnachtsmann war inzwischen in Richtung des großen Innenstadtplatzes Am Hof verschwunden, daher gewann das Christkind im Gespräch wieder an Bedeutung.

»So ein unschuldiges Kind hat etwas Selbstloses, Entwaffnendes. Bei seinem Anblick tauen sogar die knorrigsten Typen auf, habe ich beobachtet«, spann Wallis Gegenüber den Faden gedanklich weiter und rückte näher an die Gesprächspartnerin heran.

Walli Winzer war das zwar nicht unangenehm, sie trat aber während des Talks ihrer angehenden Weitsichtigkeit wegen instinktiv einen Schritt zur Seite, um die Mimik des jungen Mannes besser lesen zu können. Dabei stieß sie mit dem Fuß an eine der Geschenketaschen, weshalb diese kippte. Sie bückte sich und richtete sie auf. Nachdem Walli hochgekommen war, sprach sie die Freude des Schenkens an und brachte somit den Weihnachtsmann wieder ins Gespräch ein. Dann meinte sie: »Wissen Sie, natürlich berührt so ein unschuldiges Kind. Noch dazu im Winter. In der Krippe. Umsorgt, aber doch zurückgelassen von allen. Von der Gesellschaft. Keine Frage das alles. Aber Sie haben recht: Mit diesem offenbar unscheinbaren Kapitel beginnt die Bedeutung des Christentums für die Welt. Aber es ging in dessen Geschichte leider wie so oft mehr um Struktur als um die Macht der Liebe. Und da, finde ich, spalten Religionen leider seit jeher die Menschheit mehr, als sie diese einen.«

»Hm. Da haben Sie schon recht. Aber wenn man wie ich mit dem Christkind aufgewachsen ist, möchte man es nicht missen. In der Vorweihnachtszeit wird man selbst wieder zum Kind. Glaubt bedingungslos ans Gute. An die Liebe. Ich erinnere mich plötzlich an vieles aus meiner Kindheit. Die Welt bleibt für mich stehen. In diesem Augenblick. In der Adventzeit. Dieser ganze Shoppingwahn interessiert mich dann nicht.«

»Na, da muss Sie ja die Werbeflut hier überall mächtig nerven?« Walli Winzer zeigte mit einer ausladenden Geste auf die sie umgebenden Geschäfte.

»Wenn Sie meine ehrliche Meinung hören wollen: schon. Ich treffe mich da lieber mit Freundinnen und Freunden. Wir schenken einander das Kostbarste heutzutage: Zeit und Aufmerksamkeit.« Er griff in seine Manteltasche und holte eine kleine Geschenkpackung hervor, die er ihr entgegenhielt. »Raten Sie mal, was da drin ist.«

Walli zog ihre Schultern hoch und legte die Stirn in Falten. »Puh, da muss ich passen. Von Schmuck bis …«, sie hielt inne, »zu einem Vanillekipferl könnte ich mir alles vorstellen.«

Der Mann lachte. »Beinahe.«

Er legte das Geschenkpäckchen auf den Tisch und betrachtete es danach länger.

»Ich verrate es Ihnen: Es ist ein kleiner Tannenzapfen aus der Umgebung von Oberndorf in Salzburg, dem Ort, wo das Lied ›Stille Nacht, heilige Nacht‹ komponiert und erstmals aufgeführt wurde. Wir hatten vor vielen Jahren dort gemeinsam Urlaub gemacht.«

Walli staunte über eine solche Idee. »Ja, das ist natürlich auch nett: das Schenken von Erinnerungen. Sehe ich das so richtig?«

Sein beseelter Gesichtsausdruck schien dies zu bestätigen. Er griff nach dem Päckchen mit der goldenen Schleife und drehte es sanft in der Hand. »Ich hoffe, dass sich meine Freunde darüber freuen werden.« Er sah hoch und sein Blick erhellte sich, als er ein ihm zuwinkendes Paar näher kommen sah. Der Mann wies ihnen mit einer Geste den Nachbartisch.

Walli gegenüber hob er nun sein Weinglas und prostete ihr zu. »Mich hat unsere kleine Unterhaltung sehr gefreut, und ich wünsche Ihnen noch eine schöne, friedliche Adventzeit.« Er verneigte sich und stellte sich danach an den Nebentisch, um seine Freunde zu begrüßen. Auch diese warfen Walli Winzer einen freundlichen Blick zu. Ganz so, als würde es ihnen leidtun, die Unterhaltung unterbrochen zu haben.

Aber Walli wusste, dass der Imbiss nur ein kleines Intermezzo gewesen war. Zugegebenermaßen nett und ungewöhnlich. Doch wenn sie an die Einladung bei ihrer Jugendfreundin Lena und deren Familie am Weihnachtsabend dachte, würden sich deren Kinder, bloß mit einem Tannenzapfen beschenkt, wohl eher weniger darüber freuen. Daher war es ratsam, schnell noch nach den restlichen Geschenken zu schauen.

Walli stopfte das letzte Stück ihres Brötchens in den Mund und trank aus. Dann griff sie nach ihren Weihnachtstaschen und begab sich ins dichte Treiben Richtung Adventmarkt am Wiener Stephansplatz.

2. KAPITEL

»Miau, miau, miau«, raunte es unwirsch aus der Katzenbox, die am Beifahrersitz neben Walli angegurtet war. Um der schlechten Laune zusätzlich Ausdruck zu verleihen, boxte die Katze wie ein wild gewordener Tiger auch noch mit ihrem Körper gegen die Innenwände.

Wo der Kater diese Kraft herholte, war Walli schleierhaft. Sie hatte trotz Fixierung alle Mühe, die Box am Platz zu halten. So schupste sie diese während der Fahrt immer wieder in ihre Position zurück. Leicht war das nicht. Immerhin dufte sie den Autoverkehr nicht aus den Augen verlieren. Doch das Tier ließ sich kaum bändigen.

»Ist ja gut, Filou! Da musst du durch. Leg dich hin und schlafe. In einer Stunde sind wir in Großlichten. Dann darfst du wieder raus.«

Diese Prognose schien wenig Eindruck auf den Eingebunkerten zu machen. Aus dem strikten, auch hilflosen Tonfall merkte er, dass er in nächster Zeit kaum erfolgreich sein würde, und legte mit einem Veitstanz nochmals kräftig nach. Walli legte zur Beruhigung ihre Hand auf die Katzenbox, rutschte aber seitlich ab, weshalb sie der wütende Kater durch das Gitter hindurch mit den Krallen erwischte.

»Aha, du Ungetüm!« Walli zog ihre Hand erschrocken zurück und hielt sie an ihren Mund. Ein Blutstropfen quoll aus der winzigen Wunde. Seinetwegen wäre sie beinahe dem Vorderen aufgefahren. Eine Notbremsung verhinderte Schlimmeres. Die lange Bremsspur am eisigen Boden stoppte nur wenige Zentimeter vor der Stoßstange des anderen.

In der Früh hatte es ein wenig geschneit, was in Wien sofort für ein mittleres Verkehrschaos sorgte. Straßenbahnen blieben bereits wegen leichter Schneeverwehungen auf den Gleisen stehen, und Autos stotterten vor grünen Ampeln, weil der Motor bei Minusgraden nicht mehr mitmachte. Das wiederum verursachte Verkehrsstau, der bei vielen für Unmut sorgte.

Das gelegentliche Hupen der Autos nervte auch Filou. Während Walli ihm Vorhaltungen wegen des lädierten Fingers machte, gab er diesmal ganz und gar nicht klein bei. Denn manchmal signalisierte der Kater durchaus, dass ihm einer seiner misslungenen Streiche auch leidtat.

Das Gegenteil war jetzt der Fall: Er posierte mit Drohgebärde. So hatte Walli ihn noch nie erlebt. Sie konnte ihn nun genau beobachten, da sie mitten im Chaos feststeckte. Viel war von Filou nicht zu sehen, denn seinen Rücken hielt er dicht an die Oberseite der Box gepresst. Sie starrte daher auf seine dünnen, langen Beine. Sein buschiges Schwänzchen, das er bedrohlich wie einen Fächer vor ihr ausbreitete, hob sich kontrastreich vom Hintergrund des silbergrauen Bezugs am Beifahrersitz ab. Sie kannte Filou gut genug, um zu wissen, dass es in erster Linie Verzweiflung war, die seine übertriebene Reaktion ausgelöst hatte. Verstärkt durch die Kälte, die ebenso Wallis Nasenspitze spürbar umklammerte. Ihre Stimme wurde deswegen weicher. »Filou, gleich wird es wärmer hier drin. Ein bisschen dauert es noch.«

Der Kater fixierte sie unerbittlich. Walli war richtiggehend froh, dass diese Gitterstäbe sie voneinander trennten. Denn diese vier Kilo Lebendmasse konnten mitunter beängstigend werden. Oft hatte sie Filous Zorn zwar noch nicht erlebt, doch sie wusste, wozu er fähig war. Und das würde sie nicht auf die Spitze treiben wollen.

Ihn in die Transportbox zu bringen, war stets eine Herausforderung. Mit aller List musste sie dabei vorgehen. Nur: Filou war ein echter Stratege! So gab es offenbar vor einer Reise Schlüsselinformationen für ihn, die ihn sofort einen der verborgenen Winkel in Wallis Wiener Wohnung aufsuchen ließ. Erst nach längerem Suchen fand ihn Frauchen und verfrachtete ihn in den Käfig.

Dabei passierte das jedes Mal, noch bevor Walli ihren Trolley hervorgeholt hatte. Danach hätte sie es zumindest verstanden, weshalb er das Weite suchte. Nein, Filou verfügte über den sprichwörtlichen sechsten Sinn, der manchmal ihre geheimsten Gedanken zu erraten wusste. Ja, diese sogar gegebenenfalls weiterführte. Sie überhaupt mit seinem sonstigen Verhalten sogar inspirierte, wenn sie mal nicht weiterwusste.

Unheimlich war so ein Tier, ging es ihr durch den Kopf. »Eine Stunde noch, mein Kleiner, dann darfst du wieder tun und lassen, was du willst. Jetzt aber musst du leider durch!«

Filou entspannte sich ein wenig. Offenbar erkannte er am Tonfall von Wallis Stimme, dass die Situation im Augenblick unabänderlich war. Aus dem Käfig heraus dagegen anzukämpfen, ließ selbst den versierten Strategen resignieren. Er legte sich auf die weiche Decke und starrte, um sich selbst zu beruhigen, geradeaus nach vorne.

Wie um diese kleine Szene abzurunden, setzte sich endlich die Autoschlange in Bewegung. Da es dennoch kurz dauern würde, bis das Gebläse der Heizung voll im Gange wäre, zog Walli die nebenliegende Decke, die sie im Winter für ihren Kater dabeihatte, über die Box. Offenbar war das in seinem Sinn, denn plötzlich hörte er zu fauchen auf.

Etwa eine Dreiviertelstunde später auf der Schnellstraße Richtung Krems hatte es heftig zu schneien begonnen. Dichte Flocken blieben an der Windschutzscheibe hängen. Obwohl Walli gut funktionierende Wischerblätter hatte, beschloss sie, am Regler eine niedrigere Stufe einzuschalten und langsamer zu fahren. Die längere Verweildauer der kleinen Flocken, die sternförmig seitlich am Glas hinunterrutschten, riefen in ihr weihnachtliche Gefühle hervor.

Sie freute sich auch stets, wenn sie von der Kremser Bundesstraße, der B 37, nach Gföhl einbog. Von da war's nicht mehr weit nach Großlichten. Die ruhige Musik, die sie aus ihren Favorites gewählt hatte, ließ sie zusätzlich vom schnellen Tempo der Stadt herunterkommen.

Filou döste inzwischen friedlich neben ihr. Die Decke hatte sie längst beiseitegeschoben, um ihm mehr Luft zu lassen. Die sensible Interpretation der georgisch-französischen Pianistin Khatia Buniatishvili von Franz Schuberts »Impromptu Ges-Dur, op.90 Nr. 3 D 899« hatte ihn eindeutig friedlich gestimmt, was die unvergleichliche Barbra Streisand mit »I'll Be Home for Christmas« fortsetzte.

Weil der Kater auf Musik allgemein gut reagierte, zog er zunehmend damit auch Frauchen mit. Dabei war Walli ursprünglich kein ausgesprochener Fan von Musik gewesen. Doch Silvia Manner, ihre Ziehtochter und kunstbeflissene Co-Geschäftspartnerin, sowie deren Lebenspartnerin waren ausgewiesene Musikexpertinnen. Schubert wurde gleich eine Vorliebe Filous. Doch genauso zählten auch Mozart, Sarah Vaughan, Tracy Chapman oder k.d. lang zu seinen musikalischen Favoriten, die Walli daher gerne in ihre Musiksammlung dauerhaft aufnahm.

Nördlich von Krems war die Waldviertler Landschaft bereits dicht mit einer Schneedecke überzogen. Es hatte hier wohl schon seit den frühen Morgenstunden geschneit. Walli drosselte das Tempo erneut und ließ ihren Blick über die ehemals Rüben-, Raps- und Sonnenblumenfelder gleiten. Diese schlummerten jetzt unter dem Schnee. In wenigen Monaten würden sie mit ihrer blühenden Schönheit die Umgebung zu neuem Leben erwecken. Walli Winzer freute sich darauf. Doch jetzt genoss sie erst einmal die weiße Pracht. Sie sah überwältigend aus. Walli befand: fast schon kitschig. Wie auf einer Postkarte.

Die neuen Winterreifen, für die sie sich vor Kurzem entschieden hatte, probierte sie nun das erste Mal auf winterlicher Fahrbahn aus und war damit sehr zufrieden. Lautlos glitt sie mit ihrem Tesla dahin. Eine schwarze Katze, die auffällig durch den Schnee hüpfte, ließ sie schmunzeln. Das war bestimmt die Minki von der Mizzi Troger. Die Nachbarin Lenas war Vorsitzende des Dorfverschönerungsvereins und hatte ihr Filou einst richtiggehend aufgezwungen. Denn fast jedes Haus in Niederösterreich hielte eine Katze, hatte Mizzi damals gemeint. Außerdem sei so ein Sanftpföter gut für strapazierte Nerven. Na ja. In vielem konnte Walli der Katzenexpertin im Großen und Ganzen zustimmen. Vor allem, was Behaglichkeit und Intuition betrafen. Da waren Katzen schon außergewöhnlich.

Walli sah nach ihrem schlafenden Wunderkater.

Nur das mit den Nerven schien – ihn betreffend – eher ein Gerücht zu sein. Blutdrucksenkend sollte das Streicheln von Katzen sein, hatte sie von jemand anderem gehört. Das mochte so sein. Doch hatte sie weder mit Bluthochdruck zu kämpfen noch schonte Filou ihre Nerven. Vielmehr ließ er keine Situation aus, um Frauchen auf Trab zu halten. Manchmal hatte Walli sogar den Eindruck, dass er sich als geheimer Herr im Haus empfand, so oft, wie er sie an der Nase herumführte. Nicht mit ihr, dachte sie auch jetzt, lächelte aber dabei.

Minki war inzwischen in der Ferne der weißen Landschaft nur noch als winziger schwarzer Punkt erkennbar. Wie Walli ihren Filou kannte, wäre so etwas absolut nichts für ihn. In der Kälte herumzuspazieren. Das war ihm als Teilzeit-Wohnungskatze viel zu unbequem. Behaglich unter dem Heizkörper zu liegen, nach seinem Futter zu schauen und sich wieder schlafen zu legen, das war mehr sein Ding. Doch zugegeben: Binnen kurzer Zeit konnte sich das auch schlagartig ändern. Dann nämlich, wenn er wieder in seinen Geburtsort Großlichten zurückkehrte. Da wurde aus der zuweilen angepassten Stadt- wieder eine Wildkatze. Verlernt hatte der Landkater nichts. Wie eben vorhin. Als er sie gekratzt hatte. Doch das spürte Walli Winzer nicht mehr. Mittlerweile war sie an ihrem Ziel angelangt.

Filou öffnete jetzt langsam seine Äuglein. Mit einem Satz stand er aufrecht in der Box. Vor Aufregung drückte er wie zuvor seinen Rücken gegen die Decke. Er hatte den Weg ins Wochenendhaus nicht vergessen, obwohl er längere Zeit nicht hier gewesen war.

Frauchen hatte die Wochen vor Weihnachten viel zu tun gehabt. Auch an Weihnachtsfeiern teilgenommen, die ihrer

Meinung nach viel zu früh angesetzt worden waren. Gut, so fiel es nicht wirklich auf, dass sie sich heuer aus diesem Wiener Weihnachtsrummel raushalten wollte und die letzten beiden Wochen vor dem Heiligen Abend nicht mehr für alle erreichbar sein würde. Ruhe und Stille waren die eigentlichen Gebote der Adventzeit. Besinnung auf das Leben, auf andere und auf sich selbst.

Puh! Jetzt sprach sie schon beinahe wie Lena und ihre Umgebung. Das konnte nur deshalb sein, weil sie eben im Waldviertel angekommen war, wo es augenblicklich langsamer und persönlicher zuging als in der Stadt. Sie sofort vom Alltag wieder runterkam. Auch der frische Schnee stimmte sie merkbar fröhlich.

Selbst Filou war inzwischen gut gelaunt. Er wartete besonnen und wusste, dass er der Erste sein würde, den Frauchen mit ins Haus nehmen würde. Und – er hatte recht!

Walli Winzer zog die Box sanft auf die Fahrerseite und legte erneut die Decke darüber. Den Schlüssel griffbereit, ging sie zur Haustür, öffnete und zog sie schnell wieder hinter sich zu. Im Vorzimmer blieb Walli auf der Fußmatte stehen, entriegelte die Katzenbox und ließ Filou ins Wohnzimmer laufen. Daraus strömte ihr angenehme Wärme entgegen. Walli schloss schnell die Vorzimmertür, damit nicht umgekehrt Kälte ins Haus dringen konnte. Denn die Haustür war noch geöffnet, damit sie all die Taschen mit Weihnachtsgeschenken und anderen Besorgungen im Vorzimmer abstellen konnte. Im Schnee wollte sie diese keinesfalls stehen lassen.

Nachdem Walli ihr Auto neben dem Haus geparkt hatte, war sie richtiggehend froh, wieder ins Warme zu kommen.

Sie hatte weder Haube noch Handschuhe übergezogen, was ihr nun rote Ohren und eiskalte Hände eingebracht hatte. Sie rieb sie aneinander und begab sich zum Kachelofen, den Lena schon zwei Tage zuvor für ihre beste Freundin angefacht hatte.

Den Platz auf der Ofenbank musste Walli sich allerdings teilen: Filou saß mit dem Rücken zur wärmenden Wand und starrte behaglich und meditativ vor sich hin. Er blickte kurz zu Walli, um sich danach genüsslich in die davorliegende Decke zu kuscheln.

»Na, du bist mir ein Held! Ich dachte, du wirst gleich eine kleine Runde durch das Haus drehen. Schauen, ob in deinem Revier alles in Ordnung ist. Stattdessen legst du dich gleich aufs Ohr.«

Wie immer ließ Filou Frauchen reden und schlief dabei genüsslich ein.

3. KAPITEL

Als Walli Winzer später zu ihrem kürzlich erworbenen Reiterhof fuhr, war das Schneegestöber zu Ende. Sie hatte auf der Fahrt sogar den Eindruck, als würden ein paar Sonnenstrahlen durch die helle Wolkendecke hindurchgucken. Zumindest musste sie ihre Augen ein wenig zusammenkneifen, denn der Schnee blendete richtiggehend. Ihre Sonnenbrille hatte sie im Haus vergessen, was sie spätestens jetzt bereute. Denn sie hasste es, dass sich dadurch Falten um ihre Augen bildeten, was sich im Moment aber kaum verhindern ließ. So klappte sie die Sonnenblende herunter und konnte dadurch zumindest einen Teil des Lichts abwehren.

Lang würde der Weg nicht mehr dauern. Walli Winzer bog in die Zufahrt zum Reitergestüt ein und sah bereits die ersten Pferde, wie sie an der Longe einige Runden um ihre Reitlehrerinnen drehten. Sie schloss daraus, dass der hintere Bereich ausgebucht sein musste. Denn hier vorne waren nur Wiesen, die die Tiere sonst zum Grasen benützten. Der Regelbetrieb spielte sich normalerweise in den Reithallen und auf den Sandplätzen ab.

Walli Winzer fuhr direkt in den Reiterhof hinein, da sie einiges aus dem Auto laden musste. Durch die Sonnenklappe war sie nun aber gehandicapt. Sie saß mit verrenkter Körperhaltung und hoch erhobenem Haupt, was zugegebenermaßen recht ulkig aussah.

Einige Passantinnen amüsierte das, was wiederum Walli zum Lachen brachte. »Ja, so ist das, wenn man aus der Not eine Tugend machen muss.«

»Walli, du bist wieder da!«, rief ihr eine Bekannte zu.

»Vor zwei Stunden bin ich angekommen. In Wien hat es auch schon zu schneien begonnen. Aber hier ist es ja richtig Winter«, freute sie sich.

»Eine ganze Weile. Da gibt's schon Unterlagen aus den vorherigen Wochen. Auch seit der Früh ist einiges an Frischschnee draufgefallen.«

»Es sieht alles einmalig aus. So habe ich Großlichten noch nie gesehen. Und das, obwohl ich bereits ein paar Jahre hier bin.«

»Ich kann mich auch nicht daran erinnern, dass es je so viel Schnee bei uns gegeben hat. In meiner Kindheit vielleicht. Aber in den letzten Jahren nicht.«

»Man merkt's. Der Hof ist ja voller Reiterinnen und Reiter.«

»Jede möchte halt mit ihrem Tier durch den Pulverschnee traben. Das geht eben nur heute.«

»Warum denn?«

»Morgen wird es laut Wettervorhersage schon Harsch geben, diesen harten Schnee. Der bremst beim Reiten. Jetzt durch den Pulverschnee zu galoppieren und dabei eine Schneewolke hinter sich herzuziehen, macht Spaß. Und das nicht nur den Pferden.«

»Klar doch«, lachte Walli und öffnete die Heckklappe. »Ich habe übrigens aus Wien einige neue Satteldecken mitgebracht. Ihr könnt gerne einige davon verwenden. Die sind nämlich für alle gedacht.«

Die beiden Reiterinnen zeigten sich interessiert und

bedankten sich. Da sie ein wenig ihre Position gewechselt hatte, bemerkte Walli jetzt auch den Christbaum, der seitlich im Hof stand. »Oh, ist der schön!«, freute sie sich fast wie ein Kind. Er war etwa drei Meter hoch und mit einer Lichterkette behangen. Da es sehr hell war, konnte man nur ein paar blitzende Punkte zwischendurch ausmachen. Doch die reichten schon, um auch bei Tag festliche Stimmung hervorzurufen.

Die andere Frau sah Wallis Leuchten in den Augen, weshalb sie ergänzte: »András hat die Tanne heuer aufgestellt. Er hat sie beim Kartenspiel von einem Bauern gewonnen. Sie passt perfekt hierher!« Alle drei bewunderten den Baum.

Plötzlich mischte sich auch eine dunkle Stimme ins Gespräch ein: »Na, auch wieder einmal im Lande?«

»Ah, Harry! Wo kommen Sie denn her? Das hätte ich nicht gedacht, Sie hier anzutreffen. Ich freue mich.« Walli Winzer drehte sich einem Mann mittleren Alters mit graublondem Haarschopf zu.

»Ich wusste gar nicht, dass Sie schon zwei Wochen vor Weihnachten kommen würden. Das ist ganz etwas Neues bei Ihnen. Während der Vorweihnachtszeit ist doch sonst in Wien besonders viel los.«

»Das stimmt. Aber was glauben Sie, was ich heuer beschlossen habe?« Walli wartete nicht erst ab, ob er richtig raten würde. »Dieser Tretmühle aus dem Weg zu gehen. Meine zweite Geschäftsführerin Silvia wird die Events wahrnehmen. Das ist durchaus ein Vorteil, den man hat, wenn man schon einige Jährchen dabei ist. Aber keine Sorge: Bei den wichtigsten Terminen war ich natürlich dabei. Jetzt beginnen die Christmas-Clubbings und die Betriebsweihnachtsfeiern, die dann immer ins Private münden. Aber dafür bin ich nicht mehr jung genug. Meine Geschäftspartner und ich kennen einander so viele Jahre, in denen wir viel miteinander erlebt haben, und mehr vom selben brauche ich wirklich nicht«, sagte Walli und grinste den Lokaljournalisten Harry Kain kokett an.

Es amüsierte sie, dass sie den einst prominenten Chefredakteur einer großen Wiener Tageszeitung in Verlegenheit bringen konnte. Aber keine Angst: Never ever wäre Harry ihr Typ. Weder damals noch heute. Er sah zwar nicht schlecht aus, aber seine oftmalige Verbohrtheit in gewissen Themenbereichen wäre einer Beziehung mit ihm in jedem Fall hinderlich. Walli musterte ihn genauer. Ja, und da war noch etwas: Ihn regelmäßig an seinen Gang ins Badezimmer erinnern zu müssen, wäre wirklich nicht ihr Ding. So etwas sollte ein Mann selbst wissen. Sie verdrehte die Augen beim Blick auf Harrys Dreitagebart. Aber egal. Er war ein durchaus amüsanter Gesprächspartner, mit dem sie sogar nächtelang am Telefon philosophieren konnte. Und das war in diesem Kaff Großlichten manchmal durchaus eine echte Bereicherung.

»Was gibt es Neues hier im Waldviertel?«, fragte Walli und lenkte damit auf ein neues Thema.

»Ach, alles im gewohnten Bereich. Ein paar Eifersuchtsdramen, einige Grenzstreitigkeiten, Widerstand gegen geplante Bauprojekte und Sorgen wegen der steigenden Holzpreise sind derzeit Gesprächsthemen. Nicht nur an den Stammtischen. Ja, und der Friedl Ambrecht hat endlich sein Lodge-Dorf fertiggestellt.«

»Das war doch auch umstritten?«

»Stimmt. Der jetzt verstreut angelegte Baukomplex mit Holzhäusern dürfte ein Kompromiss gewesen sein, weil

Sie, Frau Winzer, damals das riesige Wellnesshotel verhindert hatten. Das sollte doch wegen der schönen Aussicht statt des Reiterhofs gebaut werden. Sie haben ihn dann gekauft und somit fiel das Grundstück nicht an den Immobilienentwickler. Bürgermeister Brunner war damals ganz schön sauer auf Sie.«

Walli Winzer gab sich zugeknöpft. »Sie werden mir doch keine Vorhaltungen machen, dass ich hier einen Vorzeigebetrieb führe, der nicht nur Gäste anlockt, sondern auch Zweithausbesitzer an Großlichten bindet, und es einen Spitzenkoch im Seitentrakt gibt, der das Haubenlokal Zum Grauen Mohn betreibt. Geht's noch, Harry?« Walli war wirklich erbost über die unüberlegte Bemerkung ihres Gegenübers. Wo er es doch eigentlich besser wissen müsste. »Ich habe den Reiterhof damals nur übernommen, weil der alte Hof auf Nimmerwiedersehen verschwunden wäre. Abgerissen hätte man ihn, Harry! Und ich habe investiert, ohne zu wissen, ob das etwas werden könnte. Sehen Sie sich um: All das gäbe es nicht. Nur tote Liegenschaften wie Immobilien als Firmengebäude, Lagerhallen oder Zweitwohnsitze würden in Großlichten herumstehen. Schauen Sie stattdessen in die lebendigen Gesichter. Die Menschen hier leben in Freude. Es tut sich etwas. Ich beschäftige Mitarbeiter als Pferdepfleger und -versorger, Reitlehrerinnen, Reinigungspersonal, Geschäftsführer. Ich selbst bin für die PR verantwortlich. Also, was wollen Sie noch mehr?«

Harry Kain war sprachlos und sah verdutzt drein. Mit solch heftiger Reaktion hatte er anscheinend nicht gerechnet. Vielleicht reagierte sie auf seine Feststellung deshalb so schroff, weil sie mental noch nicht im Waldviertel angekommen war. Eine Form der Stadthektik haftete ihr noch an, stellte er fest. Harry musste eigentlich klar sein, dass es gut war, so wie es gekommen ist. Sie sich damals durchgesetzt und den Reiterhof erworben hatte.

Aufgeregtes Gekreische einer Gruppe lenkte in diesem Augenblick die Aufmerksamkeit beider um. Ein durchtrainierter Typ mit nacktem Oberkörper wurde von einer Traube Frauen umringt. Er war nur mit einer langen roten Hose bekleidet und versuchte in dem Gewirr, seine Weihnachtsmannmütze aufzusetzen. Eine der Frauen bemühte sich dabei, seinen Bizeps zu berühren. Er lachte. Die Mütze saß inzwischen auf ihrem Platz, weshalb er jetzt belustigt nach der hübschen Frau griff, um sie zu sich zu ziehen. Das Johlen schwoll an, als der fesche Weihnachtsmann sie schließlich hochhob und unter der Aufgebrachtheit der übrigen in den wärmeren Aufenthaltsraum hineintrug.

Walli traute ihren Augen nicht. Wer war denn das? Sie sah dem Treiben vergnügt zu, wusste aber nicht, was sie davon zu halten hatte. Auch einige Männer, die vorbeigegangen waren, verdrehten die Augen und ätzten in die Richtung dieser entschwundenen männlichen Dorfschönheit.

Harry Kain sah Wallis Verwirrung ob der Szene und wusste Rat. »Na, jetzt sind Sie gleich mitten im neuesten Treiben von Großlichten mit dabei! Der Josi Hütter ist im Sommer zum schönsten Mann von Großlichten gekürt worden, und aktuell spielt er auch noch für alle den Weihnachtsmann.«

Darauf musste Walli Winzer loslachen. »Ich kann mir vorstellen, dass so manche Frau einen besonderen Wunsch nicht nur an das Christkind, sondern auch an den Weihnachtsmann hätte!« Sie wischte sich vorsichtig eine Lachträne aus dem Gesicht.

Auch Harry amüsierte die Szene, die sich vor ihnen abspielte. »Was wir in letzter Zeit an öffentlicher Eifersucht erlebt haben, geht über alle Vorstellungskraft. Und das nicht nur in Form von kopfschüttelnden Männern wie eben. Da ging's manchmal auch handfester zu.«

»Na, ich hoffe nicht auf meinem Reiterhof?« Walli Winzer war wegen des guten Rufs ihres Gestüts besorgt.

»Nein, Ihr ungarischer András wäre als Stallmeister sofort zur Stelle. Nachdem Sie ihn mit der Gesamtverantwortung betraut haben, führt er ihn umsichtig und mit stiller Präsenz. Er sieht und hört alles, macht sich aber nur bemerkbar, wenn man ihn braucht.«

»Na ja, das eben hat er wohl ein bisschen aus den Augen verloren«, zeigte sich Walli bekümmert.

»Offensichtlich haben die Frauen heute das Reiterstüberl als Veranstaltungsort für den fiktiven Weihnachtskalender ausgewählt.«

»Was ist denn das?«

»Das haben sich die Reiterinnen schon im Sommer vom Gewinner des männlichen Schönheitswettbewerbs gewünscht. Das ist natürlich als Spaß gedacht. Da darf die Tagesgewinnerin zehn Minuten allein mit dem schönsten Weihnachtsmann der Umgebung im Stüberl verbringen. Er muss alle Wünsche der Gewinnerin erfüllen und hat darüber Schweigepflicht.«

»Also Harry, was soll denn so etwas? Und das zu Weihnachten?«, war Walli, die sonst für fast alles zu haben war, irritiert. Sie hatte dabei durchaus auch einiges für knisternde Szenen übrig.

»Einige Frauen im Ort gehen während der Adventzeit von Haus zu Haus und sammeln Spenden für einen guten Zweck. Jede Spenderin darf, wenn sie will, ihren Namen auf einen Zettel schreiben und wirft ihn in den Sack des Weihnachtsmannes. Auf ein Glas Glühwein treffen sich die Gemeindemitglieder täglich vor einer der Weihnachtsstationen. Dort wird dann geplaudert, gelacht und gelost. Der Weihnachtsmann ist mit dabei und erhält aus mancher Laune heraus zusätzlich Sonderaufträge. Ein lukratives Geschäft für ihn. Doch vorher erwartet ihn jeweils die Tagesgewinnerin für eine Aufgabe.«

»Ich kann mir vorstellen, dass dieser Josi das gerne macht. Nicht nur, weil er, wie man sieht, bewundert wird, sondern mit Sicherheit finanziell für ihn einiges dabei herausspringt.«

»Davon ist auszugehen. Der Josi führt ein richtiges Auftragsbuch. Außerdem ist er sowieso hinter allem her, was Geld bringt.«

»Und dazwischen macht er es sich offensichtlich recht fein.« Walli schüttelte den Kopf und grinste verschmitzt.

»Zu seiner Ehrenrettung man muss sagen: Die Idee kommt von der Schwarzer Milli. Der finanzielle Erfolg der Aktion gibt ihr jetzt schon recht. Und den Frauen taugt es auch.«

»Und wie reagieren deren Männer darauf?«

»Die hatten im Sommer leichtsinnig zugestimmt. Jetzt müssen sie die Suppe, die sie sich eingebrockt haben, auch auslöffeln. Aber was soll's? Ist doch alles nur Spaß! Fröhlich ist man halt zur Weihnachtszeit.« Harry wollte diese irgendwie peinliche Episode beenden.

»Apropos, weil Sie vorher von András gesprochen haben: Wo finde ich ihn denn?«

»Ich glaube, er ist hinten auf den Koppeln. Könnte sein,

dass er eine Reitstunde übernommen hat. Zumindest habe ich ihn vorhin mit einem Pferd und einer Schülerin trotz der Kälte an der Longe gesehen. Anscheinend wollte sie das, sonst wären sie ja in der Reithalle.«

Walli Winzer schloss inzwischen die Heckklappe ihres Autos und hielt weiterhin den Stoß Decken im Arm. »Dann werde ich mal diese Dinger hier abladen und mache mich auf den Weg zu ihm. Nach der Autofahrt ein bisschen an der frischen Luft zu sein, schadet mir auch nicht. Falls András länger braucht, setze ich mich inzwischen in den Grauen Mohn auf einen Kaffee und warte auf ihn. Wollen Sie mir dort Gesellschaft leisten?«

»Danke für die Einladung, aber ich habe noch schnell ein paar Schneefotos für das Magazin ›Griaß di‹ gemacht. Ich muss die noch bearbeiten und abschicken. Die Redaktion wartet darauf. Aber Sie kommen sicher am späteren Nachmittag auf den Weihnachtsmarkt am Hauptplatz? Da sehen wir einander.«

Walli Winzer überlegte. Natürlich hatte Lena Breitenecker sie bereits am Telefon dorthin beordert, was sie ihrer guten Freundin natürlich nur schwer abschlagen wollte. Ja, und auch Walli fand, dass das zur Weihnachtszeit dazugehörte: Punsch oder Glühwein und Glitzer in allen Variationen. Manchmal hatte sie sogar Lust auf einen Langos. Also einmal im Jahr durfte das sein, redete sie sich ihr Vorhaben gegen die schlanke Linie schön. Ganz ehrlich gesagt freute sie sich auf die kleine Sünde während der Fastenzeit im Advent.

»Ja, Harry! Wir sehen einander später.«

Er lachte, während die Frauenrunde, die auf den Weihnachtsmann wartete, ihr Idol samt der Tagesgewinnerin unter lautem Akkord-Klatschen erwartete.

4. KAPITEL

»Heast, bist denn du deppert? Des war knapp!« Ein junger Mann mit roten Pausbäckchen und fransiger Zipfelmütze hatte mit dem Luftgewehr Diana Kaliber 4,4 Millimeter haarscharf am oberen Metallzylinder vorbeigeschossen. Das ärgerte ihn. »Jetzt hab i so viel z'haus trainiert, und der Prügel da weicht um so viel von meinem ab.«

Das konnte der Schießbudenbesitzer des Weihnachtsmarkts nicht auf sich sitzen lassen. »Nanana! Der ist neu eingestellt worden. War halt a Pech, dass du gehabt hast! Franzi, probier es halt noch einmal. Zwei Schuss hast noch übrig.«

Der junge Mann legte das Gewehr erneut an, repetierte und schoss. Jetzt hatte er einen an der obersten Reihe getroffen. Zwei Dosen fielen herab.

»Ah«, rief er erfreut. »Warum net gleich!«

Stolz stellte er das Gewehr neben sich ab und nahm einen Schluck von seinem Glühwein, den er auf den Tresen der Schießbude abgesetzt hatte. Als er das Gewehr zum nächsten Schuss hob, kam jemand auf ihn zu und maßregelte ihn.

»Sag, Franzi, muast du schiaßen, wenn des eigentlich a Christkindlmarkt is? Scham di! Da daneben fahrn di klan Kinder mit der Eisenbahn. Die hören dauernd dein Geknalle.« Er zeigte auch auf sein Kind, das sich fürchtete.

Franzi antwortete nicht. Statt seiner meldete sich erneut der Budenbetreiber zu Wort: »Des is ja net andauernd a so, Ernstl. Aber es is halt bei uns Tradition, so wie halt auch die Jägerei. Da schiaßt ma jo a im Winter! Da heast as a von der Weiten.«

»Jo, aber des is net am Christkindlmarkt, sondern anderswo«, echauffierte sich der Mann.

»Geh, komm! Lass denen halt die Freud, die das wollen«, versuchte der Schießbudenbesitzer den Vorsitzenden des örtlichen Christkindlvereins, Ernst Simmer, eindringlich zu überzeugen.

Zu mehr kam er nicht, denn es tauchte der örtliche Weihnachtsmann mit einem riesigen roten Sack in der Hand auf dem Marktplatz auf. Alle freuten sich, ihn zu sehen, und liefen in seine Richtung. Auch das Kind an der Hand der vorherigen Spaßbremse am Schießstand riss sich los und verschwand in der Menschenmenge. Sein Vater folgte ihm.

Um die weihnachtliche Stimmung zu heben, legte die Dorfmusikkapelle mit einem Bläserarrangement von »Jingle Bells« los. Ein Schulkind hielt ein Glockenspiel in der Hand und schlug mehr schlecht als recht den Rhythmus. Dennoch war es mit Inbrunst dabei, was die Umgebung entzückt zum Podium blicken ließ.

Der Weihnachtsmann, stilecht mit weißem Rauschebart und roter Mütze ausgestattet, überreichte links und rechts auf seinem Weg zur Blaskapelle Geschenkpäckchen. Nicht nur Kinder tummelten sich um ihn. Auch Erwachsene scheuten sich nicht, nach den Präsenten zu greifen. Und das nicht gerade zimperlich.

»Ich auch, ich auch!«, rief eines der Kinder, was einen fremden Mann tatsächlich dazu brachte, sein Geschenk an das Mädchen weiterzugeben.

»Danke dir, Poidl«, klopfte ihm ein etwa Gleichaltriger

auf die Schulter, der herbeigeeilt war. Er hob seine Tochter hoch, nickte dem Gebenden lächelnd zu und flüchtete, so schnell er konnte, aus dem Gewühl.

Poidl wollte nochmals sein Glück versuchen. Er kam aber nicht weit, denn eine junge Frau umarmte ihn, zog ihn mit sich an den Rand des Getümmels und küsste ihn innig.

»Na, da geht's heute ja rund!« Eine Frau mittleren Alters mit brünettem, schulterlangem modischem Haarschnitt lehnte an einer der Glühweinbuden und sah abwechselnd zum Liebespaar und zum heiß begehrten Weihnachtsmann. Aufgrund des Andrangs verrutschte kurz sein Bart, und man sah in das jugendliche Gesicht des Dorfschönlings. Einige Kinder kreischten erstaunt, da sie hinter der Weihnachtsmannrobe jemand anderen zu erkennen glaubten. Dieser ließ vor Schreck den Geschenkebeutel fallen und richtete sich sorgfältig seine Bartzierde. Eine Begleiterin hatte den Sack aufgehoben und reichte ihn dem wiederhergestellten Weihnachtsmann, der sie in ihre Wange kniff und danach küsste.

Die Menge johlte, was deren Begleiter allerdings weniger amüsierte.

»Also, von Zeit der Stille kann da keine Rede sein, Lena. Ein richtiger Kirtag ist das geworden. Und so wie es ausschaut, scheint der Weihnachtsmann in seinem Element zu sein.« Walli Winzer lehnte mit langem, blondem Haar neben ihrer besten Freundin an einem der Glühweintische und wärmte sich an einem Keramikhumpen die Hände. Lena Breitenecker hielt ihr Kinn aufgestützt. Sie sah fasziniert und zugleich jedoch etwas ratlos drein.

»Wenn du mich fragst, weiß ich nicht, was ich davon halten soll. Aber wenn es den Leuten gefällt, dann sollen sie ihren Spaß haben.«

Im selben Moment drang von der gegenüberliegenden Seite her ein Grölen herüber, das die Blicke der Umstehenden auf sich zog. Eine Gruppe alternativ Gekleideter freute sich über den Neuankömmling. Es war ein Mann mit langen angegrauten Haaren, die seitlich unter der bunten Strickmütze hervorlugten. Er umarmte Männer wie Frauen herzlich, wobei man merkte, dass ihm das bei den jüngeren Frauen deutlich mehr behagte. Die meisten trugen bunte Filzjacken und einige von ihnen handgestrickte Schafwollpullover. Unter den tief ins Gesicht gezogenen Mützen war es gar nicht so leicht zu erkennen, wer darunter steckte.

»Dass denen nicht kalt ist?« Walli hob von Kälte durchdrungen ihren heißen Glühwein vom Tisch hoch und legte erneut beide Hände darum.

»Die tragen echte Schafwolle. Auf ihr wurde der natürliche Fettgehalt belassen.«

»Und das wirkt? Gegen diese Kälte?«, fragte Walli erstaunt.

»Sehr gut. Immerhin wärmt das auch die Tiere bei Wind und Wetter. Sogar im Winter bei Temperaturen unter null Grad.«

»Der Pullover muss aber fein gestrickt sein, sonst pfeift der Wind durch die Maschen«, lachte Hans Breitenecker. »Aber ich glaub, die haben drunter eh noch einiges an.« Er sah interessiert zum Nachbartisch. Einige prosteten ihm daraufhin zu, was er freundlich erwiderte.

Inzwischen drängten sich immer mehr Dorfbewohnerinnen und Dorfbewohner zur Mitte des Marktes. Die Menschentraube stand so dicht beisammen, dass man vorerst nicht erkennen konnte, was der nächste Programmpunkt des Veranstaltungsnachmittags sein würde. Einige Securitys drängten allzu Neugierige zurück, was die Menschenansammlung wieder mehr in die Breite verlaufen ließ. Somit entstand mehr Durchblick mit besserer Sicht zur Bühne.

Doch die hätte Walli Winzer sich aktuell gerne erspart. Denn der Großlichtener Bürgermeister Josef Brunner ließ sich die Gelegenheit nicht nehmen, der Gemeinde seine Weihnachtsgrüße persönlich zu übermitteln. Dazu ließ er nach US-Vorbild eine überdimensionale Weihnachtstorte mit Fontänen und Wunderkerzen vor sich hertragen. Hinter ihm trotteten die Gemeinderätinnen und Gemeinderäte her. Dazu spielte die Blaskapelle »Vom Himmel hoch, da komm ich her«, während er huldvoll in die Menge winkte. Nach wenigen Metern hatte er die Bühne erreicht, streichelte der jüngsten Bläserin übers Haar – was diese eher erschreckte als erfreute –, nahm vorsichtig die Torte entgegen und stellte sie auf einen bereits vorbereiteten Tisch neben sich ab. Der Sternenregen der Wunderkerzen ging aus. Kleine Laternen wurden stattdessen angezündet. Die Großlichtenerinnen und Großlichtener applaudierten.

»Ja, für effektvolle Auftritte hat er schon immer ein Händchen. Auch wenn sonst nichts an ihm dran ist«, suderte Lena Breitenecker.

Walli merkte, wie die Freundin mit sich haderte, weil sie längst schon bei einer der nächsten Wahlen als Bürgermeisterkandidatin gegen ihn antreten wollte, es bisher aber aus Zeitgründen nicht geschafft hatte. Ihr Biobauernhof und die neue Premium-Ziegenkäseproduktion ließen ihr dazu keine Zeit. Außerdem wollte sie ihre Kinder Lisa und Lukas gut durch die Studienzeit begleiten und auch den internationalen Vertrieb ihrer Qualitätsprodukte weiterhin vorbereiten.

Dennoch beobachtete sie alles, was Josef Brunner in der Gemeinde betrieb, mit Argusaugen. Mit Walli zusammen hatte sie bereits einige seiner Vorhaben vereiteln können. Die wären nämlich meist mehr für seine Tasche gut gewesen als für die Gemeinde. Viele im Dorf waren ihr dafür dankbar, dass sie das verhindern konnte. Vergessen würden sie ihr das nicht. Da war sie sich sicher.

Den Tag, an dem sie zur Wahl antreten würde, müsste sich der Brunner daher rot in seinem Kalender eintragen. Da würde sie ihm den Kampf ansagen. Einen erbitterten Wahlkampf führen. Walli Winzer würde sie dabei unterstützen. Gemeinsam wollten und würden sie das schaffen. Beim Gedanken daran entspannte sich ihr Blick wie in Vorfreude auf dieses Ziel.

Hans Breitenecker beobachtete seine Frau. Er kannte sie so gut, dass er zu wissen glaubte, was sie dachte. Sie erwiderte seinen Blick und freute sich, dass er an ihrer Seite war.

Peppi Brunner, wie er in der Gemeinde genannt wurde, griff zum Mikrofon und bedankte sich bei den Organisatoren des Weihnachtsmarkts, bei der örtlichen Blasmusikkapelle und dem großen Sponsor der neuen Weihnachtsdekoration im Ort, Friedl Ambrecht. Er vergaß nicht zu erwähnen, dass der erfolgreiche Sägewerkbetreiber im Sommer auch sein Lodge-Dorf auf einer der Waldlichtungen errichtet hatte. Internationale Gäste würden nun dank seiner Idee nach Großlichten kommen. Hier in naturnaher Umgebung, bei sanftem Tourismus Erholung und Inspiration finden. Auch im Winter sei man heuer mit den ersten Gästen bereits ausgebucht, plauderte der Bürgermeister stolz aus dem Gemeindenähkästchen. Bald würden die ersten US-Gäste eintreffen, die, so hieß es, immer mehr auf europäischen Spirit setzten. Er bedankte sich bei Raffael Winkler, der fixe Seminarreihen zu den Themen Achtsamkeit, Persönlichkeitsentwicklung und Führung abhalten und organisieren würde.

Wohlwollendes Klatschen aus den Reihen ertönte. Brunner suchte nun im Publikum nach dem Coach, was diesen mit erhobenem Arm auffällig winken und die Gruppe neben Wallis Glühweintisch lautstark jodeln ließ.

»Und was heuer ebenso neu ist, ist unsere fast lebensgroße Krippe am anderen Ende des Platzes vor der Kirche. Gestiftet hat die auch unser guter Friedl Ambrecht, wofür ihm die Gemeinde und ihre Bürgerinnen und Bürger herzlich danken.«

Erneutes Klatschen.

»Ja, Friedl, jetzt kann ich es mir doch nicht verkneifen, die Neuigkeit zu erzählen. Wann, wenn nicht heute, wäre es passender: Unser kunst- und traditionsbewusster Gönner hat kürzlich um einen exorbitant hohen Betrag das Originalmanuskript von ›Stille Nacht, heilige Nacht‹ in einer Auktion erworben. Bevor es in einer breit angelegten Wanderausstellung zum Thema ›Globaler Friede – Made in Austria‹ um die Welt gehen wird, beherbergen wir es kurze Zeit hier in unserem kleinen Waldviertler Dorf. Unter der strengen Sicherheitsauflage unseres Weihnachtsmannes und Security-Chefs Josi Hütter vom Sägewerk.«

Wie von einer Tarantel gestochen, meldete sich plötzlich der Obmann des Christkindlvereins unaufgefordert. »Ich protestiere!«, schrie Ernst Simmer. Er glaubte, nicht richtig gehört zu haben. »Das ist ja ein Hohn, wenn so eine amerikanische Kunstfigur wie der da«, er zeigte auf den Weihnachtsmann, »bei uns im Waldviertel im Kostüm herumläuft und jetzt sogar verantwortlich für das Lied aller Lieder sein soll. Das ist ja geradezu entwürdigend.«

Viele der Anwesenden gaben dem offiziellen Verfechter des Christkindl-Andenkens recht.

»Jo, bei uns g'hört ›Stille Nacht‹ zum Christkind und sicher net zum Weihnachtsmann. Da könnt's ›White Christmas‹ singen, ›Jingle Bells‹ oder dieses furchtbare ›Last Christmas‹ oder was ihr wollt«, beklagte sich ebenso einer der Anwesenden.

Bürgermeister Brunner fand sofort ausgleichende Worte, indem er den Frieden betonte, den beide Weihnachtszugänge hätten. Er betonte zudem, dass Friedl Ambrecht dabei war, das Christkind mit einer Friedensausstellung und dem kostbaren Exponat in die Welt hinauszutragen. »Ich hoffe, lieber Friedl, ich habe nicht zu viel verraten.«

Der Unternehmer machte gute Miene zum von ihm genauso unerfreulich empfundenen Spiel. Man sah ihm förmlich an, wie er sich über Brunners voreilige Indiskretion ärgerte. Er wollte mit diesen Neuigkeiten noch warten. Doch ein erfolgreicher Politiker wie Brunner ließ sich diese Sensation nicht nehmen. Schon gar nicht vor Weihnachten.

»Ja, liebe Leute, und außerdem ist Großlichten seit Kurzem eng mit dem Umfeld der berühmten Trapp-Familie verbunden, die finanziell nicht nur an unserem neuen Lodge-Dorf mitbeteiligt ist, sondern auch das ›Stille Nacht‹-Manuskript miterworben hat. So gibt es gleich zweimal Salzburg im Waldviertel. Hoffentlich bald auch sonst mit dem zugehörigen Schnee für unsere Gäste. Heuer ist der ja in dieser Fülle eine echte Ausnahme.«

Raunen und Johlen. Und wie von Brunner bestellt, fing es prompt in dieser Minute zu schneien an.

»Also, meine lieben Großlichtenerinnen und Großlichtener, Waldviertel-Peace goes USA! Herzlichen Weihnachtsgruß von uns in die ganze Welt hinaus.«

Großer Beifall.

Und noch eine Neuigkeit musste Peppi Brunner loswerden. »Ab nächstem Jahr wird das große Ausstellungsprojekt übrigens von unserer Neo-Waldviertlerin, der PR-Expertin Walli Winzer, weltweit promotet.«

Lautes Klatschen. Brunner richtete seinen Blick Richtung Walli, die er zuvor neben dem Tisch der Seminargruppe entdeckt hatte. Walli blieb nichts anderes übrig, als sich mit erhobener Hand zu bedanken. Dabei stieß sie ihren heißen Glühwein an und leerte sich das Gebräu über ihren farbenfrohen Patchwork-Mantel, der augenblicklich in der Kälte zu qualmen begann. Für die Umgebung sah das im hellen Licht so aus, als würden die Dämpfe aus ihren Ohren kommen. Sie war verärgert. Nicht nur, weil sie ihren Mantel nun des heißen Rotweins wegen entsorgen würde können, sondern weil sich ihr Aufritt vor der Gemeinde nach so langer Zeit besonders lächerlich gestaltet hatte. So etwas nagte an ihrem Ego, das ihr manchmal einen Streich spielte.

Seminarleiter Raffael Winkler vom Nebentisch eilte zur Unterstützung. Er holte ein Taschentuch aus seiner Jacke und reichte es Walli.

»Warten Sie, reiben Sie nicht zu fest. Abtupfen ist besser. Geben Sie noch ein bisschen Salz darauf, das neutralisiert die Verfärbung. Sollte der Rotwein später nicht zur Gänze herausgehen, kommen Sie zu uns ins Lodge-Dorf.

Da haben wir eine Spezialtinktur für so etwas.« Er nickte freundlich und ging zur Gruppe zurück.

Walli Winzer kam nicht dazu, sich zu bedanken. Unweit entfernt brüllte ein älterer Mann einen jüngeren an, sich nicht so ungeschickt anzustellen. Er riss ihm den Christbaum samt der Hacke aus der Hand und begann in Windeseile, den kleinen Stamm selbst zurechtzuhauen. Mit nur einem Handgriff landete der Christbaum direkt im Holzkreuz und stand makellos vor seinem neuen Besitzer. Der bezahlte sichtlich betreten und trug den Baum fort.

Walli sah den Gemaßregelten, der sich sowohl von dem Älteren als auch vor der aufmerksam gewordenen Menge abwandte und innerhalb der Christbaumreihen verschwand. Der Alte blieb unbeeindruckt davon und war bereits mit dem nächsten Kunden beschäftigt.

Die PR-Lady dachte erneut an ihre eigene Ungeschicktheit und auch daran, dass sie selbst noch einen Christbaum für ihr Haus brauchte. Sie wollte warten, bis der junge Mann wieder zurück wäre, und sich dann ausdrücklich von ihm den Baum zurechtstutzen lassen. Zumindest nahm sie sich das vor. Doch jetzt musste sie selbst erst aus der Lächerlichkeit ihres bekleckerten Mantels herauskommen. Sie beschloss, das Notwendige mit dem Angenehmen zu verbinden. Hans Breitenecker zeigte ihr die Richtung zur Langos-Bude. Denn jetzt war es so weit: Einmal im Jahr leistete sie sich diese Kalorienbombe. Einen Salzstreuer für ihren Mantel würde sie auch gleich verlangen.

Die Stimmung auf dem Weihnachtsmarkt war nun kurz vor ihrem Höhepunkt. Auf der Bühne drehte die Gemeindesekretärin das Glücksrad für Kinder, und bei jedem Gewinn erfolgte ein herzhafter Aufschrei vor Begeisterung. Bürgermeister Brunner stand daneben, kontrollierte die Nummern und übergab den Knirpsen ihre Geschenke.

Walli Winzer wartete in der langen Reihe vor der Langos-Bude. Da der Nachmittag bereits weit vorangeschritten war, dominierte das Grölen über die weihnachtliche Stimmung. Leere Bier- und Weinflaschen tummelten sich auf den Tischen. Einige der Umstehenden hatten ziemlich einen sitzen.

Sie sah, wie sich einer an ein Mädchen, keine sechzehn, heranmachte, das sich beschämt von seiner Zudringlichkeit zu befreien versuchte. Als ihr das nicht gelang, fühlte sich Walli Winzer auf den Plan gerufen.

»Ich komme gleich wieder«, verkündete sie dem hinter ihr Stehenden und ging die wenigen Schritte auf den Störenfried zu. »Ich glaube, Sie hören jetzt sofort damit auf«, stellte Walli Winzer sich drohend vor ihn, und zum Teenager gewandt sagte sie: »Kommen Sie, wenn Sie wollen, lade ich Sie auf einen Langos ein.«

Der Betrunkene reagierte irritiert. Die junge Frau löste sich dankbar. Schüchtern folgte sie Walli.

In die Reihe ließ der wartende Mann, der die Szene beobachtet, aber nicht darauf reagiert hatte, beide Frauen wortlos einordnen. Gleich würden sie drankommen. Während die Jugendliche beide Langos in Händen hielt, versuchte Walli, das Salz aus dem Streuer in den Mantel einzureiben. Die dunklen Flecken lichteten sich. Doch weg würden sie nur mit einem Spezialmittel gehen, erklärte auch ihre neue Begleitung. Danach nahm Walli dankend ihren Langos entgegen und ließ es dem Mädchen frei, wieder zur Männergruppe zurückzukehren. Diese zog es vor, lieber ihren Weg in die entgegengesetzte Richtung einzuschlagen.

Der Langos dampfte in der Kälte wohlriechend. Walli brach sich ein Stück ab und führte es zum Mund. Dabei sah sie Harry Kain nur wenig entfernt stehen. Im selben Moment hatte auch er sie entdeckt. Da sie sich in einer Menschenmenge befand und befürchtete, ihr könnte jemand unbeabsichtigt den Langos aus der Hand schlagen, wollte sie daraus entfliehen. Sie deutete Harry, er möge am Platz bleiben und sie würde zu ihm kommen.

»Hab ich mir doch gedacht, dass Sie da sein werden«, freute er sich, sie zu sehen.

»Wollen Sie ein Stück davon?« Sie zeigte auf den riesigen Langos. »Den schaffe ich allein sowieso nicht.«

Das ließ Harry sich nicht zweimal sagen und nahm ein großes Stück. Er genoss es sichtlich.

»Recht viel los, und da ist ja auch unser Weihnachtsmann«, stellte er kauend fest.

»Na, der hat einiges zu tun«, entgegnete sie knapp und schob sich ein neues Stück in den Mund. Dabei versuchte Walli Winzer ihren kussechten Lippenstift nicht zu verwischen.

Dem Rauschebart assistierte mittlerweile eine junge Frau mit langen blonden Haaren, die – wie er – kleine Geschenke aus seinem Sack verteilte.

Plötzlich riss sie der junge Christbaumverkäufer von zuvor zur Seite und zog den Weihnachtsmann an seinem Umhang an sich heran. Die Hand hatte er zur Faust geballt.

»Lass die Babsi in Ruh! Das hab ich dir schon so oft gesagt, du Schwein! Ich schlag dich tot, wenn ich dir das noch einmal sagen muss!« Er war so aufgebracht, dass er dem Weihnachtsmann tatsächlich ins Gesicht schlug, was erneut dessen Umhängebart verschob.

Walli konnte es nicht glauben, doch niemand eilte zu Hilfe. Im Gegenteil: Männer standen amüsiert um beide herum und warteten, was sich noch tun würde.

»Harry, greifen Sie doch ein!«, versuchte Walli eine weitere Eskalation zu verhindern. Doch auch der Journalist war nicht geneigt, sich in ein mögliches Handgemenge einzulassen.

Schließlich kam Hans Breitenecker, Lenas Ehemann, der die heftigen Worte mitbekommen hatte. Er lief auf beide zu und stellte sich dazwischen.

»Was macht's ihr denn da? Was sollen die Kinder von euch Streithansln denken? Macht's euren Konflikt woanders aus, aber nicht am Christkindlmarkt. Das ist ja zu dumm! Dennis, bist du noch bei Trost?« Er packte den jungen Christbaumverkäufer und drängte ihn zur Seite. Dadurch konnte der Weihnachtsmann weitergehen. Die Blaskapelle fing an, ein fröhliches Weihnachtslied zu spielen.

»Was ist denn los?«, fragte Hans Dennis nochmals sanft.

»Der Josi hat sich an die Babsi herangemacht, und jetzt bekommt sie ein Kind von ihm.«

Hans verschlug es die Rede. Im Moment wusste auch er nicht, was er darauf antworten sollte. Am besten erst einmal nichts. Er ließ von Dennis ab und trat einen Schritt zurück. Mit so etwas hatte er, ehrlich gesagt, nicht gerechnet. Dass Dennis das schwer traf, war klar. Dieser verzog nun sein Gesicht. Doch weder Hans noch die anderen Schaulustigen konnten aufgrund der anhebenden Lautstärke der Musik hören, was er sagte. Um mit ihm weiterreden zu können, zog der Biobauer den Verzagten beiseite. Doch der riss sich von ihm los und verschwand hinter den Christbäumen. Besagte Babsi lief ihm dorthin nach.

Weihnachtsmann Josi Hütter schien die Situation allerdings wenig auszumachen. Babsis Assistenz übernahm nun ein mittelgroßer, stämmiger Mann, den er Max nannte. Ihn umringte erneut eine Menschentraube, was er sichtlich genoss.

Ein dreifacher Salut der Kapelle kündigte nun einen besonderen Programmpunkt an. Auf dem Weg zur Bühne ging der wiederhergestellte Rauschebart an mehreren Frauen vorbei, die er vor deren Ehemännern genüsslich auf die Wange küsste. Sogar dabei wirkte er in seinem Gehabe würdevoll und freundlich, weshalb mehrere Kinder neben ihm herliefen. Die Stufen auf die Bühne nahm Hütter elegant und streichelte einem Mädchen über den Kopf. Schließlich ließ er den Geschenkesack stehen, hob es hoch, nickte dessen Eltern zu und stellte sich mit dem Kind im Arm neben die große Spendenbox.

Der Moderator der Weihnachtsveranstaltung kündigte nun den Höhepunkt an: die Ziehung des Hauptgewinns. Der war, so viel wurde vorab verraten, eine ganze Stunde mit dem Weihnachtsmann verbringen zu durfen, um bei ihm diverse Wünsche zu deponieren. Die Kinder waren davon hellauf begeistert, während der Applaus bei den Erwachsenen wider Erwarten dürftiger ausfiel. Man gewann fast den Eindruck, dass die meisten Männer auf Beifall verzichteten.

Auf der Bühne hingegen bemerkte man nicht viel davon. Die laute Hintergrundmusik, die nun aus der Konserve kam, übertönte alles andere. Der Deckel der großen Box wurde gehoben, und alle starrten gespannt hin. Jemand drehte die Musik leiser. Ein Zweitritt wurde beigestellt, wodurch das Kind jetzt nicht nur für alle gut zu sehen war, sondern auch von oben tief in die Box hineingreifen konnte. Der Weihnachtsmann hielt die Kleine fest, und nach einigem Wühlen zog sie einen gefalteten weißen Zettel hervor. Der Name, der darauf stand, lautete: Walli Winzer. Ein Lachen ging durchs Publikum. Einige Frauen zogen ein Schnoferl. Weihnachtsmann und Moderator sahen in die Runde, konnten die Gewinnerin aber nirgends entdecken.

»Walli Winzer, wo sind Sie?«, rief der smarte junge Mann mit dem Mikrofon in der Hand von der Bühne. Die Blaskapelle unterstrich mit einigen Takten die Spannung. Als Walli nochmals ihren Namen hörte, sah sie hoch und wurde mehr schlecht als recht von der Menge durch ein Spalier bis zur Bühne vorgeschoben. Weihnachtsmann Hütter griff nach ihr und zog sie an der ausgestreckten Hand die kurze Treppe hoch.

Nach Dankesworten und der Beschreibung ihrer Freude über die schöne und verschneite Landschaft zur Weihnachtszeit schloss Walli Winzer ihre kleine Ansprache mit einigen Gedanken über die Bedeutung, die das Schenken auch für sie hatte. Dann zückte sie zwei Hunderteuroscheine und warf sie öffentlichkeitswirksam in die Spendenbox neben sich. Natürlich habe sie auch zuvor mehrfach in Wien und in Großlichten gespendet, doch dies sei zusätzlich für die sozialen Projekte der Gemeinde gedacht.

Jubel. Danach stimmte die Blaskapelle das weltweit bekannteste Weihnachtslied »Stille Nacht, heilige Nacht« an. Viele sangen mit. Walli wollte ihren krächzenden Gesang lieber der Umgebung ersparen und blieb freundlich lächelnd auf der Bühne stehen.

Danach schien es musikalisch mehr zur weihnachtlichen Tanzmusik überzugehen, weshalb sie beschloss, wieder zum Stehtisch von Lena und Hans zurückzukehren. Gefolgt vom Weihnachtsmann Josi Hütter. Der hatte inzwischen seine rote Mütze und den weißen Bart abgelegt und schien jetzt mehr den Privatmann hervorzukehren.

Nach einem Small Talk mit dem weihnachtlichen Würdenträger widmete Lena sich wieder ihrer vorherigen Gesprächspartnerin, und Hans erklärte sich bereit, eine neue Runde an heißen Getränken vom Glühweinstand zu holen.

Josi erzählte Walli von seiner langjährigen Tätigkeit für das Sägewerk. Als Sicherheitsbeauftragter war er nun auch für das kürzlich bei Sotheby's ersteigerte Original von »Stille Nacht« verantwortlich.

»Das Stille-Nacht-Museum in Hallein war nach der Wirtschafts- und Coronakrise finanziell so angeschlagen, dass ein Verkauf dieser Kostbarkeit leider notwendig geworden war. Die gröbsten Schulden, die sich aufgebaut hatten, konnten so wenigstens getilgt werden, wie ich gehört habe. Morgen Nachmittag werde ich das wertvolle Exponat nach Wien in ein temperiertes Spezialdepot bringen.«

Die Musik war inzwischen um einige Dezibel lauter geworden, weshalb eine Unterhaltung auch abseits der Lautsprecher schwieriger wurde. Walli Winzer verstand nur noch jedes zweite Wort, das Josi Hütter ihr sagte. Sie verdeutlichte das mit einer hilflosen Geste. Er lächelte, fuhr aber unbeirrt fort. Walli Winzer ließ ihn gewähren. Hatte sie doch so die Möglichkeit, ihn genauer zu betrachten. Er strahlte etwas Fröhliches, zugleich Vitales aus. Eine gelungene, einnehmende Mischung, musste auch sie zugeben.

Dennoch sah Walli nach Hans, der mit dem Glühwein immer noch nicht wiedergekommen war.

Dann wandte sie sich wieder Hütter zu. Er war wirklich ein Bild von einem Mann, dieser Josi. Auch sie dachte, wie wohl die meisten Frauen, dass sie einen wie ihn in gewissen Momenten jedem noch so gewandten Gesprächspartner vorziehen würde. Josi Hütter daher blindlings an sich vorübergehen zu lassen, wäre zwar eine Möglichkeit. Aber keine kluge, lächelte Walli still in sich hinein.

5. KAPITEL

Walli Winzer traf plötzlich etwas am Kopf. Sie griff an die Stelle, konnte aber nicht ausmachen, was es gewesen war. Kräftig war der Schlag nicht gewesen. Nur so viel, dass sie ihn bemerkte und mehr darüber erschrak.

Sie war immer noch auf dem Weihnachtsmarkt. Doch alles klang gedämpft. Sicher lag das am Schnee, dessen Flocken dicht vor ihren Augen tanzten. Wie schön alles geschmückt war: die Krippe, die Weihnachtsstände, der große Christbaum neben der Bühne. Mit glänzenden Girlanden, bunten Lichtern und Schmuck, der die Fenster der Stände umrahmte.

Viele Menschen, vor allem Familien mit Kindern, waren da. Alle wirkten weihnachtlich gestimmt. Gingen langsam. Sehr langsam. Lachten miteinander. Es klang jetzt nicht nur gedämpft, sondern irgendwie verzerrt. Unheimlich.

Walli konzentrierte sich auf die Gespräche. Was sie jedoch vernahm, war nur ein Echo. Es klang blechern. Ihr war, als würde um sie herum alles in Slow Motion ablaufen. Nicht nur die Bewegungen der Menschen vor ihr. Sie drehten die Köpfe, und im selben Augenblick federten diese wieder zurück. Die Kinder liefen in Zeitlupe. Überall, wo sie hinsah, stand Josi Hütter. Unverkennbar. In seinem roten Weihnachtsmantel.

Schnitt.

Plötzlich ging er in einem der Bilder allein auf dem Christkindlmarkt. Niemand war mehr da. Er drehte sich nach Walli um, winkte ihr zu, lächelte charmant und ging weiter. Wie in einer Bildcollage beobachtete sie, dass er einmal da, dann wieder weg war. Alles ging immer schneller. Er drehte sich jetzt nicht mehr um. Bis er zwergenhaft im Hintergrund verschwand.

Walli Winzer öffnete erschrocken die Augen. Sie wusste vorerst nicht, wo sie sich befand. In der Benommenheit war ihr die Umgebung fremd. Was sich schnell änderte, weil Kater Filou bereits darauf gewartet hatte, dass sie endlich aufwachte. Daraufhin hüpfte er vor Freude auf die Bettdecke, gleich darauf auf das Nachtkästchen und von dort aus auf die Kommode. Im Eiltempo nahm er den gleichen Weg zurück und landete schließlich auf Walli Winzer.

»Filou, musst du mich so erschrecken! Was soll denn das in aller Früh!«

Der Kater stand in seinem morgendlichen Elan breitbeinig auf der Bettdecke über ihrem Bauch, sodass sie ihre Arme nicht darunter hervorholen konnte. Er schien das förmlich zu genießen. Denn ihrem barschen Tonfall nach würde das sowieso nichts Gutes für ihn bedeuten. Schnell wäre er abgeschüttelt. Dabei fand er es gerade jetzt so lustig, Frauchen mit seinen wenigen Katerkilos in ihrer Bewegungsfreiheit schachmatt gesetzt zu haben. Das sollte ihm erst einer nachmachen. Ja, er setzte eben sein Köpfchen ein, schwoll ihm vor Stolz die Brust. Zur Bestätigung hüpfte er nochmals auf Walli herum.

»Du Racker! Hörst du endlich auf?«, empörte sie sich.

Ja, genau das wollte er! Sie sollte sich nicht wie sonst noch einmal auf die andere Seite im Bett wälzen und eine Runde weiterschlafen. Nicht wenn er heute noch einiges vorhatte und jetzt sein Futter brauchte. Denn in der aufkommenden Morgendämmerung war es für eine Katze selbst im Winter sehr interessant draußen. Ein paar Vögel gab es immer an diversen Futterständen zu jagen, und auch Mäuse versuchten in den Ställen einige Körnchen Weizen abzubekommen.

Doch warum sollte Filou sich abmühen, seine Tagesration an Futter selbst zu erbeuten, wenn er mit Frauchen eine wunderbare Dosenöffnerin bei der Hand hatte? Dass sie meist länger als er schlief, war beinahe der einzige Fehler an ihr. Aber bald würde er ihr den auch abgewöhnt haben, war er sich sicher. Denn er hatte sie in den letzten Jahren sowieso schon gut für sich erzogen.

So hatte er ganz einfach beschlossen, das ekelhafte Futter, das sie ihm anfangs vorgesetzt hatte, nicht zu fressen. Daraufhin bekam er eine fürstliche Auswahl an Leckerbissen aufgetischt. Mal steckte er sein Schnäuzchen in die eine Mahlzeit, mal in die andere. Kostete von da, dann wieder von dort. Denn zu schnell festlegen wollte er sich auch wieder nicht. Immerhin war er interessiert, was sie noch alles an Leckerlies so auf Lager hatte.

Doch irgendwann war Schluss. Das Repertoire schien ausgeschöpft. Dann legte der Kater sich auf einige Varianten fest, auf die er sich regelrecht stürzte, nachdem Frauchen ihm den Napf hingestellt hatte. Die schmeckten schließlich wirklich fein! Ja, und so bekam er nahezu täglich Galamenüs. Geht doch!

Jetzt musste er sie nur noch so weit bringen, dass sie sein Frühstück zur richtigen Zeit auftischte. Das war bisher Schwerstarbeit für ihn. Na ja, sonst war er nicht so streng mit ihr. Doch im Winter fand sich eindeutig weniger Kleintier, das man auf einer Wanderung so nebenher bis zur eigentlichen Fütterung vertilgen konnte.

»Weg mit dir!« Walli hob nun abrupt die Decke und schubste ihren Kater ans Fußende ihres Betts.

Darüber ärgerte sich Filou, wollte aber weiterhin nicht Wallis Aufmerksamkeit verlieren. So beschloss er, erneut einige Sprints im Schlafzimmer hinzulegen. Vasen und kleinere Figürchen standen auf Ablagen herum. Das gefiel ihm. Diese würden seine Geschicklichkeit besonders herausfordern. Denn er wollte sie, wie man es von Stangen im Slalom beim Schifahren her kannte, für einige Laufrunden als Markierungen verwenden. Frauchen würde bei dem Tempo, das ihm vorschwebte und das er schon einige Male im Zimmer ausprobiert hatte, keine Möglichkeit haben, wieder einzuschlafen.

Mit seiner perfekten räumlichen Wahrnehmung prägte er sich alles genau ein. Dann sah er noch einmal zu Walli, bevor er zur ersten Runde anhob. Yeah! War das lustig! Ja, und so schnell konnte er gar nicht schauen, sprang Frauchen auch schon aus dem Bett und jagte hinter ihm her. Besser gesagt: Sie versuchte vor allem die kostbarsten Figürchen, die er noch nicht umgeworfen hatte, in Sicherheit zu bringen. Das war dann weniger lustig, wie er fand. Denn bloß Runden über Bett, Boden, Kommode, Kasten und wieder zurück zu laufen, fand er ohne Frauchens Protest recht eintönig. Gut, seiner Fitness im Winter war das durchaus zuträglich. Das bemerkte er sofort an seiner erhöhten körperlichen Geschmeidigkeit.

Da Frauchen nun eines der Kleidungsstücke nach ihm warf, wusste er, dass es besser sein würde, den Weg nach draußen zu suchen. Er war überzeugt, dass sie gleich folgen würde. Zumindest hoffte er das! Denn nach seinem Morgensport spürte er bereits eindeutig Hunger. Er brauchte Frauchen. Sie war sein Weg zur kulinarischen Glückseligkeit. Damit sie daher zu seinem Lieblingsfutter greifen würde, müsste er wiederum eine andere Taktik wählen: Vom morgendlichen Aktivkater sollte er möglichst rasch zum sensiblen Schnuckelkätzchen schwenken und sanft um ihre Beine streichen. Letztlich würde das selbst ihn in die richtige Stimmung und Ausgeglichenheit vor seinem Fressgenuss versetzen.

Ja, und da war sie schon, seine Walli. Selbstbewusst saß er in der Mitte der topmodernen Küche und sah sie mit großen und treuherzigen Augen an. Dabei neigte er sein Köpfchen ein wenig zur Seite, was Frauchen bei dem süßen Anblick, den er bot, nun endgültig dahinschmelzen ließ. Nichts war mehr von ihrem vorherigen Zorn zu merken. Geht doch, freute sich der Kater. Dann noch ein bisschen um sie herumgeschmeichelt, und er hatte sie wieder um seine Pfote gewickelt. Wie gut er sie nach den wenigen gemeinsamen Jahren doch schon kannte.

Auch Walli Winzer schien mit Filou trotz des zeitweisen Ärgers Spaß zu haben. Sie lachte.

»Na, du machst deinem Namen heute wieder mal alle Ehre! Wenn ich dich am Morgen noch einmal so wild erwische, dann …«

Sie hörte plötzlich auf zu sprechen, als sie wieder ins entzückende Katzengesicht Filous sah. Der Kater schmachtete sie weiterhin herzergreifend an. Da Walli so früh am Morgen nicht im vollen Besitz ihrer Widerstandskraft war, griff sie ohne Gegenwehr in die Lade und nahm eine Futterschale heraus.

Kurze Zeit später beobachtete sie ihren rundum zufriedenen Kater.

Auf ihrem Weg zur Kaffeemaschine stellte sie sich ans Fenster und blickte in die verschneite Landschaft hinaus. Der Himmel war in den Schattierungen mittel- bis dunkelblau gehalten, was sich fast ein wenig in der dichten Schneedecke spiegelte. So viel von dieser weißen Pracht hatte Walli Winzer in den letzten Jahren nicht erlebt. Sonst gab es bloß wenige Zentimeter hier, die nach einigen Wochen wieder verschwunden waren. Manchmal wiederholte sich das Naturschauspiel, abwechselnd mit stimmungsvollem Raureif auf Bäumen und Sträuchern.

Walli Winzer erinnerte sich daran, dass Sägewerkbetreiber Friedl Ambrecht sie für den Vormittag eingeladen hatte, das Original von »Stille Nacht« zu begutachten. Josi Hütter sollte es am Nachmittag unter höchster Sicherheitsauflage nach Wien in einen eigens für kostbare Kunstwerke betriebenen Kunsttresor bringen. Der war in einem unscheinbaren, nicht näher bekannten Gebäude untergebracht.

Harry Kain hatte sie gestern Abend gebeten, heute mitkommen zu dürfen. Das schlug sie ihm natürlich nicht aus. Er war ein profilierter Journalist. Auch wenn er derzeit für das Magazin »Griaß di« Hochglanzgeschichten mit Wohlfühlcharakter, begleitet von vielen schönen Fotos, schrieb.

Die Geschichte der Versteigerung des wohl bekanntesten österreichischen Liedes eignete sich daher optimal. Eine Weihnachtsgeschichte müsste sich noch in der aktuellen Ausgabe ausgehen, war sich Walli sicher. Sie würde dahinter sein, dass Harry etwas Griffiges daraus machte. Denn das wäre gleich ein guter Teaser für den Ausstellungsauftakt im nächsten Jahr. Ein gelungener Startschuss, wie man so sagte. Sie würde Harry gleich anrufen, damit er nicht darauf vergaß. Bei ihm wusste sie nie so recht, ob der gestrige Alkoholkonsum am Christkindlmarkt nicht doch einiges aus seinem Bewusstsein verdrängt hatte. Immerhin hatte sie ihn nicht mehr gesehen, nachdem sie selbst einigermaßen illuminiert das Fest verlassen hatte.

Walli warf ein recycelbares Kaffeepad in die Maschine. Von den Aluminiumkapseln war sie längst abgegangen. Immerhin gab es genauso köstlichen Kaffeegeschmack durch andere Möglichkeiten. Ja, und was würde das für einen Eindruck bei PR-Kundinnen und -Kunden hinterlassen, die sie auch ins Waldviertel einlud, wenn bei ihr solche Umweltsünden herrschten? Regelmäßig veranstaltete die PR-Strategin Produktpräsentationen in ihrem Dachbodenatelier. Dabei zeigte sie auch ihre neuen Kunsterwerbungen. Ein neues Hobby, auf das sie stolz war. Manchmal schummelte sie sogar einige ihrer eigenen Kunstwerke darunter, die sie unter Anleitung von Fachkundigen gemalt hatte. Sie freute sich unglaublich, wenn einige der Geladenen Loblieder darauf sangen. Wie beeinflussbar doch der Geschmack aller Menschen war! Dass sie sich hinter der Künstlerin verbarg, verschwieg sie lieber.

Daher freute sie sich bereits auf das Treffen mit Friedl Ambrecht, der offenbar dabei war, sein Kapital in Krisenzeiten nicht nur gewinnbringend, sondern auch in Sachen identitätsstiftendes Kulturgut anzulegen. Denn was würde es für Sinn ergeben, wenn das gemeinschaftlichste Lied aller Lieder »Stille Nacht« in den USA aufbewahrt werden würde, wo es doch von Österreich aus die Welt erobert hatte?

Filou kümmerte all das nicht. Er schleckte sein Mäulchen und trottete ziemlich vollgefressen vom Futternapf wenige Schritte hinein ins Wohnzimmer. Dort ließ er sich mit einem Plumps auf dem handgeknüpften Teppich aus Anatolien nieder, den Walli von ihrer letzten Türkeireise mitgebracht hatte. War das gut!, schien er durch sein wohliges Rekeln ausdrücken zu wollen.

Auch Walli hielt inzwischen ihren Kaffee in der Hand und griff zum Hörer ihres uralten Telefonapparats aus dem Jahr 1950. Den hatte sie sich wegen der alten Edgar-Wallace-Krimis, die sie mitunter gerne sah, gewünscht. Mizzi Troger, die Vorsitzende des Dorfverschönerungsvereins, die mit Freundin Lena ihr Haus geschmackvoll eingerichtet hatte, hatte diesen über eine Onlineplattform erworben. Walli liebte diesen alten Apparat, über den sie abends stundenlang mit Harry diskutierte. Sie beide mochten das. Obwohl sie nicht weit voneinander wohnten, konnte man doch so jederzeit mit dem Gespräch Schluss machen. Oder oft auch bis in den frühen Morgen hinein miteinander plaudern. Auf jeden Fall blieb Walli das Hinauskomplementieren eines zu solcher Zeit bereits mühsam gewordenen Gastes erspart. Denn zu mehr würde es mit Harry von ihrer Seite aus niemals kommen. Deshalb müsste sie ihn auch zu angemessener Zeit wieder loswerden.

Jetzt war es jedenfalls einmal andersherum. Sie würde frühmorgens zum Hörer greifen und Harry mit Sicherheit aus dem Bett jagen.

Und so war es auch. Er hob verschlafen ab. »Hallo, wer am Apparat?«

»Guten Morgen, Herr Chefredakteur. Ich habe eine neue Story für Sie!« Walli erzählte ihm von ihrer Abmachung. Natürlich konnte er sich an nichts mehr erinnern, war aber froh, dass Walli sich gemeldet hatte. Sie würden sich in einer Stunde direkt am Parkplatz des Sägewerks treffen. Harry sah auf die digitale Uhr seines Telefons: Oh Gott, es war erst 7.00 Uhr.

6. KAPITEL

Punkt 8.00 Uhr stieg Harry Kain aus seinem alten 2CV-Citroen der 1970er-Jahre aus. An den Innenseiten der Fenster hatten sich Eisblumen gebildet. Walli Winzer kannte so etwas noch von ihren Gebrauchtwagen. Sie wollte sich daher gar nicht erst ausmalen, wie kalt es darin sein musste. Aber Harrys Liebe zu diesem alten Gefährt war eben besonders, weshalb er so etwas in Kauf nahm. Es war vielleicht die Imagination all dessen, was er in seinem Leben verloren glaubte oder tatsächlich auch hatte. Was übrig geblieben war von seinem einstigen Erfolg. Im privaten wie im beruflichen Leben.

Walli hingegen hatte über Fernbedienung die Standheizung ihres Tesla von ihrem Haus aus eingeschaltet und war in ein wohlig warmes Auto gestiegen. Sie hatte Harry sogar vorgeschlagen, ihn abzuholen. Doch dafür war er wohl zu stolz gewesen. Nicht nur, weil sie ihn aus dem Bett läutete, sondern ihn auch an den Morgentermin hatte erinnern müssen.

Daraufhin war er sofort in seine Kleidung gesprungen und hatte sich auf den Weg gemacht. Walli war daher völlig überrascht, ihn rasiert zu sehen. Oft hatte sie ihn so noch nicht getroffen. Und jetzt hätte sie das wirklich nicht erwartet. Er war flott am Parkplatz des Sägewerks eingefahren und hatte sich neben sie gestellt.

»Guten Morgen, Harry!«, rief sie ihm anerkennend zu.

Offensichtlich wusste er, worauf sie anspielte, was ihre Stimmung aufhellte. Er griff sich prüfend an die untere Gesichtshälfte.

»Guten Morgen, Frau Winzer! Ich bin gestern nur noch ins Bett gefallen. Gut, dass Sie heute an mich gedacht haben«, ergänzte er und sah sie freundlich an.

Walli fand, dass sein Zustand heute durchaus akzeptabel, beinahe adrett war. Selbst die Haare trug er gepflegt, was sonst auch nicht selbstverständlich war. Dabei war Harry Kain ein groß gewachsener, dunkelblonder Mann, nur wenig ergraut. Es haftete ihm durchaus etwas Charmant-Spitzbübisches an. Wenn er es nur nicht wieder mit Sarkasmus übertrieb und damit seine gesamte Umgebung auf die Palme trieb. Aber in diesem Aufzug konnte man sich sogar mit ihm sehen lassen.

Walli Winzer dachte nun an ihren neuen Auftrag bezüglich des Friedensprojekts, weshalb sie mit ihm gekommen war, und schätzte Harrys Disziplin. »Ich weiß. Es ist ziemlich früh heute für eine Recherche. Aber was tut man nicht alles für eine gute Story, bevor das Original ›Stille Nacht‹ nach Wien reist.«

Harry fuhr sich mit der Hand durchs Haar. »Allerdings. Hat sich gut getroffen, dass wir gestern noch darüber gesprochen haben. Ein paar tolle Fotos und ein ausführlicher Vorbericht geben schon was her. Später folgt dann die Ausstellung als eigentliches Highlight. Wahrscheinlich wird Salzburg nicht gerade glücklich über die Gesamtsituation sein.« Harry steckte seinen Autoschlüssel ins Schloss und sperrte ab.

Während sie den Platz zum Eingangstor überquerten, brauste ein schwarzer BMW um die Ecke und parkte knapp neben ihnen. Die Reifen hatten bei der raschen Fahrt Schnee aufgewirbelt, der Walli und Harry ins Gesicht flog, sodass sie ihn abwischen mussten.

Ein Mann mittleren Alters stieg aus, den sie gestern auch neben Ambrecht hatte stehen gesehen. Und Wallis erster Eindruck bestätigte sich erneut. Sympathisch wirkte er nicht auf sie. Er war offenbar in Gedanken, denn er beachtete weder Walli noch Harry, sondern zog eilig an ihnen vorbei und verschwand hinter den mächtigen Toren der Einfahrt zum Sägewerk.

Es war ein moderner Bau, der mehrere An- und Ausbauphasen erlebt haben musste. Renovierte historische Backsteinbauten standen neben modernen Lagerhallen und mobilen Containern. Walli und Harry gingen durch die Zufahrt, vorbei an einer verwaisten Portierloge, die nicht mehr gebraucht wurde. Welchen Weg sie zur Direktion des Sägewerks einschlagen mussten, ließ sich auf den ersten Blick beim besten Willen nicht feststellen. Es gab zwei Möglichkeiten: links oder rechts im Durchgang der Zufahrt. Nichts war beschriftet, und die Aufgänge mündeten jeweils in neue Bereiche.

»Also, welchen von beiden nehmen wir nun. Entscheiden Sie«, ließ Harry Kain seiner Begleiterin die Wahl.

Walli fühlte sich zwar fit, doch von Entscheidungen so früh am Morgen war auch sie nicht besonders begeistert. Daher zog sie es vor, einen Arbeiter, der den Hof überquerte, nach dem Weg zu fragen. Forschen Schritts kehrte sie danach zum Durchgang zurück und stieg den linken Aufgang hoch. Harry trottete ihr nach.

Erst oben war an der Wand ein Schild mit Richtungspfeil »Zur Direktion« befestigt. Im modernen Design machte sich dieses historische Relikt wie ein Fremdkörper aus. Doch es war mit Sicherheit eng mit der Geschichte des Waldviertler Familienbetriebs verbunden. Wenig später öffnete sich eine Milchglastür wie von allein. Walli und Harry wurden von einer freundlichen jungen Frau empfangen und in den Direktionsbereich begleitet. Dort stand ein junger Mann, der sie in ein seitlich gelegenes Büro führte.

Der kleine, untersetzte Mann von vorhin, der mit dem BMW gekommen war, wartete vorm Schreibtisch und ging Walli Winzer entgegen. Er war Anfang 50 und hielt ihr seinen ausgestreckten Arm mit protziger Armbanduhr entgegen, die er nicht links trug.

»Ich begrüße Sie stellvertretend für meinen Chef, Herrn Hütter! Max Riegler mein Name. Er ist noch nicht da, und Herr Direktor Ambrecht hat mich beauftragt, Sie, wenn Sie da sind, zu ihm ins Lagerbüro zu begleiten.«

Walli Winzer war verwirrt, weil Josi Hütter sie am Vorabend noch eindringlich auf die frühmorgendliche Besichtigung hingewiesen hatte. Zu Mittag sollte er mit dem Original bereits im Wiener Depot sein.

Mit dem Direktor wollte sie erst zu einem anderen Zeitpunkt plaudern. Dann nämlich, wenn sie bereits mehr über den Strategieplan zur Ausstellung wusste. Und den musste sie erst mit Silvia Manner erarbeiten. Jetzt wäre sie bloß zur Besichtigung des Originals gekommen, um ein Gefühl für dessen Aura zu entwickeln. So knapp vor Weihnachten fand Walli es durchaus nützlich, sich auch gleich darauf einzustimmen. Daher tat sie, worum man sie gebeten hatte, und machte sich mit dem Journalisten und dem Security-Mitarbeiter auf den Weg ins Lagerbüro. Als sie wieder in der Durchfahrt standen, erinnerte sich die PR-Lady an die zuvor enervierende Suche nach der Direktionsetage. Walli, stets Frau klarer Worte, ließ es sich daher nicht nehmen, diesbezüglich einen gezielten Hinweis anzubringen.

»Oha, das ist uns nie aufgefallen. Wir alle kennen's halt. Da denkt man net an anderes. I werd's aber weitergeben«, gab sich der Mann motiviert.

»Wo ist eigentlich der Herr Hütter?«, fragte Walli Winzer schließlich direkt.

»Na ja, ich nehme an, unterwegs«, kam es ebenso knapp. »Sonst hätte der Chef mich ja nicht gebeten, mich um Sie zu kümmern.«

Harry Kain sah Walli vorwurfsvoll an. Er seufzte. Seltsamerweise machte sich bei ihm der Gedanke breit, dass sich die Geschichte auch ganz anders entwickeln könnte. Denn wie es aussah, hatte es niemand eilig – außer Walli Winzer! Sonst wäre der Weihnachtsmann-Casanova seiner Ansicht nach ja schon hier und würde sie erwarten. Stattdessen mussten sie erst auf die Suche nach den Verantwortlichen gehen.

Sie überquerten einen Platz, auf dem ein mit Baumstämmen beladener Lastwagen einen Anhänger angekuppelt erhielt. Ein Kran begann diesen zu beladen.

»Dass man so riesige Apparate tatsächlich sicher auf Straßen lenken kann, grenzt für mich nahezu an ein Wunder.«

»Die Burschen sind das gewöhnt. Machen ja sonst den ganzen Tag nix anderes.« Max Riegler amüsierte sich über seinen witzig gemeinten Kommentar. Harry und Walli reagierten nicht darauf, sondern sahen sich in der riesigen Anlage um. Das Areal bestand aus vielen Lagerplätzen, auf dem die mächtigen Baumstämme nach Durchmesser und Länge sortiert wurden. Im vorderen Bereich befanden sich der Bürotrakt, die Schnitt- und Lagerhallen dahinter.

»Bei Ihnen stapelt sich wohl alles Abgeholzte des Waldviertels«, versuchte Walli die Konversation in der Zwischenzeit anzukurbeln.

Riegler lachte wieder. »Das könnte man beinahe glauben. Aber es gibt noch andere Sägewerke in der Umgebung. Doch es stimmt schon: Wir sind einer der größten Betriebe und mit Sicherheit einer der modernsten in ganz Österreich. Der Chef wird Ihnen darüber mehr erzählen.«

Walli nickte erwartungsvoll.

Inzwischen waren sie zum längsten Gebäude des Werks gekommen. Bereits von außen hörte man das Jaulen der Sägemaschinen. Max Riegler öffnete die Tür und ersuchte sie vorauszugehen. Walli Winzer kniff die Augen zusammen, um den Lärm besser aushalten zu können. Der Weg durch die Werkshalle bis zum Lagerbüro war nur kurz. Auch Harrys Blick verriet ihr, dass er die Sekunden zählte, bis die Tür hinter ihnen geschlossen sein würde.

Endlich war es so weit.

Direktor Friedl Ambrecht kam ihnen entgegen und begrüßte sie. »Schön, dass Sie heute kommen konnten.« Eine Frau um die 45 grüßte etwas entfernt. »Das ist Claudia Richter. Sie ist so etwas wie mein Gedächtnis und macht den besten Kaffee der Welt. Ich bevorzuge immer noch selbst gebrühten.«

Walli Winzer sah ihn unbeeindruckt an. Sie mochte solch herablassende Präsentation weiblicher Mitarbeiterinnen nicht. Es war bloß ihr Job, Ambrecht an seine Termine zu erinnern. Das hatte nichts mit dessen persönlichem Wohl zu tun. Das vergaßen männliche Chefs offenbar gerne – und ihrer Mitarbeiterinnen wohl oft dazu.

Die PR-Agentin nickte Frau Richter zu und blickte danach durch die Fensterfront nach draußen. Sie kam gleich auf den Betrieb zu sprechen: »Eine tolle Anlage. Lauter große Monitore und Computer. Es sieht hier fast wie auf einer Raumstation aus.«

Sie war erleichtert, dass sie wieder ungestört sprechen konnten. Denn der Lärm von draußen war nicht mehr zu hören. Die Verglasung des Büros hielt ihn ab.

»Es hat sich in den vergangenen Jahren viel in unserer Branche verändert. Sie sehen ja: Draußen sitzt unser Werksmeister hinter einer lärmisolierten Glaswand. Er überwacht und steuert die Maschinen quasi von einem Cockpit aus.«

»Ja, man hat immer noch alte Bilder im Kopf, wo Menschen direkt an den Maschinen stehen und körperliche Schwerstarbeit leisten müssen.«

»Diese Zeiten sind auch in der Holzverarbeitung im Allgemeinen vorbei. Denn selbst die zugeschnittenen Bretter werden von Maschinen gehoben und sortiert. Bevor ich Ihnen das Original von ›Stille Nacht‹ zeige, möchte ich Sie selbst noch gerne durch unsere Anlage führen.«

Obwohl Walli Winzer in aller Früh weniger nach einem Spaziergang in Eiseskälte zumute war, entging ihr der Stolz des Direktors über seinen Betrieb nicht. Ja, und immerhin müsste sie auch Journalisten und Sponsoren gegenüber mehr Hintergrundwissen über die Tätigkeit des neuen Besitzers haben. Sie sah nach Harry, der auch wenig begeistert die Augen verdrehte, jedoch so, dass Ambrecht es nicht sehen konnte. Dessen Sekretärin wiederum hatte es bemerkt. Sie blickte ihn streng und unwirsch an.

Er rückte eben seine Spiegelreflexkamera zurecht. »Kommen Sie, Harry.« Walli nahm den Journalisten am Arm und drehte ihn zum Ausgang.

Wieder im Freien, durchschritten sie in Begleitung Ambrechts, Claudia Richters und des Security-Beauftragten eine Vielzahl an Lagerreihen. Entlang an Baumsortier- und Reinigungsmaschinen sowie dem Nasslager für die Langzeitaufbewahrung. »Die Bäume werden nach dem Fällen noch im Wald von unseren mobilen Robotern bearbeitet, und die Äste werden entfernt. Was früher anstrengende und gefährliche manuelle Arbeit der Forstarbeiter war, wird heute auch hierbei ausschließlich von Maschinen ausgeführt. Nur die Auswahl der Bäume und der Keilschlag beim Fällen erfolgt noch manuell.«

Friedl Ambrecht war stolz auf sein Familienunternehmen. »Ich leite den Betrieb in fünfter Generation und habe ihn nicht nur modernisiert, sondern auch zu einer Holding umstrukturiert, die sogar Kunstankäufe zulässt.«

Da Walli Winzer bereits eine eisige Nasenspitze hatte und Harry, der keine Mütze trug, langsam rote Ohren bekam, drängte sie, das Original von »Stille Nacht« sehen zu wollen. »Gerne komme ich ein anderes Mal. Da möchte ich mehr über Ihre neue Holding erfahren und habe sicher das Konzept schon genauer mit meiner Agentur ausgearbeitet.«

»Aber natürlich«, erwiderte Ambrecht. »Dann hole ich Ihnen jetzt Josi Hütter, unseren Sicherheitschef. Inzwischen müsste er ja gekommen sein.« Er blickte bekümmert und wählte eine Nummer auf seinem Mobiltelefon.

Kurze Zeit später hörte man den Klingelton eines anderen Handys. Sekretärin Richter erschrak und machte sich unaufgefordert in die Richtung auf, aus der die Melodie kam. Sie verschwand hinter einem Container mit mächtigen Baumstämmen.

Gleich darauf ertönte ein gellender Schrei.

Walli folgte ihr und wollte ebenso kaum ihren Augen trauen. Sie sah den roten Mantel des Weihnachtsmannes, der weit geöffnet auf dem weißen Schnee lag. Füße lugten hervor. Wem sie gehörten, konnte niemand erkennen. Eine riesige Blutlache hatte sich vom Hals weg ausgebreitet. Je länger Walli Winzer hinstarrte, desto bewusster wurde ihr, dass nicht der Schnee das Übrige verdeckte.

Nein. Der Kopf war weg!

Die Sekretärin kreischte ohne Unterbrechung.

Walli sah keine Fußabdrücke, außer ihrer beider. Der starke Wind hatte inzwischen alle Spuren verweht. Nur das ausgetretene, warme Blut hatte sich weiterhin sichtbar seinen Weg gebahnt.

Frau Richter verstummte plötzlich von einer Sekunde zur anderen. Fassungslos starrte sie auf eine der Metallstreben.

Walli Winzer folgte ihrem Blick. Auch sie hielt anschließend den Atem an.

Da war er nämlich, der fehlende Kopf. Bleich und mit offenen Augen glotzte er ins Leere.

Wenig überraschend, war es der von Josi Hütter, Sicherheitschef des Sägewerks und Weihnachtsmann von Großlichten.

Claudia Richter fiel in Ohnmacht. Dabei hatte sie Glück im Unglück, denn Walli Winzer konnte sie gerade noch rechtzeitig auffangen.

7. KAPITEL

Die Dieselabgaswolken einiger Lieferwägen hüllten den Vorbereich von Schloss Waldstetten in dichten Rauch. Der Fahrer eines Transporters sprang bei laufendem Motor heraus und begutachtete, ob er die richtige Position erreicht hatte, um möglichst gut einladen zu können.

Weiße Styroporkisten standen vorbereitet und übereinandergestapelt neben der Schlossmauer. Kurze Zeit später kam eine junge Frau mit burschikosem Haarschnitt in den Hof und ging auf ihn zu. Sie hielt eine Liste in der Hand.

»Hallo, Dennis, ich dachte, du kommst früher. Haben dich heute eure Christbäume so lange aufgehalten?« Besagter war mit dem Öffnen des Laderaums beschäftigt, weshalb sie seine Antwort nicht abwartete, sondern fortfuhr: »Die Karpfenfilets haben wir schon herausgestellt. Ich hoffe, sie sind inzwischen nicht tiefgefroren«, witzelte sie.

Der junge Mann war verlegen. »Der viele Schnee war's«, versuchte er zu erklären, als er ihr gegenüberstand. »Da hab ich nicht so schnell fahren können. Aber jetzt bin i ja da, Romy. Wie viel soll ich mitnehmen?«

Die junge Frau sah auf ihrer Liste nach und ging gezielt zu den vorbereiteten Steigen. »Die zehn da sind es. Hast du die aktuelle Liste für die Auslieferung mit?«, fragte sie ihn.

Dennis Pichler ging zum Wagen und sah von außen hinein. Er verneinte.

Romy sah ihn kopfschüttelnd an und hob dabei die Augenbraunen. »Ich kopiere dir meine.«

Inzwischen fuhr ein neuer Wagen ein. Er hupte, weil ihm jener von Dennis Pichler im Weg stand.

»Was is? Das geht jetzt nicht.« Er sah ihn genervt an und zeigte ihm, dass er noch etwas Zeit brauchte. Er müsse sich gedulden. Dann öffnete Dennis gelassen, ja sogar ein wenig provozierend, beide Heckklappen und begann langsam Steige um Steige hineinzuheben.

Da der Fahrer nochmals hupte, kam nun auch ein Mitarbeiter des Schlosses gelaufen. Der Wartende beklagte sich bei diesem wegen der betonten Langsamkeit seines Vordermanns. Schließlich sei auch er wegen des morgendlichen Schneetreibens zu spät dran und dürfe nicht noch mehr Zeit verlieren. Der Schlossmitarbeiter zuckte mit den Schultern und bot dem Fahrer an, ihm beim Einschlichten der Ladung zu helfen.

Dennis Pichler ließ sich weiterhin nicht aus der Ruhe bringen.

»So, da ist sie.« Romy Steiner legte ihm die kopierte Liste auf eine der bereits eingeschlichteten Fischsteigen.

»Dennis, was is mit dir? So schlecht drauf wie in letzter Zeit warst du noch nie. Geht's dir nicht gut? Mit der Babsi? Dabei bekommt ihr doch miteinander ein Kind?«

Dennis schwieg und räumte die letzte Steige in den Wagen. Dabei tat er so, als hätte er sie nicht gehört.

»Dennis, du musst jetzt die Babsi unterstützen. Das Baby ist bald da. Da könnt ihr euch sowieso nicht mehr so intensiv um einander kümmern.«

Plötzlich lachte er laut auf und wurde sehr lebendig. »Was du nicht sagst!« Dennis schaute Romy erbost an. »Was willst denn du schon wissen!«

Romy Steiner wich irritiert von ihm zurück. »Wie meinst'n das? Bist schon wirklich seltsam drauf heute.«

Der eingereihte Fahrer hupte erneut.

Romy Steiner hob ihre Hand und zeigte ihm, dass er gleich an der Reihe wäre. Dann wandte sie sich nochmals Dennis Pichler zu. »Also, sag schon!«

Er zögerte, und seine Mimik spiegelte eine ausdruckslose Leere wider. »Das Kind ist nicht von mir. Punktum.«

Jetzt verschlug es auch Romy die Sprache.

Der Wartende zeigte kein Erbarmen. Vielmehr schien er nun seine Hand gar nicht mehr von der Hupe nehmen zu wollen.

»Aber Dennis, wie willst das denn wissen? Wieso glaubst du das?«

»Ich hab gehört, wie sie sich ein privates Treffen mit dem ausgemacht hat. Seitdem ist alles anders zwischen uns geworden. Als gäbe es mich nur so. Halt an ihrer Seite. Aber sie ist mit ihren Gedanken ganz woanders. Nicht bei mir. Bei dem eben.«

Romy Steiner wusste augenblicklich nicht, was sie ihm darauf antworten sollte. Nach einer Weile meinte sie: »Weißt du das sicher?«

»Sicher«, wiederholte er trocken. »Bin doch nicht blöd. Das merkt doch ein Blinder.«

»Willst nicht mit ihr reden? Sie fragen, ob das auch wirklich stimmt, was du da von ihr glaubst?«

»Hab genug gehört und erlebt.« Dann sackte er in sich

zusammen und schloss die Augen. »Hab sie beide miteinander gesehen.«

Aus dem Bürobereich des Schlosses eilte ein Mann in Lederjacke mit Schaffellkragen auf sie zu, stockte jedoch einige Meter vor ihnen, als er Dennis Pichler sah. Es wirkte, als würde er ihn kennen, dann ging er aber weiter. Er unterbrach das Gespräch, von dem er annahm, dass es zu Ende war. »Im Büro sagte man mir, Frau Steiner, dass Sie hier draußen sind.«

Wie von Ferne gesteuert drängte sich Dennis Pichler plötzlich an Romy vorbei, schlug die Hecktüren seines Autos zu, riss die Fahrertür auf und brauste ohne Verabschiedung davon.

Romy Steiner sah ihm entgeistert nach. Viel Zeit blieb ihr dazu allerdings nicht. Denn nicht nur der neue Kunde wartete auf sie, sondern auch der zuvor unwirsche Lieferant war bereits dabei, sein Fahrzeug am frei gewordenen Platz abzustellen.

Romy ging zur Seite und drehte ihm den Rücken zu. Debattieren wollte sie jetzt nicht. Kurz vor Weihnachten musste sie nicht von allem haben. Außerdem wurde er sowieso von ihrem Mitarbeiter, Aslan Gül, betreut. Da musste sie nicht auch noch dabei sein. Sie klopfte diesem anerkennend auf den Rücken, während er sich nach einer Kühlbox mit Karpfenfilets bückte.

»Ja, solche wollen wir auch, aber noch lebend«, machte der Schaffell-Kunde wieder auf sich aufmerksam. »Raffael Winkler, ich halte seit gestern ein Führungs- und Achtsamkeitsseminar im neuen Lodge-Dorf ab. Ich habe uns ja bei Ihnen bereits angekündigt. Denn als eine Art Incentive, also so einen Motivationsfaktor während des Seminars, plane ich nicht nur einen Backnachmittag mit Starkoch Hannes Lechner, sondern auch einen gemeinsamen Abschiedsbrunch im Lodge-Dorf. Dazu brauche ich Karpfen.«

»Ich erinnere mich. Er hat mir davon erzählt.«

»Wissen Sie, bei diesem Karpfenevent gehört es dazu, dass alle Teilnehmerinnen und Teilnehmer üben, künftig herausfordernde Entscheidungen selbstständig zu treffen. Entscheidungen für andere und auch für sich selbst. Da müssen manchmal sogar moralisch persönliche Grenzen übertreten werden. Ich will das anhand von Karpfen erleben lassen: Will jemand einen essen, muss er zuvor die Verantwortung übernehmen, auch einen auszuwählen, mit einem erlernten Karpfenstich selbst zu schlachten, auszunehmen und dann zuzubereiten. Ich will damit erlebbar machen, wie eine Entscheidungskette funktioniert. Ich muss mir als Führungskraft über mein Handeln stets bewusst sein. Wenn ich also irgendwann jemandem kündigen muss, sollte ich mir des Leids, das ich dieser Person dadurch bereite, bewusst sein. Will ich das vermeiden und trotzdem das gleiche Ergebnis erzielen, muss ich nach einer anderen Entscheidung und Strategie suchen und nicht die einfachste wählen. Ihm vielleicht von einem anderen Betrieb bereits eine ähnliche Stelle anbieten lassen oder ihn auf einen anderen Posten setzen und das entsprechend kommunizieren.«

Romy Steiner war darüber verblüfft. Was in Zeiten bewusst erlebter Nachhaltigkeit manchem Seminarleiter so alles einfiel. Sie wusste nicht, ob sie das gutheißen sollte.

Damit die Tiere auch wirklich kein Leid ertragen mussten und sie artgerecht durch den richtig gesetzten Herzstich getötet wurden, bot sie ihren Mitarbeiter Aslan Gül an, der Raffael Winkler dabei unterstützen sollte, was dieser begrüßte.

»Vieles muss man erlebbar machen. Das Leben ist eben nicht immer ein Ponyhof.«

Romy Steiner, die über die eben gehörte Plattheit einigermaßen erstaunt war, wurde nachdenklich. Ihr eigenes Leben war etappenweise wirklich schwierig verlaufen. Um nicht zu sagen katastrophal. Vor allem hier im Dorf. Als Tochter, die ihren Vater lange Zeit nicht kannte. Der sich nie zu ihr bekannt hatte. Ihre Mutter deshalb viel durchmachen musste. In der alten Zeit. Schließlich zu früh verstarb. An allem zerbrach. Daran zu denken, versetzte ihr einen unerwarteten Stich ins Herz.

Doch manchmal war das Leben auch gerecht, holte sich Romy Steiner gedanklich wieder zurück. In einem Brief hatte die Mutter vor ihrem Tod den Namen des Vaters genannt. Romy hatte sich auf den Weg gemacht, ihn zu suchen, und dabei Julia gefunden. Wieder. Ihre einstige große Jugendliebe. Immer noch. Mit der sie inzwischen verheiratet war und seit wenigen Monaten ein gemeinsames Kind aufzog. Samt den beiden Kindern aus deren vorheriger Ehe mit Alexander. Dazu hatte Romy nach dem Tod ihres Vaters geerbt. Eduard von Waldstetten, der außer ihr keine direkten Verwandten hatte, hinterließ ihr nicht nur das Schloss, sondern auch sein Vermögen und seine Güter. Einer dieser Betriebe war die Karpfenzucht.

Um die Weihnachtszeit lief der Verkauf hier natürlich auf Hochtouren. Denn in vielen österreichischen Haushalten war gebackener Karpfen am Heiligen Abend Tradition und stand deshalb auf dem Speiseplan. Und fettfreier

Waldviertler Biokarpfen, wie man ihn bei ihr bekam, war immer mehr gefragt.

Romy Steiner schloss jetzt ans vorherige Gespräch an. »Ja, das Leben hält oft Unerwartetes bereit.«

»Um solches zu lösen, sind wir alle da. Nicht war, Martha?«, sagte er und nickte einer etwa 40-Jährigen zu, die mit anderen gekommen war. Sie blickte fasziniert zu ihm hin.

»Damit wir lernen, uns von vermeintlich Unabänderlichem abzugrenzen, haben wir zuvor Iris mit der Aufgabe betraut, lebende Karpfen auszuwählen, die Sie uns dann in einem Becken liefern werden. Das wird keine leichte Aufgabe sein zu wissen, dass du für deren Ende verantwortlich bist. Doch letztlich ereilt alle Karpfen das gleiche Schicksal. Ein Seminarpunkt wird sein abzuwägen, welche Kriterien dich zu deiner Auswahl bestimmen. *Du* setzt die Handlung.«

Romy Steiner beobachtete, wie die Charaktere seiner Gefolgschaft darauf reagierten. Ja, ein Bauernhof ist keineswegs nur ein Streichelzoo. Sie fühlte sich daher bemüßigt, einiges klarzustellen. »Karpfen werden bei uns nicht nur in naturnahen Teichen gehalten, gefüttert und führen innerhalb von zwei Jahren ein artgerechtes Leben. Sondern jeder einzelne wird vor dem Schlachten in einem Elektrowasserbad tierschutzgerecht betäubt und danach schmerzlos geschlachtet. Ich möchte Ihnen nicht den Appetit verderben. Aber Sie müssen wissen, dass es sich bei einem Karpfen, den Sie essen werden, um ein Lebewesen handelt. Wir sind ein Biobetrieb und halten Karpfen nicht als Ware oder Sache, wie das österreichische Tiergesetz sie bezeichnet, sondern wir schätzen die Tiere als Lebewesen wert.«

Iris, eine schlanke, offenbar Ernährungsbewusste, zeigte sich über Romys realistische Darstellungsweise wenig erfreut. »Ich glaube, dass ich doch lieber bei den Vorspeisen bleiben werde. Ich muss nicht von allem haben. Macht ihr nur weiter, Raffi! Ich schaue mir inzwischen das Schloss an.«

Sie war dabei zu gehen, als der Seminarleiter zu bedenken gab: »Siehst du, Iris, du weichst der Realität aus. Du willst nur die heile Welt sehen, obwohl es die nicht gibt. Es wäre gut, deine Mitte zu finden, um mit den Kategorien ›Gut‹ und ›Böse‹, die in deiner DNA entwicklungsbiologisch in gleichen Teilen angelegt sind, ausgewogener agieren zu können.«

»So wie du? Wo du oft nur das Negative im Leben siehst? Das will ich sicher nicht.«

Raffael Winkler stand zwischen den beiden Frauen. »Aber Iris, wir wollen doch über unsere Grenzen hinauswachsen. Unsere Persönlichkeit formen und aus allen Situationen heraus bewusst agieren.«

»Dazu muss ich doch nicht Tiere auswählen, die ich selbst töte, um sie dann aufzuessen! Das wäre ja noch schöner, sie sogar beim Namen zu nennen«, wurde Iris böse. »Ich bleibe da und warte auf euch. Macht ihr, was ihr wollt.«

»Iris, das ist doch ein Übungsteil unseres Seminars. Den lässt du aus?«

»Schluss, Raffael. Ich will kein Tier essen, das ich persönlich kenne. Und dabei bleibe ich.«

Der Seminarleiter neigte sich ihr zu und sah sie empfindsam an. Fast konnte man den Eindruck gewinnen, dass da mehr zwischen ihnen hätte sein können. »Iris«, wiederholte er, »so konsequent kenne ich dich ja gar nicht.« Er legte ihr seine Hand um ihre Schulter und zog sie an sich.

Martha, einer anderen Teilnehmerin, gefiel das gar nicht. »Wenn wir da länger stehen bleiben, Raffael, erfriere ich noch. Wo sind jetzt die Fischbecken? Gehen wir endlich los!«, forderte sie brüsk.

Aslan Gül, der die letzte Kühlbox der Palette genommen hatte, wies ihnen die Richtung zu den Fischbecken. Martha stapfte in Begleitung eines Seminarkollegen los.

Romy Steiner sah dem Treiben weitgehend skeptisch zu und wandte sich dann an Winkler. »Und? Habe ich Sie richtig verstanden: Alle Karpfen, die jetzt ausgewählt werden, liefern wir in Aquarien ins Lodge-Dorf.«

»Richtig. Hannes liefert uns den Brunch. Wer möchte, bedient sich. Die anderen bleiben beim gebackenen Karpfenfilet oder nehmen sich die Karpfenteile später mit.«

Romy Steiner zog ihre Haube weit über die Ohren und den Reißverschluss ihres Anoraks hoch. Dann versuchte sie schnellen Schritts, die anderen zu erreichen. Sie sah, wie sich Martha des Öfteren umsah und plötzlich stehen blieb. Es war weniger Romys wegen, wie diese zuerst glaubte. Nein. Martha schien ihren Augen nicht zu trauen. Sie starrte unaufhörlich zum Eingangsbereich des Schlosses: Raffael und Iris küssten einander.

8. KAPITEL

»Na! Stell dich net so nah an ihn. Du trittst ja alle Spuren nieder! Setz des Bandl zwei Meter weiter. Es is eh scho fast alles verwischt.«

Besagter schlug daraufhin den Metallpflock einige Meter von der Leiche entfernt ein und zog ein rot-weiß-rotes Plastikband durch dessen Schlaufe.

Der Anweisende kam nun selbst zur Absperrung des Tatorts. Er starrte auf das, was vom Weihnachtsmann übrig geblieben war, und sinnierte laut vor sich hin: »Der Himmel is a nimma des, was er amoi war. Sa ma sich ehrlich. Sonst tät er auf sein Personal wie den Weihnachtsmann besser aufpassen. A blöde G'schicht, des da mit dem Josi. Jetzt a noch so knapp vor Weihnachten.«

»Ja, manche haben's net leicht. Da bringen s' in der Adventzeit a bissl Schwung in die dunkle Jahreszeit – und schon wird ihnen von irgendjemandem der Garaus gemacht. Net schön des Ganze!«

»Auch wenn es der Josi Hütter heuer schon a bisserl übertrieben hat.«

Der andere hielt kurz inne und überlegte. »Du warst a net glücklich mit dera G'schicht um den Weihnachtskalender. Immerhin war dei Frau a bei die Weiberleut, die dauernd um ihn herum waren.«

Der Angesprochene sah seinen Kumpel von der Spurensicherung grimmig an. »Was redst denn daher? Sag des net no amoi. Des rat i dir!«

»Na, i mein's net a so. War ja nur a Blödelei von mir, weil's sonst halt so traurig is um ihn.« Er sah auf den Toten und seufzte. Fast hätte man meinen können, ein klein wenig Erleichterung herauszuhören. »Aber wir haben ja – Gott sei Dank – a no des Christkindl. In Großlichten jetzt sogar mit dem Original von ›Stille Nacht‹!«, schwoll ihm vor Stolz richtiggehend die Brust.

»Lass es guat sein. Und mach weiter! Da ...«, zeigte der Ranghöhere gleichzeitig auf einen bestimmten Platz, »da hau des Werkl eine!«

Beide Beamte näherten sich danach einem Polizisten. Dieser ließ sich von einer kleinen Gruppe die genaueren Umstände des Funds erklären. Dabei blickte er wie die anderen zwischendurch immer wieder auf den Toten. Der untersetzte Mann wirkte dabei gelassen und hörte aufmerksam zu. Denn die Anwesenden waren alle gegenwärtig, als die Leiche gefunden wurde.

»I bin immer noch fix und fertig«, sagte Claudia Richter, die inzwischen von einem Sanitäter auf einem Klappstuhl neben dem Krankenwagen platziert worden war. Sie hielt einen Becher mit heißem Früchtetee in der Hand und nippte daran. Man hatte ihr eine wärmeisolierende Folie über die Schultern gelegt. In dieser angespannten Situation schien sie das zu beruhigen. Denn sie brachte sich immer wieder konstruktiv ins Gespräch ein.

»Frau Richter, wieso sind Sie überhaupt dort nach hinten gegangen?«, fragte der Mann in Polizeiuniform und stellte sich näher an sie heran. Offenbar wollte er sich beim Zuhören schon so viel wie möglich merken. Später müsste sie zwar alles fürs Protokoll wiederholen, aber einen ersten Eindruck wollte er sich bereits hier, an Ort und Stelle, machen.

In den vielen Jahren seiner Tätigkeit bei der Polizei hatte Inspektor Sepp Grubinger gelernt, dass die ersten Eindrücke oft mit der späteren Erinnerung der Zeuginnen und Zeugen nicht ganz übereinstimmten. Mehr oder weniger sogar stark voneinander abwichen. Was die Differenz letztlich ausmachte, konnte er sich bis heute nicht erklären. Was er aber immer wieder erlebte hatte, war, dass nahezu alle Täter von Anfang bis zum Ende fix bei ihrer Darstellung blieben. Sie wichen *nicht* davon ab und wiederholten gebetsmühlenartig die Version, die sie eingelernt hatten. Bis sie irgendwann selbst daran glaubten. An ihre Unschuld. Und daher ihre Inszenierung immer und überall auf Abruf glaubhaft abspulen konnten.

Mit den Jahren hatte Polizeiinspektor Grubinger ein Sensorium dafür entwickelt. Sich auf die kleinen Wendungen oder die Stereotypen in den Ausführungen zu konzentrieren. Sie herauszuhören. Sie zu filtern.

Inzwischen war er überzeugt, ein Meister der Zwischentöne geworden zu sein. In Gesprächen. Sonst auch. Bei Ausführungen. In Situationen. Mit seinen Dorfleuten. Die er mochte. Weil er einer von ihnen war. Sogar, wenn sie manchmal Mist bauten. Oft war das – Gott sei Dank – nicht der Fall. Aber wenn, dann vertrauten sie ihm. Vertrauen, das er auch ihnen entgegenbrachte. Meist schon vorher erkannte, wenn sich etwas zusammenbraute. Oder zusammengebraut hatte.

Wie eben. Mit dem Josi Hütter.

Doch diese Tragödie hatte auch er nicht vorhergesehen. Vorhersehen können. Für den. Der jetzt da vor ihm lag. Tot.

Sepp Grubinger sah gedankenverloren auf die Leiche, um den Blick danach abzuwenden und nachdenklich über die Gruppe gleiten zu lassen.

»Na, was is, Grubinger! Haben S' nix zu tun?« Ein Typ in Zivil näherte sich polternd dem Tatort. Er war ein großer, kräftiger Mann, der unvermittelt ins Geschehen eingriff. Er grüßte nicht, sondern stellte sich sofort an die Absperrung, hob das rot-weiß-rote Band und ging unten durch. Er beugte sich über den toten Weihnachtsmann und betrachtete den abgetrennten Rumpfbereich genau. Dann begutachtete er den Schädel, der immer noch unverändert am Fundort lag.

Ein Fotograf war wortlos zur Seite gewichen, begab sich danach erneut zum Torso, um ihn von allen Seiten abzulichten.

»I sog: kopflos des Ganze.« Adi Platzer, Leiter der Polizeibezirksinspektion Gföhl, wechselte schließlich zur Gruppe um Mitarbeiter Sepp Grubinger und hoffte, mit ein wenig Humor die Situation zu lockern. Doch das Gegenteil war der Fall: Keiner der Umstehenden verzog auch nur eine Miene. Sepp Grubinger gewann mehr den Eindruck, dass alle sich durch Platzers Anwesenheit in ihrer Befindlichkeit irritierter fühlten, als sie es in dieser misslichen Situation sowieso schon waren. Er mit eingeschlossen. Denn gegensätzlichere Charaktere als sie beide gab es wohl kaum.

»Grüße Sie!«, löste sich Walli Winzer von den Umstehenden und ging Platzer mit ausgestreckter Hand zum Gruß entgehen. »Schon lange nicht gesehen.« Sie spürte sogleich, dass er nicht sonderlich erfreut war, ihr zu begegnen.

Adolf Platzer, eben auch als Adi bekannt, blieb stehen. Er bot seine Hand an. »Hallo, Frau Winzer, wieder im Lande?«

Dabei wartete er ihre Antwort nicht ab, sondern fuhr sich nach der Begrüßung mit dem Finger in den Mund und versuchte, Essensreste zu lösen. Diese PR-Tussi aus Wien, die Winzer, ging ihm nämlich schon seit Längerem auf die Nerven. Ziemlich sogar! Daher war es besser, die Zeit sinnvoll zu nutzen und lieber dieses lästige Ding zwischen den Zähnen loszuwerden, als ihrem Geschwafel zuzuhören.

Da Adi Platzer sich selbst als höflichen Menschen empfand, wollte er sich sogar gegenüber solchen Wochenendhäusern als gutwillig erweisen, indem er ihre Anliegen ernst nahm. Denn er fühlte sich als Mann von Welt. Immerhin war er Chef einer Polizeibezirksinspektion. Ja, und die Winzer war keine Einheimische, sondern eine Zugereiste. Na gut, sie kannte seinen Landeskriminalamtschef. Näher. Wie er die Lage einschätzte: sogar *sehr* nahe. Da war es immer klug, sich mit so einer Trutschen oder je nach dem Pritschen einflussreicher Männer gut zu stellen.

Auch Walli Winzer kannte Polizeibezirksinspektor Platzer bereits einige Jahre. Dass er ein ganz eigener Charakter war, mitunter zynisch und brutal sein konnte, ließ sie manchmal heftig aneinanderprallen. Allerdings war er systemtreu, was ihn für sie punktgenau einschätzbar machte. Zwei glatt, zwei verkehrt, so tickte dann einer. Bei der Polizei. Beim Militär.

Musste er ja auch.

Sonst würde man ihn dort nicht behalten.

Gemeinsam mit ihrem Verehrer, dem Leiter des Landeskriminalamts von Krems, hatte sie einen wie den Platzer fest im Griff. Das wusste sie. Denn was so einer gar nicht wollte, war, negativ innerhalb des niederösterreichischen Polizeisystems aufzufallen. War aber in ganz Österreich so. Seine Karriere wäre womöglich dahin gewesen. Vielleicht müsste er infolge sogar auswandern. Womöglich nach Wien! Das wäre unvorstellbar für den Platzer, hatte ihr der Grubinger einmal erzählt. So weit von zu Hause weg zu sein. Und das noch bei den grantigen und hinterfotzigen Weanern, wie man sie in Niederösterreich auch despektierlich nannte. Eine Strafverschärfung wäre so etwas.

Daher hielt Walli Winzer die Stunde für gekommen, ihn wieder einmal etwas enger an die Kandare zu nehmen. Dazu brachte sie seinen direkten Vorgesetzten, den LKA-Leiter Dr. Ludwig Weichselbaumer, ins Spiel. Allein nachdem er dessen Namen gehört hatte, nahm Platzer bereits Haltung an. Ging doch!, lachte Walli sich ins Fäustchen.

Nachdem sie sich wichtiggemacht hatte, wusste der Polizeibezirksinspektor aus Gföhl, dass sie wieder einmal vorhatte, sich in die Ermittlungen einzumischen. Er warf ihr einen bösen und zugleich resignierten Blick zu. Ob sie bereits seinen Chef darüber informiert hatte? Er wollte das gar nicht erst wissen. Gegen diese niederösterreichischen G'schichterln, wie er die amourösen Geplänkel in der oberen Etage nannte, war er gewissermaßen machtlos. Es waren eben nur korrekte Leute wie er, die das Werkl am Laufen hielten. Davon war er überzeugt. Doch das Leben spielte gegebenenfalls eben anders. Auch bei ihm. Was sollte er da noch unnötig Zeit vergeuden und sich nicht gleich den Gegebenheiten fügen? Zumal manche seiner Polizeimitarbeiter wie dieser Grubinger nicht gerade zu den hellsten und durchsetzungsstärksten zählten.

Das Waldviertel war eben auch nicht mehr das, was es einmal war, sinnierte Adi Platzer wenig später vor sich hin.

Männer – also, so echte Männer wurden halt immer seltener. Solche, wie sein Großvater einer gewesen war. Das waren noch welche. Kerle. Echte Kerle nämlich. Hatten im Krieg noch etwas erlebt. Auch, wenn's nicht schön war. Aber sie sind durchgekommen. Haben dann das Land wiederaufgebaut.

Ihm hatte er auch seinen Vornamen zu verdanken. Auf den ist er heute noch stolz. Der Großvater hatte ihn schließlich zum Mann erzogen. Weil die Eltern keine Zeit für ihn hatten. Immer nur arbeiten mussten. In Niederösterreich. Um die Kreditraten fürs eigene Haus abzahlen zu können. Diszipliniert waren sie eben. Leistungsorientiert. Wie er.

Ja, auf den Opa war der Platzer stolz. War es immer noch. Auch wenn er es nicht jedem zeigte. Nicht zeigen konnte. Wo käme man denn da hin. In der heutigen Zeit. Die würden einem doch gleich was anhängen wollen. Irgend so etwas Ewiggestriges. Seine Karriere wäre dann dahin. Ja, und für die damalige Zeit sei er, der Adi, heute ja nicht. Niemals. Gott behüte!

Aber manchmal, zu fortgeschrittener Wirtshausstunde, redete auch er mit einigen darüber. Über die alte Zeit. Über die Großväter. Die viel ausgehalten hatten. Damals im Krieg. Überall. Der Vater hat später zwar manchmal mit dem Großvater diskutiert. Oft waren sie dabei nicht einer Meinung gewesen. Im Politischen halt. Der Opa war dann meist verärgert aufgestanden und nach draußen gegangen. Der Vater war darüber erleichtert gewesen und streichelte dem Sohn über den Kopf. Im Gefühl war der kleine Adi auf der Seite seines Papas. Aber den Opa mochte er auch. Selbst wenn er sich oft vor ihm gefürchtet hatte.

»Grubinger, her mit Ihnen!«, ließ der Polizeidienststellenleiter keinen Zweifel daran, wer dennoch im aktuellen Fall das Sagen hatte.

Sepp Grubinger stellte sich neben seinen Chef und erzählte ihm, was er bisher wusste.

»Na, viel is des net!«, zog Platzer daraus seine Schlüsse. Sie besprachen weitere Details, denen Walli Winzer interessiert zuhörte und ihrerseits einige Argumente zu lieferte.

Harry Kain wurde das langsam zu langweilig. Er versuchte, sich sein eigenes Bild zu machen. Dazu begab er sich vor die Absperrung des Torsos im roten Mantel. Lang sah er nicht hin, denn eine der hinzugekommenen Mitarbeiterinnen des Sägewerks fing plötzlich wild zu kreischen an.

Alles starrte in ihre Richtung.

Sie stand wie angewurzelt da und sah auf eine Katze, die heiter vor ihr auf dem Holzstoß herumsprang. Immer wieder suchte sie sich höher und tiefer vorgelagerte Baumstämme aus, auf denen sie sich zielgenau niederließ. Ihre Pfötchen leckte sie zwischendurch vom nassen Schnee ab. Schließlich wählte die Katze für ein längeres, schneefreies Verweilen einen geeigneten Platz aus und landete – auf dem Kopf des toten Hütter.

Ein erschrockenes Raunen ging durch die Anwesenden.

Jetzt drehte sich auch Walli Winzer um. Sie brauchte allerdings nur kurz, um zu erkennen, wer für das Aufsehen sorgte: »Filou! Das gibt's doch nicht. Pfui. Nein. Was machst du denn da?«

9. KAPITEL

Es war nicht leicht, die üppige Fichte durch die enge Holztür des Pfarrsaals zu schieben. Dennis Pichler hatte den Baum zuvor nur notdürftig mit einem Strick zusammengebunden. Hätte er ihn nur durch die Maschine mit dem Netz geschoben, dann wäre es jetzt leichter. Er hatte es aber nicht getan für den kurzen Lieferweg. Es hätte sich nicht ausgezahlt und wäre nicht nachhaltig gewesen. Im Gegenteil! Völlig unnötig wäre es, für diese paar Meter Entfernung extra ein zweieinhalb Meter langes Plastiknetz zu verschwenden. Sinnvoll war so etwas nur für längere Transporte. Und solche waren den ganzen Dezember hindurch Dennis Pichlers Haupttätigkeit. Er lieferte die Christbäume seines Vaters überall hin. Sogar bis nach Wien. Jetzt war er damit beauftragt, einen in den Festsaal der Pfarre zu bringen. Einen, den der Herr Pfarrer ausgesucht hatte.

Dennis ließ den Baum nun auf den Boden gleiten und sah sich die Stelle genauer an, die den Widerstand bot. Für alle Fälle hatte er eine große Decke mitgenommen, die er über das Hindernis warf, um die Reibung zu verringern. Dann ging er vor zur Krone und zog daran, um den Baum zu bewegen.

»Wart, ich helf dir!« Mizzi Troger kam mit umgebundener Schürze auf den Christbaumhändler zu. Sie ergriff den Baumstamm, brachte ihn jedoch genauso wenig vorwärts. »Geh, Poidl, geh auf die Seit'n vom Dennis und zaht's beide den Baum eina.«

Der Angesprochene legte den Akkubohrer, mit dem er zuvor einige Holzbretter aneinandergeschraubt hatte, beiseite. Er stellte sich, wenig begeistert über die Unterbrechung seiner Tätigkeit, neben Dennis. Beide kannten sich und begrüßten einander mit Kopfnicken.

»Also, zah ma eam eina.« Mit einem kurzen »Jetzt!«, dem ein gemeinsamer Ruck des Stamms folgte, bewegte sich der Christbaum langsam durch die Tür. Sie hoben ihn vorne und hinten jeweils an einem Ast hoch und trugen ihn ans andere Ende des Saals.

»I brauch noch no a bisserl, bis i des Podium für den Baum fertig hab.«

Dennis griff infolge allein nach dem Christbaum und stellte ihn mit sicherem Griff auf ein vorbereitetes Holzkreuz. Auf dem Podium würde die Fichte später um weitere etwa 70 Zentimeter höher stehen, was sie eindrucksvoll zur Geltung bringen würde.

»Er kommt dann dort seitlich ins Eck. Da kann man noch ein paar Geschenke drum herum legen, die wir später an bedürftige Familien verteilen wollen.« Mizzi war ihnen gefolgt und deutete in die Richtung.

Unaufgefordert hob Dennis Pichler den Baum und trug ihn zum zugewiesenen Platz.

»Schee schaut er schon jetzt ohne allem aus«, freute sie sich und sah ihn wie verklärt an. »I hob des alles scho so viele Jahr erlebt, und i gfrei mi immer no wie a klan's Kind«, schüttelte die Frau mittleren Alters ihren Kopf über die eigenen Gefühle.

»I glaub, es geht uns allen so«, meldete sich eine Stimme

von hinten, »Griaß eich, alle miteinand! So a scheena Baum.«

Raffael Winkler kam mit Iris im Schlepptau herbei. Er reichte Mizzi Troger die Hand. »I hab g'hört, dass du da bist. Ja, und bevor i zum Hannes Lechner wegen unseres Backkurses ins Wirtshaus hinauf geh, wollt i di fragen, ob du dann unsere Keks a für euer Sozialprojekt brauchen könntest?«

»Ja sicher! Die gehen bestimmt guat weg. Wir gfrein uns über alles, was gebracht wird.«

»Dann mach ma des so. I hab ja mit meiner Seminargruppe immer ein Incentive, also was zwischendurch. Und des is diesmal ein Weihnachtskeksnachmittag beim Hannes in der Kochschule.«

»Ja, was machst denn du mit deine Leut in der Backstube?«, fragte Mizzi erstaunt.

»Im Teamwork ist immer viel Dynamik. Da zeigt sich die Persönlichkeit von jedem. Vorher wird von mir nix drüber g'red, nachher dann das Verhalten von und mit jedem einzelnen analysiert.«

»Aber backen is doch a scheene G'schicht. Was soll man da analysieren?«, war Mizzi tatsächlich an Sinn und Zweck dieser Übung interessiert. »I weiß nur, dass der Meinige z'Haus nur bled in der Kuchl herumsteht und schaut.«

»Siehst, des is a scho a Hinweis darauf, dass er a) net will oder b) sich net traut. Weißt du, warum er nix tuat?«

Mizzi grinste und dachte kurz nach. »I glaub, es is bei meinem a Mischung aus beidem. Aber du hast recht: I frag ihn das nächste Mal.« Dann setzte sie nach: »Falls i ihn überhaupt in die Kuchl lass.«

»Siehst! A bisserl was an dera Dynamik liegt a bei dir. Die Kuchl is dein Reich. Vielleicht glaubt er, dass er dort nur Gast is. Redet halt amoi miteinand.«

Mizzi lachte und machte eine abwehrende Geste. »Geh, Raffi, heast! Nach so vielen Ehejahren? Uns geht's miteinand gut. Da werd ma jetzt nix mehr ändern. Des is alles was für deine jungen Leut, die was bei dir im Seminar san. Mit denen kannst *analysieren.*«

Raffi Winkler sah nach seiner Begleitung, die während des Gesprächs teilnahmslos neben ihm stand. Sie schien mehr daran interessiert zu sein, was drei Jugendliche eben in den Saal getragen hatten.

»Hallo, Mizzi! Wir haben da was!« Zu erkennen war noch nichts. Denn die Tabletts waren mit Alufolien abgedeckt.

Im selben Moment kam vom Nebenraum eine schlanke Frau herein. Sie sah die Gruppe zu den Verkaufstischen gehen und gab gleich Instruktionen: »Lisa, Sandra, daher bitte!« Sie wies ihnen einen frei gebliebenen Platz zu. »Und Clemens, die Torte bitte dann dorthin. Du kannst sie auch gleich in Stücke schneiden. Vorher Hygienehandschuhe überziehen nicht vergessen.«

Clemens, der Freund von Lena Breiteneckers Tochter Lisa, tat bereitwillig wie ihm gesagt.

»Lisa, unsere Vanillekipferl stell bitte daher.«

Langsam begann sich der Saal auch mit anderen Menschen zu füllen.

»Wir sind zwar noch am Vorbereiten, aber a paar Schaulustige sind immer schon vorher da.«

»Ja, das war damals auch so«, erinnerte sich Raffael Winkler an seine Aushilfszeit in Großlichten.

»Wie lang is des jetzt her, dass du beim Hannes seinem Vater im Wirtshaus ausgeholfen hast?«, fragte Lena.

»Lass mi nachdenken. Des is wirklich schon lange her. Aber beim Herfahren hab i kurz nachgedacht. I glaub, das muss im Sommer 1990 gewesen sein. Mit den vielen Festln, die es gegeben hat. I hab damals no studiert, erinnere ich mich.«

»Du warst auf jeden Fall gut mit dem Josi Hütter. Is das heute noch so? Überall seid ihr damals miteinander herumgezogen. Unzertrennlich.«

Raffael Winkler blieb ernst und kam nicht dazu zu antworten. Er erstarrte plötzlich, nachdem er Franz Pichler neben dessen Sohn Dennis stehen gesehen hatte.

»Was is, Raffi? Was hast denn?«

»Ah, nix, Mizzi, nix.« Er wandte sich ihr irritiert wieder zu und versuchte, im gleichen Ton wie zuvor fortzufahren: »Du, dann mach ma wie besprochen. Nach unserem Back-Incentive bringen wir die Kekse zu dir. A paar werden schon gelingen. Net alle verbrennen.«

»Na, solche brauch ma wirklich net, Raffi. Was dir immer einfällt«, konterte Mizzi Troger und lachte dem Mentaltrainer zu. »Jo, kommt vorbei. Alle. Vielleicht findet ihr auch noch was unter unseren Weihnachtsspenden, was ihr verschenken könnt?« Dass Mizzi mittlerweile oft im neuen Abhof-Geschäft von Lena Breitenecker aushalf, zeigten deutlich Früchte in ihrer Geschäftstüchtigkeit.

Wie aufs Stichwort schleppte Lena eben mit Selma Gül eine Steige mit Marmeladen und Honig herein. Selma arbeitete in Romy Steiners Karpfenzucht mit und bewohnte mit ihrem Mann eine Dienstwohnung im Schloss. Zeitweise half sie auch bei Lena auf dem Bauernhof aus und sorgte in

Walli Winzers Wochenendhaus für Notwendiges. Eigentlich waren sie und ihr Mann in Pension. Aber wer rastet, der rostet. Und das hatten die Güls nicht vor. Vor allem nachdem ihnen Walli Winzer gemeinsam mit ihrer Enkelin in einem Mordfall an der Textilstraße um Groß-Siegharts geholfen und im Anschluss beruflich an Romy Steiner vermittelt hatte.

Raffi Winkler sah nochmals verstohlen zu den Pichlers, was Mizzi Troger nicht entgangen war.

»Erinnerst du dich noch an die Gertrud?«, fragte sie leise.

Der Mentaltrainer senkte seinen Blick, wurde aber wieder aufmerksam, als er mahnende Worte von Franz Pichler hörte.

»Sag amoi, jetzt kannst des no immer net gscheit. Muass i alles selber machen?« Er griff nach dem wankenden Christbaum und schlug mit einem mitgebrachten Bolzenhammer dessen Stammende fester ins Holzkreuz. Dann stellte er ihn wieder hin. Die Fichte war jetzt nicht mehr schief. »So g'hört das! Wie oft soll ich dir das noch zeigen, bis du das selber kannst?«

Sein Sohn nahm die Vorhaltung gelassen hin. Er sah nach ihm, antwortete aber nicht.

»Dennis«, kam eine junge, attraktive Frau auf ihn zu und versuchte, seine Aufmerksamkeit zu erringen. Er zeigte sich nicht an ihr interessiert. Vielmehr sah er nach seinem Vater, der den Christbaum erneut zurechtrückte, um sich danach wortlos wieder nach draußen zu begeben. Auf halbem Weg kam ihm der neue Pfarrer Großlichtens entgegen. »Grüße Sie, Hochwürden. Wir haben grad den Baum hereingebracht und aufgestellt. Ich hoffe, dass es so recht ist.«

Der junge Geistliche ging auf den hohen Baum zu und zeigte sich zufrieden. »Vielen Dank. Schöner kann ein

Christbaum gar nicht sein. Ja, jetzt kann man schon anfangen, ihn zu schmücken.« Er sah einige junge Leute, die bereits aus mehreren Kisten Weihnachtskugeln, Holzschmuck, Girlanden und Kerzen hervorgeholt hatten. Sie stellten sich vor den Baum und berieten, wie dicht sie ihn behängen wollten.

»Also, ich verlasse mich dabei ganz auf euch«, sagte der Pfarrer, der der Gruppe freie Hand lassen wollte. »Wobei ein schlicht dekorierter Bauernchristbaum heuer besonders gut zu unserem ›Stille Nacht‹-Original aus Salzburg passen würde. Die Familie Trapp im amerikanischen Vermont, mit der wir jetzt Kontakt über den Friedl Ambrecht haben, wäre sicher über ein Foto mit einem Christbaum, wie er früher im Waldviertel bei uns üblich war, begeistert. Was sagt ihr dazu?«

Die Jugend überlegte und erhob keine Einwände.

»Gute Idee, einige Deko befindet sich sowieso in der Kiste. Das andere suchen wir uns halt zusammen«, sagte einer von ihnen.

»Da werdet ihr nicht viel finden. Früher hat man Kekse, Strohsterne und was man sonst selbst angefertigt hat, draufgehängt. Heute macht das fast niemand mehr. Alles wird gekauft. Geht einfacher so. Dabei fanden die Leut an geselligen Nachmittagen zueinander. Alt und Jung. Kinder und Erwachsene. Kunterbunt saßen sie beieinander. Haben dann auch gesungen. Jeder hat einen Beitrag zum Fest geleistet und fühlte sich der Gemeinschaft daher besonders verbunden.«

»I hab des a no erlebt. Und wir mochen des bei uns a heut no nach einer Jausn«, mischte sich eine ältere Frau ins Gespräch ein.

»Des is scheen«, antwortete ihr eine andere.

»Na, aber bei uns is des heut alles noch früh. Es is ja erst Vormittag. Da könn ma uns überhaupt Zeit lassen«, erklärte eines der Mädchen.

Der junge Ortskaplan mischte sich wieder ein und erinnerte an das Foto für Vermont. Er und die anderen beobachteten, wie Dennis eine junge Frau grob von sich schubste.

»Hallo, hallo, Dennis! Was machst denn du? So geht ma doch nicht mit seiner Freundin um. Noch dazu, wenn sie schwanger ist.« Eine der Frauen umarmte Babsi Schwiegler fürsorglich und zog sie von ihm weg.

Ein anderer fand deutlichere Worte: »Bist denn du deppert g'wordn? Hast wahrscheinlich zu viele Obstler draußen in der Kälte unter deine Christbam trunken. Net woar?«

»Lass mi in Ruh!« Der Angesprochene warf frustriert den Kopf zur Seite.

Die Übrigen nahmen ihn beim Wort. Dennis sammelte Decke und Bolzenhammer ein und erkannte für sich keine Notwendigkeit, länger im Pfarrsaal zu bleiben.

Der Kaplan tat so, als wüsste er infolge von all dem nichts. Der vorweihnachtliche Stress ließ sich von vielen auch vor dem Pfarramt nicht so schnell ablegen. Das musste er seit einigen Jahren akzeptieren. Als er eben den Pfarrsaal verlassen wollte, kam eine junge Frau und schmachtete ihn richtiggehend an. Mizzi Troger verzog das Gesicht, als sie das beobachtete.

»Nein, die Lisi, geh *bitte!*«, stöhnte sie und rollte genervt die Augen.

»Also, viel Zeit hama nimma. Daher müss ma a was tun und net herumstehen«, erinnerte Resi Grubinger pragmatisch. Die Ehefrau des Dorfpolizisten war ebenfalls gekommen, um mitzuhelfen. »Es soll ja schee ausschauen, wenn die Dorfleut und vielleicht sogar die ersten Wochenendler aus Wien am Nachmittag kommen. Sie sollen ja von uns weihnachtlich gestimmt werden und a was mitnehmen.«

»Hast recht, Resi«, bestätigte eine der umstehenden Frauen. »Mach ma weiter!«

Raffi Winkler hatte den Szenen teilnahmslos beigewohnt. Zum Verabschieden grüßte er in Richtung Mizzi, wobei er fast in einen Kinderwagen mit Baby hineingelaufen wäre, den er übersehen hatte. »Oh, sorry«, entschuldigte er sich. Die Lenkerin konnte gerade noch rechtzeitig ausweichen, um Gröberes zu verhindern. Er streifte ihn nur sanft, suchte daraufhin aber schnell das Weite.

Mizzi und Resi Grubinger eilten herbei. »Na so einer! Romy, geht's der Kleinen eh gut?«

»Alles gut. Sie is zwar jetzt aufgewacht, aber unsere kleine Vita hält Julia und mich sowieso in der Nacht ziemlich auf Trab.«

»Na, die wird sicher a Nachtschwärmerin werden, so wie des meine Buam a sind«, lachte Resi Grubinger.

»Jo, solang sie klein sind, seins ja no so liab.« Mizzi Troger war verlockt, das Baby zu streicheln, hielt sich aber zurück, da sie ihm keine unnötigen Keime durch die Berührung zuführen wollte. Romy Steiner lächelte sie dankbar an.

»Wie alt is sie denn jetzt?«

»Ein halbes Jahr und ein bisserl mehr«, antwortete sie und hob die gut gelaunte Kleine aus dem Wagen.

»Erst vorhin is sie gestillt worden. Daher is die Vita ganz friedlich.«

»Krieagt sie schon des Flascherl?«

»Die Julia legt sie immer noch an. Auch wenn's ihr schon wehtut, weil sie so fest schnappt. Aber sie achtet dadurch auf die Stärkung des Immunsystems. Und das wird stabiler, je länger sie stillt.«

»Tapfer und g'scheid«, bestätigte Resi Grubinger, um die sich nun auch andere Helferinnen in der Pfarre geschart hatten.

Als sie sich etwas zur Seite drehte, fiel sie ihrem Ehemann Sepp in die Arme. »Ja, was machst denn du schon da? Es is ja no gar net Mittagszeit. Brauchst mi gar net holen. I hab no nix für di z'hause fertig g'macht.«

»Brauchst a heute net extra was für mi mochn. I kumm net zum Mittagessen. Das wollt i dir nur sagn«, sprach er bedächtig.

Resi zog ihn besorgt zur Seite. »Sepp, wieso denn?«

Der Dorfpolizist seufzte. »Wir haben wieder a Leich.«

10. KAPITEL

Das Büro von Friedl Ambrecht war hell und freundlich. Ein großes Gemälde nahm fast zur Gänze die rückwärtige Wand ein. Auf Walli wirkte es beeindruckend. Abstrakt gehalten, nahm es aus der Perspektive hoher Gräser und Blüten einer Wiese heraus den Betrachtenden gefangen. Im Hintergrund ragten übermächtige Wälder empor.

Walli Winzer stellte sich vor das Bild und sah es eine Weile interessiert an. Der Sägewerkbetreiber bot Harry, der vom Leichenfund her noch gezeichnet wirkte, inzwischen Platz vor seinem Schreibtisch an. Dann öffnete er einen Schrank und nahm eine Flasche Whisky heraus.

»Darf ich Ihnen einen Malt anbieten? Also ich zumindest brauche nach dem schrecklichen Ende von Josi Hütter jetzt einen.« Beide zeigten sich einverstanden, obwohl es erst Vormittag war. Er ging zu Harry Kain und reichte ihm das Glas. »Das ist übrigens ein Waldviertler-Qualitätswhisky.« Er wartete dessen Antwort nicht ab, sondern widmete sich Walli Winzer.

»Das Bild, vor dem Sie stehen, stammt von einer niederösterreichischen Künstlerin, die ihre Motive hier in der Umgebung sucht. Ohne davon zu wissen, war ich bei einem Galerienrundgang von diesem Werk fasziniert. Ich konnte mich gar nicht davon trennen, so sehr hat es mich angesprochen. Ich weiß nicht, ob Sie die Galerie artmark in der Wiener Innenstadt kennen?«

»Na, und ob! Sie gehört einer Bekannten von mir, Sonja Frey«, sah Walli Winzer ihren Gesprächspartner überrascht an.

»Immer wenn ich in Wien bin, schaue ich dort vorbei und lasse mich inspirieren.«

»Wie nennt die Künstlerin dieses Werk?«

»Macht«, antwortete Friedl Ambrecht prägnant.

»Hm«, meinte Walli Winzer und betrachtete es genauer. »Der Wald wirkt bedrohlich. Die helle, von Blütenvielfalt und Farbe her diverse Naturwiese im Vordergrund. Dahinter diese dunkle Wand, die plötzlich aufragt. Mächtig. Ich fürchte mich zwar in keinem der Waldviertler Wälder. Aber in diesem Bild wirkt er schon sehr präsent und dominant.«

»Wissen Sie, eigentlich liebe ich die Kunstepoche der Romantik«, erklärte Ambrecht. »Und besitze viele kostbare Gemälde der Alten Meister aus dem österreichischen Biedermeier wie Ferdinand Waldmüller oder auch sein bayerisches Pendant Carl Spitzweg. Sie hielten bereits damals soziales Leben in schonungsloser Härte fest. Revolutionär war das. Und dennoch alles in ästhetischer Anmut. Meine Vorfahren haben sie schon gesammelt. Ihnen stelle ich heute Neues, Zeitgenössisches entgegen. Kontrovers. Provozierend. Schmerzhaft. Ein ganz anderes Narrativ. So entstehen Brüche. Betrachtungsweisen ändern sich. Auch meine eigene. Denn Gedanken bauen Brücken. Über die Zeiten hinweg. Bis zum Heute.«

Während er sprach, reichte er ihr ein halb volles Whiskyglas mit Eiswürfeln. Da Walli Winzer etwas länger aufs Glas gestarrt hatte, fragte Ambrecht nach: »Oder wollen Sie ihn ohne Eis – britisch?«

»Nein, lieber on the rocks – also amerikanisch.« Sie stießen mit den Gläsern auf ihren Gleichklang an. Jetzt ergänzte Walli mit ihrem Wissen die Ausdeutung des Gemäldes, vor dem sie immer noch standen: »In der Romantik symbolisierte Wald auch die Bedrohung der Freiheit. In Österreich war es der Überwachungsstaat und die Zensur unter Staatskanzler Metternich. Der Wald wurde in der Kunst zum Symbol für Autoritäten wie Militär und Polizei. Nach dem endgültigen Sieg über Napoleon wurde in den meisten Monarchien Europas bis zum Revolutionsjahr 1848 wieder sehr absolut regiert, wie man so sagt. Also ohne auf die Bevölkerung Rücksicht zu nehmen.«

»Daher steht der Wald auch für das Patriarchat im Allgemeinen«, ergänzte Ambrecht.

Walli Winzer sah kurz zu Harry hinüber und war vom Verständnis und Zugang des Sammlers fasziniert. Als ehemaliges Arbeiterkind aus Floridsdorf waren ihr solche Expertisen lange verwehrt geblieben. Über den zweiten Bildungsweg hatte sie später erst Kompetenz erworben. Wenn auch nur wenig bezüglich Kunst und Kultur. Damit hatte sie bisher nichts am Hut gehabt. Erst ihre Ziehtochter, Silvia Manner, hatte sie mit der Malerei vertraut gemacht. Na ja, alles gefiel Walli nach wie vor nicht. Zugegebenermaßen: Manches verstand sie schlichtweg einfach nicht. Musste sie auch nicht, hatte ihr Sonja Frey versichert. Kunst sei nicht dazu da, verstanden zu werden, sondern um etwas zu bewegen: Betrachtungsweisen, Sinne, Zugänge. In welcher Weise, lag bei den Betrachtern selbst.

Walli hielt daher nicht hinter dem Berg, dass auch sie dabei war, eine Gemäldesammlung aufzubauen und ihre

Dachbodengalerie in Großlichten für Vernissagen zu nutzen. Die Galeristin unterstützte sie dabei professionell.

»Natürlich lade ich auch Sie gerne zu einer meiner nächsten Veranstaltungen ein. Meist sind diese mit der Produktpräsentation einer Firma verbunden, die ich mit meiner PR-Agentur betreue. Nicht aufdringlich, auch nicht vordergründig. Viele meiner Gäste lieben es mittlerweile, in Hannes Lechners hervorragendem Landgasthaus ein verlängertes kulinarisches Wochenende zu verbringen und sich später auf meinem Reiterhof herumzutreiben«, lächelte sie und ergänzte: »Kleines Plus: Diese Veranstaltung kann zu einem Teil sogar von der Steuer abgesetzt werden.«

Harry Kain wurde das geschäftliche Geplänkel und die Eigen-PR Wallis nun doch zu langweilig, und er erinnerte sich an den eigentlichen Grund ihres Kommens. Der Fund des toten Hütter hatte sein Nervenkostüm über Gebühr strapaziert. Und die Zeit war ebenso knapp geworden. Unfreiwillig hatten sie wegen Grubingers und Platzers detailgenauer Befragung Stunden in der Polizeistation verbracht, während er als Lokaljournalist schon längst hätte an der Story über das Verbrechen schreiben können. Er machte daher Druck, endlich das »Stille Nacht«-Manuskript sehen zu wollen, weshalb sie ursprünglich ja gekommen waren.

Friedl Ambrecht und Walli Winzer unterbrachen daher ihre Betrachtung und setzten sich ebenso an den Schreibtisch. Ambrecht hatte ihnen zuvor angeboten, auf einem bequemen hellgrünen Sofa Platz zu nehmen. Doch Harry drängte auf schnelle Information und raschen Aufbruch und wählte lieber den Stuhl. Er hatte sich gut auf das

Gespräch vorbereitet und konnte Friedl Ambrecht bereits mit zielgerichteten Fragen konfrontieren.

»Also, ›Stille Nacht‹ ist für mich das schönste der Lieder der Welt. Wie Sie sich vorstellen können: seit meiner Kindheit. Als ich schließlich erfuhr, dass das Manuskript vom Museum in Hallein bei Salzburg versteigert würde, musste ich handeln. Ich bemühte mich um einen Mitkäufer und fand ihn in meinem Geschäftspartner Jonathan Johnson, einen engen Freund der Familie Trapp.«

»Und wer sind dieser Herr Johnson und die Familie Trapp?«, fragte Walli Winzer verwundert. In ihrem Leben hatte sie noch nie von einem der beiden gehört.

Zugegeben war Friedl Ambrecht darüber etwas verblüfft. Er zeigte sich aber als Mann von Welt und fügte in einem Nebensatz hinzu, dass es sich um einen der reichsten Geschäftsleute im Bundesstaat Vermont handelte und die Familie Trapp immer noch so etwas wie ein Wahrzeichen der speziellen Nachkriegsachse USA–Österreich darstellte. Für manche in unserem Land heute noch. Auch für ihn. Nicht allein deshalb, weil er weitschichtig mit den Trapps verwandt sei.

Walli Winzer wollte sich nun nicht in die Defensive drängen lassen. Sie formierte daher ihr volles Selbstbewusstsein, das sie in vielen Aura-Seminaren aufzubauen gelernt hatte, und bestand augenblicklich darauf, als künftige PR-Verantwortliche des großen Friedensprojekts die gesamte Geschichte der Trapps zu erfahren.

»Können Sie das nicht später selbst googeln?«, regte sich Harry Kains Widerstand.

Doch Friedl Ambrecht, ganz Gentleman, überging sein Ersuchen und begann weiterzuerzählen. »Maria von Trapp gründete mit ihrem Ehemann Georg einen Familienchor und trat, um Geld zu verdienen, bei privaten und öffentlichen Veranstaltungen auf. Sie sangen hervorragend und wurden schnell berühmt. Da Georg aus dem Marinedienst kam und es nach dem Ersten Weltkrieg keine Monarchie und keinen Meerzugang für Österreich gab, fehlte das Einkommen. Schließlich verloren sie auch noch das gesamte Familienvermögen.«

»Das allein hat sie noch nicht weltberühmt gemacht«, mischte sich jetzt der Journalist ein.

Ambrecht ließ sich davon keineswegs aus der Ruhe bringen. »Sie haben recht. Als Kaisertreue flüchteten die Trapps vor den Nazis, die sie bedrohten, zuerst aus Salzburg und später aus Klosterneuburg in die USA. Dort schlossen sie sich dem Widerstand an und sangen in unzähligen Tourneen für ihre einstige Heimat Österreich, die es nicht mehr gab und die nun Deutschland geworden war. Sie wurden durch ihr Engagement gegen den Faschismus weltberühmt und zum Vorbild für viele. Bis zum heutigen Tag. Auch bei uns.«

Harry Kain erweiterte die Ausführung Friedl Ambrechts in der Sache Trapp über das Kriegsende hinaus: »Deshalb gibt es nicht nur ›The Sound of Music‹, in der berühmten Hollywood-Verfilmung mit der zauberhaften Julie Andrews, und das Musical auf verschiedenen Bühnen, sondern unzählige gleichnamige Bustouren durch Salzburg und Umgebung. Ein nicht enden wollender Publikumsmagnet sind diese Trapps durch all das bis heute. Diese teilweise kitschig angelegten Bustouren zu Sehenswürdigkeiten gehen mir aber schon lang auf die Nerven. Trapp-Disney-World, kann ich da nur sagen!« An Walli gewandt ergänzte er bamstig: »Von diesen Salzburgern könnten Sie für Ihre künftige Promotiontour lernen, nämlich: wie man es *nicht* macht und dadurch auch nicht nervt!«

Walli Winzer sah ihn griesgrämig an. Von so einem Provinzblatt-Journalisten musste sie sich bezüglich Public Relations sicher nichts sagen lassen. Bei ihr befand er sich da auf dem falschen Dampfer. Sie überging ihn nonchalant. »Jetzt bin ich im Bilde«, bedankte sie sich bei Ambrecht. »Aber sagen Sie mir noch: Wie sind Sie mit den Trapps verwandt?«

Friedl Ambrecht freute sich sichtlich, die Frage beantworten zu dürfen. »Ich sagte ja, *weitschichtig*. Das ging über den Ururgroßvater väterlicherseits, dessen spätere Ehefrau wiederum gebürtige Britin war. Sie besuchte damals ihren Großcousin und Fabrikanten in Rijeka, in Kroatien, und lernte dort meinen Ururgroßvater kennen. Meine Urgroßmutter war seine älteste Tochter.«

Okay, so genau konnte Walli Winzer das jetzt nicht nachvollziehen. Denn nach den schockierenden Ereignissen um dem Leichenfund Hütters war ihr diese detaillierte Ausführung eindeutig zu viel geworden. Sie nahm aber zur Kenntnis, dass es familiäre Bezüge gab, und so etwas machte sich für PR immer gut.

Ambrecht erzählte noch von der Versteigerung des Manuskripts. Das Stille-Nacht-Museum sei bereits durch die Weltfinanzkrise von 2008 unter finanziellen Druck geraten. Nach Corona war der laufende Betrieb finanziell kaum noch zu stemmen gewesen. Daher entschloss man sich, das Originalmanuskript bei Sotheby's versteigern zu lassen und stattdessen ein Faksimile zu zeigen.

»Da ich mit meinem Partner Johnson das Lodge-Dorf als GmbH auf die Beine gestellt habe, käme mit ›Stille

Nacht‹ nun sogar ein Stück Familien- und Weltgeschichte mit ins Spiel.« Ein sinnvoller Imagemotor würde gestartet werden und das Manuskript erhielte endlich die Aufmerksamkeit, die ihm seit Langem wirklich zustünde. Denn bisher musste man ins Museum fahren, in dem dessen Aufbewahrung aus klimatischen Gründen nicht mehr entsprechend gegeben wäre. Künftig würde es in einem Gemäldesafe in Wien gelagert und nur für die geplante Wanderausstellung herausgeholt werden, war der Plan.

»Bürgermeister Brunner ist ja mächtig stolz auf ihre Erwerbung und die daraus resultierende neue globale Bedeutung Großlichtens und des Waldviertels.«

»Ja, leider sehen das nicht alle so. Der Obmann des örtlichen Christkindl-Vereins, dieser Ernst Simmer, ist gegen jegliche Vermarktung christlicher Symbolik. Und ›Stille Nacht‹ zählt für ihn irrigerweise dazu, nur weil es Pfarrer Josef Mohr in Oberndorf bei Salzburg komponiert hat. Am liebsten würde er das Manuskript, nur um es vor Publicity zu schützen, aus dem Verkehr ziehen lassen. Das ist natürlich lächerlich.«

»Er hat sich auch dagegen verwehrt, dass der Josi Hütter als Weihnachtsmann unterwegs und gleichzeitig für den Schutz des kostbaren Originals zuständig ist. Also, genau muss man leider sagen: *war*«, korrigierte sich Harry Kain.

»Das erinnert mich wieder daran, dass wir uns das Original ansehen sollten, bevor Max Riegler in die Mittagspause geht und danach losfährt. Er muss für den Transport nach Wien einspringen. Bald geht's los«, fiel Friedl Ambrecht ein. Er griff zum Telefonhörer und wählte. Wenig später hob jemand am anderen Ende der Leitung ab. »Gehen S', Herr Riegler, könnten Sie ins Besprechungszimmer kommen und uns den Tresor aufschließen? Unsere PR-Dame und der Journalist warten darauf. Ja, wir treffen uns gleich dort.« An Harry Kain gewandt ergänzte er: »Sie können natürlich gerne Fotos machen. Wenn Sie wollen, auch gemeinsam mit Frau Winzer und mir.«

Harry griff nach seiner Kamera, die er beiseitegelegt hatte, und folgte den anderen.

Max Riegler war noch nicht da, als sie in einem der Nebenräume am oberen Ende eines langen Tischs Platz nahmen. Geschäftsführer Ambrecht blickte, während er aus der Geschichte des Unternehmens erzählte, immer wieder auf das historische Gemälde des Firmengründers.

»Ja, und den einst kleinen Sägewerkbetrieb meines Urgroßvaters, den Sie hier auf dem Bild sehen, gibt es nach 150 Jahren immer noch. Wenn ich auch aufgrund der Holzpreise heute sehr knapp kalkulieren muss. Aber so sind die Zeiten: Die aktuell immer noch billigen globalen Preise ruinieren in Österreich eben alles.« Er seufzte und ließ seine Hand hörbar auf die Holztischplatte fallen.

Gleich darauf öffnete ein untersetzter Mann mit vollem Haar um die 50 leise die Tür.

»Ah, Herr Riegler! Da sind Sie ja, darf ich Ihnen vorstellen?« Friedl Ambrecht machte die Umstehenden miteinander bekannt. Nach einem kurzen Gespräch über das traurige Los des ermordeten Sicherheitschefs ersuchte Friedl Ambrecht seinen Mitarbeiter, das Bild abzunehmen und den dahinterliegenden Tresor zu öffnen. Während dieser den streng herabblickenden Firmengründer beiseite stellte, sahen Ambrecht und Walli Winzer dem Journalisten Harry Kain zu, wie er die Schutzkappe seiner Kamera abnahm und die Linse mit einem Tuch reinigte.

»Natürlich könnte ich den Tresor auch selbst öffnen. Doch es ist leichter, gleich den Experten bei der Hand zu haben. Da muss ich nicht erst meinen Schlüssel hervorholen. Herr Riegler, Sie würden den Safe später des Manuskripts wegen ja sowieso öffnen«, richtete er den Schlusssatz an seinen Mitarbeiter. Dieser war inzwischen darauf bedacht, den Safeschlüssel ins Schloss zu stecken, und rüttelte sogar ein wenig daran.

Die Safetür öffnete sich.

Harry Kain stellte sich nun vor Friedl Ambrecht und Walli Winzer in Position, um mit seiner Kamera das Hervorholen des »Stille Nacht«-Originals festzuhalten. Gleich darauf senkte er sie wieder. Er sah zu Riegler, dann zu Walli und schließlich zu Ambrecht. Diese wusste nicht recht, was los war, denn ihr war die Sicht durch seinen Körper verdeckt. Ambrecht trat daher einen Schritt seitlich zum Safe. Sowohl sein Mitarbeiter Riegler als auch er starrten nun fassungslos in die dunkle, leere Öffnung. »Das gibt es doch nicht! Das Manuskript ist weg.«

11. KAPITEL

Laute Unterhaltungsmusik, unterbrochen von Sirenentönen, begleitete die Losvergabe auf der Bühne. In der Menschenansammlung ging es mitunter hoch her.

»Hey! Ich möchte auch einmal in die Weihnachtsbox greifen. Du warst schon dran!« Ein Mädchen versuchte einen Teenager mehr oder weniger grob zur Seite zu drängen.

Der Bursche, an den die Rüge gerichtet war, interessierte sich nicht für die Kleine. Im Gegenteil: Er versuchte daraufhin, noch ein drittes Los zu ziehen.

»Du bist so gemein!«, beschwerte sich das Mädchen. Es streckte seinen Arm weit aus, um den Behälter zu erreichen. Dem Jugendlichen missfiel das, und er stellte sich mit dem Rücken vor die etwa Fünfjährige, um sie dadurch endgültig abzudrängen. Der berechtigte Zorn der Kleinen über die Missachtung ihres Wunsches ließ ihr augenblicklich Tränen in die Augen steigen. Daraufhin wich sie einen Schritt zurück und sah, wie sich die große Zahl Jugendlicher, die sich um die Weihnachtsbox balgten, gegenseitig zu übervorteilen suchten.

Dem etwa Zwanzigjährigen, der für die Losziehung auf dem Podium zuständig war, schien das Gerangel zu gefallen. Es war an diesem Nachmittag Action in die sonst friedliche Gemeinde gekommen. Jede und jeder wollte an eines der gespendeten Geschenke gelangen.

Natürlich waren es keine wertvollen Dinge. Bloß Kleinigkeiten, die man auf einem Jahrmarkt unter die Leute bringen wollte. Und die Freude der Dorffrauen steckte auch deren Kinder an. Jedes von ihnen wollte dabei sein und war glücklich, wenn sich etwas tat. Je schneller, umso besser!

Auch die Kleine ließ sich nicht davon abbringen, noch etwas abzubekommen. Sie sah sich um, ob jemand nach ihrem Protest zu Hilfe kommen würde. Aber alle waren um ihren eigenen Vorteil bedacht. Von Weihnachtsfriede oder »Geben ist seliger denn nehmen« war keine Spur zu erkennen. Auch ihre Eltern schienen wie vom Erdboden verschwunden zu sein.

Doch das Mädchen ließ sich nicht unterkriegen. Neue Kraft voraus, dachte sie wohl und boxte sich energisch durch die Menschenansammlung zurück zur Bühne. Sie stellte sich dicht neben den frechen Burschen von zuvor und biss ihn, so fest sie konnte, in dessen Arm. Daraufhin schrie dieser entsetzlich auf. Er lief aus der Menge, um zu erfassen, was geschehen war. Die Kleine war mindestens eineinhalb Köpfe kleiner als er, weshalb er sie in seiner Verwirrung nicht gesehen hatte.

An seine Stelle trat nun die Kleine, boxte die anderen zur Seite und streckte ihre Hand in den Behälter mit den Geschenkgutscheinen. Erfreut hielt sie daraufhin ein Los in der Hand. »Ich hab's, ich hab's!«, kreischte sie triumphierend. Ohne zu schauen, rannte sie vor Begeisterung los und stolperte mitten in eine junge Frau, die ihr entgegenkam. Diese konnte noch rechtzeitig ihre Hände vor ihren Babybauch legen. Dann umarmte sie den kleinen Wildfang und drückte ihn an sich. »Ja, Fanny, wohin bist denn du so schnell unterwegs? Wo ist denn die Mama?«

»Weiß nicht, Babsi.« Dem Mädchen wurde wieder bewusst, dass es allein war, und es begann zu weinen.

»Nicht doch! Wir werden sie gleich finden«, versuchte Babsi Schwiegler das Mädchen zu beruhigen. »Komm, wir gehen erst einmal zum Dennis und den Christbäumen. Da wird die Mama sicher vorbeikommen. Sonst bist du halt ein bisserl bei uns. Wir freuen uns darüber. Später bringe ich dich nach Hause.«

Während die Kleine noch ein paar Tränchen wegwischte, hielt sie ihr Los weiterhin fest in der Hand. Der Schmerz um die im Gewühl des Weihnachtsmarkts verloren gegangenen Eltern wurde ihr erst jetzt bewusst. Fanny trottete daher hinter der uniformierten Frau des Sägewerks her und begleitete sie zum Stand.

Dennis Pichler war eben mit dem Verkauf einer Nordmanntanne beschäftigt und warf ihr nur stumm einen Blick zu. Babsi Schwiegler stellte sich daher an die Kassa, zu der er später kommen würde. Gleich darauf wurde sie von einer der Passantinnen in ein Gespräch verwickelt.

Der kleinen Fanny war inzwischen langweilig geworden, und sie stellte sich zum alten Franz Pichler. Sie sah ihm zu, wie er Tannen und Fichten durch eine Netzröhre schob und der Größe nach sortierte. Er versah sie mit Nummern und legte sie in den Lieferwagen. Knorrig und uninteressiert sah er nebenbei zur Kleinen. Als er keine Anstalten machte, mit ihr zu sprechen, richtete Fanny von sich aus das Wort an ihn.

»Was machst du da?«

Franz Pichler schnitt das Netz ab und zog es zur Gänze über den Baum. Dann hob er ihn auf und schubste auch diesen auf die Eingeschlichteten. Der alte Christbaumhändler richtete sich auf und nutzte die Gelegenheit, seinen Rücken durchzustrecken. Er sprach immer noch nichts, sondern sah das Kind ratlos an, als müsste er erst überlegen, ob er ihm antworten wollte.

»Arbeitest du mit dem Christkind zusammen?«, fragte Fanny weiter. »Ich meine, weil du so viele Bäume hast und ins Auto hineingibst.« Sie wartete weiterhin vergeblich auf seine Reaktion, blieb jedoch weiterhin beharrlich. »Wie sollte denn das Christkind auch so viele Bäume tragen können, wenn es noch so klein ist? Da musst du ihm ja helfen.« Fanny schaute den alten Pichler voller Freude erwartungsvoll an.

Franz Pichler nahm jetzt seine Wollmütze ab und kratzte sich nachdenklich an der Stirn. »Jaja, so ist es.« Dann zog er sie wieder über die Ohren. Ihm war offenbar kalt geworden, und einzelne Schneeflocken tänzelten ihm inzwischen um die Nase. Fast wie diese Kleine hier. Er knurrte daher: »Wir bringen dem Christkindl die Bäume. Später.«

»Da weißt du ja, wie es aussieht, das Christkind. Wirklich so wie in der Krippe dort vor der Kirche?«

Der Christbaumbauer räusperte sich hilflos. »Natürlich. Ganz genauso«, flunkerte er.

Fanny war schließlich noch im Alter, in dem man an das Christkind glaubte.

Vor Kurzem hatte er in einer der bunten Sonntagsbeilagen einer großen Tageszeitung gelesen, dass Kinder bis acht Jahre an das Jesulein glaubten und es bis dahin auch wollten. Dann begannen sie zu zweifeln: an einem Kind, das durch die Luft fliegen sollte und Geschenke brachte. Spätestens da wurde ihnen klar, dass es so etwas nicht geben konnte. Generell. Im richtigen Leben. Dass das unmöglich war.

Zweifeln war wichtig, war der alte Pichler überzeugt. Denn nur wenn man zweifelte, konnten einem andere nichts mehr vormachen. Nicht mit einem machen, was sie wollten. Gut war es daher, wenn man mindestens zweimal hinhörte und nicht von vorneherein alles glaubte, was einem jemand erzählte. Ja, gewissermaßen – einredete. Auch wenn man es oft hörte. Gerne hören wollte. Sogar darauf vertraute. Dann *ent*täuscht war, wenn einem klar wurde, dass man *ge*täuscht worden war.

So etwas war dem Pichler Franz oft in seinem Leben passiert. Dass er enttäuscht worden war. Von Menschen, an die er glaubte. Früher. Geglaubt hatte. Damals.

Von vielen hatte er so etwas wirklich nicht erwartet. Den persönlichen Verrat. Zum eigenen Vorteil. Denn etwas anderes war es ja nie gewesen.

Eine dieser Enttäuschungen hatte er geliebt. Sehr sogar.

Na ja. Das war schon lang her. Schluss damit. Seitdem. Mit dem Vertrauen. Dem leichtsinnigen. In alles und jeden.

Er wandte sich erneut dem Kind zu und sah es prüfend an. Es war sehr selbstbewusst. Nicht so schüchtern, wie er es einst war, als er noch ans Christkind geglaubt hatte. Er sah sie weiter wortlos an.

Sie würde später sicher zornig darüber sein, dass man sie täuschte. Getäuscht hatte. Mit einem Kind, das vom Himmel kam und am Weihnachtsabend Geschenke brachte. Aber vielleicht war das auch der springende Punkt, weshalb alle Kinder von jeher den Erwachsenen verziehen: weil die Geschenke, die sie sich so sehr gewünscht hatten, ja meist dann doch unter dem Christbaum lagen.

Doch bei ihm war das damals nicht der Fall gewesen. In seiner Kindheit. Seine Familie war so arm gewesen, dass alle bloß so viel bekamen, wie sie das Jahr über benötigten. Für ihn gab es dann immer nur eine neue Hose oder eine Jacke.

Einmal aber, daran konnte er sich noch gut erinnern, war er außer sich vor Glück. Da war alles anders gewesen. Da war er selig.

Er hatte sich so sehr ein Matchbox-Auto aus der Auslage des Kaufhauses im Ort gewünscht. Jeden Tag auf seinem Schulweg war er daran vorbeigegangen. Dann lag es auf einmal unter dem Baum.

Er konnte sich noch gut daran erinnern. An die Freude, die ihn überkam.

Jedes Mal, wenn er es ansah.

Dabei hatte er niemandem von seinem Wunsch erzählt. Der war sein Geheimnis gewesen. Dieses kleine Spielzeugauto – sein stiller Freund. Nach dem er sich sehnte. Immer. Vor allem dann, wenn die Erwachsenen wieder einmal wollten, dass er bei der Arbeit aushalf. Helfen sollte. Auf den Feldern. Am Bauernhof. Was er aber nicht wollte.

Doch Kinder mussten das oft. Mussten gehorchen. Damals. Ungefragt. Befohlen. Nicht nur im Waldviertel. Überall.

Zum Spielen hätte er daher niemanden so leicht gefunden. Das war anders als heute.

Jeden Tag, an dem er vor der Auslage stand, freute er sich, das kleine Auto zu sehen. *Sein* Auto. Er träumte, wie es wäre, damit zu spielen, es über den Boden zu schieben. Es bloß zu berühren. Es in die Hand zu nehmen. Mit dem Finger sanft über dessen Dach zu streichen.

Zu Hause war ein größerer Kieselstein sein Ersatz dafür.

In seiner Fantasie stellte er sich den Stein als das schöne, weiß lackierte Auto aus dem Schaufenster vor.

Doch eines Tages war das Auto weg. Plötzlich. Eine Welt brach für ihn zusammen. Er beschloss daraufhin, nicht mehr an der Auslage vorbeizugehen. Auf dem Schulweg wechselte er die Straßenseite. Viel zu sehr schmerzte es ihn zu sehen, dass anstelle des Autos ein Schulheft dessen Platz eingenommen hatte.

Dann. Eines Tages. Zu Hause die Überraschung. Am Weihnachtstag.

Das Matchbox-Auto. *Sein* Matchbox-Auto. Unter dem Christbaum. Welche Freude! Tränen rannen ihm über die Wange. Seine Eltern zeigten sich anfangs enttäuscht. Sie hatten glaubten, es gefiele ihm nicht.

Schließlich nahm er das kleine Auto in die Hand und drückte es so fest an sich, wie er nur konnte. Die Welt um ihn herum versank. Das Christkind hatte ihn erhört. Einmal wenigstens. Hatte seinen Gedanken gelesen.

»Dann möchte ich es mir ansehen, das Christkind dort drüben. Und es angreifen. Glaubst du, ich darf das?«, riss ihn Fanny aus seinen Gedanken.

Franz Pichler legte behutsam die letzte Tanne auf die anderen und kam hoch. Er überlegte und rief dann seinem Sohn zu: »Dennis, ich bin mit der Kleinen kurz bei der Krippe. Kannst du ein Auge auf alles haben?«

»Franz, ich mach das schon«, bot sich Babsi Schwiegler an, bevor Dennis etwas sagen konnte. Sie sah nach ihm und löste sich dabei behutsam aus dem Gespräch mit der Bekannten, die sie länger in Beschlag genommen hatte, als Babsi lieb gewesen war.

Dennis Pichler schien es recht zu sein, Unterstützung zu erhalten. Die Freundin kassierte für zwei Christbäume, die Dennis zuvor nach eingehender Beratung verkauft hatte. Zufrieden stellte er sich neben sie zur Kasse, die sie zu schließen dabei war.

»Und? Wie geht's dir?«, fragte sie ihn währenddessen.

»Ja, eh. Geht so«, antwortete er knapp.

Babsi sah ihn an und wollte sich an ihn lehnen, wovor er jedoch zurückwich.

»Na, ihr Turteltäubchen? Wann ist eure Hochzeit?«, fragte einer der Vorbeikommenden. »Bei dir muss es ja bald so weit sein, Babsi. Spürst das Baby schon?«

Babsi Schwiegler freute sich über die Nachfrage und strich sich liebevoll über den Bauch. Dann schmiegte sie sich an Dennis, der weiterhin versuchte, gleichgültig zu bleiben. Anders als zuvor wich er allerdings nicht mehr aus.

»Wisst ihr was? Ich hol uns allen einmal einen Punsch. Ihr habt ja bei der Kälte überhaupt nix. Wollt ihr?«, fragte der Großlichtener.

»Mir nur einen alkoholfreien«, bat Babsi.

»Aber du willst schon was anderes. Was kräftiges, Dennis. Oder?«

Wie zuvor Babsi gegenüber gab er sich auch bei dieser Frage gleichgültig. Er zuckte mit den Schultern, als wäre ihm alles egal. Der edle Spender blieb gelassen, schüttelte den Kopf und ging los.

»Dennis, kannst du dich nicht ein bisserl zusammenreißen? Der Fritz will uns einladen und du bist so abweisend.«

»Des geht di nix an. Schau lieber, wo du selbst bleibst.« Er war dabei, sich von ihr abzuwenden, als sie ihn am Arm festhielt und seine Aufmerksamkeit dadurch fixierte.

»Dennis, ich muss jetzt für zwei denken, und mach uns mit deiner blöden Eifersucht nicht allen das Leben schwer. Unnötig noch dazu.«

»Des hättest gerne. Wo der Josi, der Vater von deinem Kind, tot is. Jetzt wär ich wieder gut genug für dich.«

Nachdem Dennis bei seinen Ausführungen lauter geworden war, sah Babsi Schwiegler erschrocken um sich. Einige hatten seinen Vorwurf bestimmt gehört. Daher ließ sie sofort seinen Arm los und machte einen Schritt zur Seite.

»Was sagst du denn da? Glaubst nicht, dass du mir damit wehtust? Und dir selbst auch.« Babsi begann vor Aufregung schwer zu atmen.

Dennis versuchte, sie nicht zu beachten, blieb aber bei ihr. »Das hättest du dir früher überlegen müssen und dich nicht vom Hütter anbaggern lassen. Aber du hast es ja genossen, wie ich gemerkt hab. Gesehen hab ich euch nämlich! Wie du dich von ihm hast küssen lassen.«

Babsi Schwiegler schüttelte den Kopf. »Das war doch er!« Sie schien seinen Vorwürfen gegenüber machtlos zu sein. »Was du dir da einbildest, Dennis. Ich hab ihn doch weggestoßen, obwohl er mein Chef war. Hast denn du nicht weiter zugeschaut?«

»Hör auf, mich anzulügen. Da hättest du dir einen Blöderen, als ich es bin, suchen müssen. Und i bin sowieso immer erst der Letzte, der was mitbekommt. Weil i net so schlecht denken will. Schon gar nicht von einem Mädel, das i mag. Das heißt: Du hast mich lächerlich gemacht. Vor allen. Und die wissen das.«

Jetzt sah er sich auch nach den anderen um. Die emotionsgeladene Situation zwischen beiden übertrug sich auf die Umstehenden, weshalb potenzielle Baumkäuferinnen und -käufer vorerst ausblieben.

Babsi stellte sich wieder näher zu Dennis Pichler. Sie sprach leise: »Dennis. Nochmals. Der Josi war mein Chef. Die Frauen sind ihm nachgelaufen. Der hat doch jede haben können.« Sie sah ihn aufrichtig an. »Ja, er is mir nachgestiegen. Aber das war bei dem automatisch der Fall. I wollt ihn sicher nicht.«

»Das haben mir aber einige aus deiner Arbeitsstelle anders erzählt. Und ich hab euch ja gesehen.«

»Hör mal: Ich war seine Mitarbeiterin. Es war für mich schon schwer genug, ständig abwägen zu müssen, wie freundlich ich zu ihm sein darf und wo ich eine Grenze ziehen muss. Damit er das nicht gleich als Aufforderung versteht. Aber ich hab ihn nicht ermutigt, wie oft soll ich dir das noch sagen!«

»Und? Gibt's schon den ersten Krach bei euch?«, versuchte ein Bekannter der beiden die Situation aufzulockern. Als ihm das absolut nicht gelang, suchte er sofort das Weite. Babsi sah in seine Richtung und bemerkte im Hintergrund Franz Pichler, der mit der kleinen Fanny von der Krippe her näher kam.

Dennis versuchte sein Verhalten wieder mehr unter Kontrolle zu bringen, weil er sich wieder seiner Aufgabe als Christbaumverkäufer widmen wollte. Er bemerkte seinen Vater nicht, weshalb er ungehemmt fortfuhr: »Ihr seid damals in der Einfahrt vom Sägewerk gestanden. Er hat seine Arme um deine Hüfte gehabt. I hab das Bild vor meinen Augen. Des kriag i nimma los. Und dann warst du gleich darauf schwanger. Von mir kann des Kind net sein. I hab mir des ausgerechnet: Da war i vier Wochen auf dera Ausbildung in Oberitalien. In dem EU-Seminar von die Waldbauern. Also du merkst: Ganz blöd bin i net. Da hast du Zeit mit ihm g'habt. Und jetzt lass mi in Ruh!«

Babsi schlug wortlos ihre Hände vor dem Gesicht zusammen und versuchte, sich zu sammeln.

Fritz kam jetzt mit den heißen Getränken in einem Halter aus Karton zurück. »Na, was is mit euch los? Noch immer Beziehungsstress?«, machte er sich über die angespannte Situation zwischen ihnen lustig. Schwungvoll stellte er Dennis den mitgebrachten Becher auf den Kassatisch.

Fanny lief Babsi inzwischen entgegen und ließ sich von ihr auffangen. »Is die Mama schon da?«, fragte sie zaghaft.

Babsi Schwiegler neigte sich nach ihr und streichelte beruhigend ihr Haar. »Noch nicht. Aber wir gehen eine Runde und suchen sie.«

Fritz reichte ihr den alkoholfreien Punsch. Bevor sie allerdings einen Schluck daraus nehmen konnte, fragte Fanny, ob sie auch etwas bekommen könnte.

»Willst du den Kinderpunsch?« Hastig griff diese danach. »Langsam, langsam. Verbrenn dir nicht den Mund.« Babsi wartete, bis Fanny einige Schlucke getrunken hatte. Zum Abschied sahen sie sich noch einmal um, ließen aber die Männer wortlos zurück.

12. KAPITEL

»Wo soll ich jetzt unterschreiben?«

Claudia Richter fuchtelte mit ihrem Kugelschreiber wie wild vor Sepp Grubingers Nase herum. Dieser war dadurch beschäftigt, erst einmal der spitzen Schreibwerkzeugattacke auszuweichen. Schließlich hob er entschlossen seinen Zeigefinger und deutete wagemutig unter Claudia Richters zuckenden Bewegungen auf die frei gebliebene Fläche am Papier.

Der Dorfpolizist hatte zuvor die Zeugenaussage ausgedruckt, die er nach ihrer wirren Angabe mühevoll auf der Computertastatur getippt hatte. Kurz war er selbst noch einmal drüber gegangen und hatte ein paar Sätze klarer formuliert. Also nicht, dass er etwas vom Inhalt her verändert hätte. Nein! Wo käme man da hin. Aber verstehen sollte man es halt doch können. Und wenn er das durch ihr Gestammel nicht einmal konnte, obwohl er selbst am Tatort gewesen war, wer dann sonst?

Na, von seinem Chef, dem Platzer, könnte er sich diesbezüglich etwas anhören. Nicht auszumalen, wenn so ein wirres Protokoll bis zum Leiter des LKA Krems gelangen würde. Ja, und da die Winzer mit Oberst Weichselbaumer befreundet war, wusste er nicht, ob und was sie ihm stecken würde. Hier in der Polizeidienstaußenstelle in Großlichten war ja rein gar nichts mehr sicher, seit die da war. Daher wollte Sepp Grubinger es gleich richtig machen.

Nicht so wie früher, wo er halt gar nix aufgeschrieben hatte. Einfach deshalb, weil's halt mit der Schreibmaschine ein gewisses Problem gab.

Sein Ein-Finger-System-Adler – also: dreimal kreisen, einmal treffen –, mit dem er vor vielen Jahren auf einer Polizeischreibmaschine seine Dienstlaufbahn begonnen hatte, konnte Sepp Grubinger mittlerweile deutlich verbessern. Er war ein Fan der Computertastatur geworden. Mit ihrer sanften, dennoch genauen Buchstabenfindung war es auch ihm als ungeübter Schreibkraft möglich, sich über die Tücken des früher sonst genau zu setzenden Anschlags hinwegzuschummeln.

»Da? Na, was jetzt? Oder doch dort? Wohin soll ich jetzt meine Unterschrift setzen?«

Sepp Grubinger seufzte, und er zeigte unmissverständlich auf die am Formular vorgesehene Stelle.

Das konnte doch nicht sein, dass jemand so neben der Spur stand wie ebendiese Richter. Also bei der ist *Nomen* sicher nicht *Omen*. Richter zu sein. Gott sei Dank gab es zwischen den in Österreich meist politisch ausgewählten amtlichen Würdenträgern doch auch ein paar unabhängige Richterinnen und Richter. Obwohl ja eigentlich der gesamte Richterstand politisch unabhängig sein sollte. Über solche freute er sich dann. Denn mit der Gerechtigkeit vor Gericht war das sonst so eine Sache, wie er als Polizist oft feststellen musste.

Am Anfang seiner Laufbahn hatte ihn das sehr schockiert. Wie hieß es da gleich: Gericht ist nicht gerecht. Die Paragrafen oft Gummiparagrafen, die gewitzte Winkeladvokaten auslegen konnten, wie sie wollten. Oft leider sehr ungerecht. Das störte den Grubinger. Meist fiel das

Urteil für den, der mehr Geld hatte oder einflussreicher war, besser aus. Und im kleinen Österreich wusste man sehr schnell, wo welche saßen, die das System der Mächtigen infrage stellten, was man meist zu verhindern wusste.

»Also, ich unterschreibe jetzt einfach da«, legte Cornelia Richter für sich fest.

»Frau Richter, irgendwo, wo Sie wollen«, seufzte der Polizist bereits weit weniger entgegenkommend als noch zuvor. »Hauptsache, Sie unterschreiben endlich, damit der Nächste drankommen kann.«

Friedl Ambrecht war unterdessen auch in die Polizeistube gekommen und wartete seitdem geduldig auf einem der Stühle. Er sah betroffen vor sich hin. Schien es aber nicht eilig zu haben. Zumindest vermittelte er diesen Eindruck.

Claudia Richter steckte ihr Schreibgerät nun in ein Etui und verstaute es in der Handtasche.

Ambrecht stand auf und war dabei, unaufgefordert ihren Platz vor dem Schreibtisch Sepp Grubingers einnehmen zu wollen. Seine Sekretärin lächelte ihm, von den Ereignissen erschöpft, matt zu und bat den Polizisten, ihr den Weg zur Toilette zu zeigen. Dieser deutete ein Zimmer weiter. Da sie nachfragte, stand er wortlos auf und ging mit ihr in den Nebenraum, um sicherzugehen, dass sie dort auch richtig ankam.

Gleich darauf kehrte er zurück und sah Ambrecht im letzten Augenblick über das Protokoll gebeugt. Der Polizist hatte zuvor vergessen, es abzulegen.

Da es sein Versäumnis gewesen war, verlor er kein Wort darüber, sondern widmete sich sogleich dem Gespräch mit ihm. Obwohl Sepp Grubinger selbst gut Bescheid wusste, fragte er den Sägewerkbetreiber genau nach dem Arbeitsprozess im Holzverarbeitungsbetrieb. Danach über Josi Hütters Aufgabenbereich und dessen soziale Integration im Betrieb. Und ob es in letzter Zeit Unstimmigkeiten im Werk gegeben hätte. Es daher zu Anfeindungen gegenüber Josi Hütters gekommen war.

Friedl Ambrecht erzählte, was er wusste, was aber nicht von Bedeutung war.

»Und Frauengeschichten?«, fragte Sepp Grubinger weiter.

Ambrecht war diese Frage unangenehm. Er richtete sich auf, um sich daraufhin zurückzulehnen. »Also, ganz ehrlich gesagt interessieren mich solche Geschichten nicht. Mir ist es wichtig, dass etwas im Betrieb weitergeht. Ich möchte, dass alles reibungslos funktioniert. Wie das meine Mitarbeiterinnen und Mitarbeiter machen und wie sie ihr Sozialleben betriebsintern ausrichten, überlasse ich ihnen.«

»Aha«, entgegnete Grubinger trocken. »Also, das heißt, es hat zwischen Ihnen und dem Hütter nie Meinungsverschiedenheiten gegeben?«

»Also, nicht dass mir etwas in Erinnerung geblieben wäre«, meinte Ambrecht nachdenklich. Er schniefte und sah dabei den Polizisten abwartend an.

Sepp Grubinger hatte mittlerweile die Erfahrung gemacht, dass bei allen Befragten, die sich an nichts erinnern konnten oder ihm gegenüber zumindest so taten als ob, doch mehr dran war, als sie augenblicklich ausführen wollten. »Frau Richter hat mir vorhin erzählt, dass Sie nicht darüber erfreut waren, dass er Gefallen an Ihrer Ehefrau gefunden haben soll.«

Friedl Ambrecht gab sich zugeknöpft. »Ja, sicher ist meine Frau jung und attraktiv. Das entgeht keinem Mann.

Doch das mit dem Hütter war auf keinen Fall der Rede wert. Der interessierte sie nicht. Daher müssen Sie Frau Richter schon genauer befragen, was sie gemeint haben könnte. Sie weiß über Klatsch und Tratsch in der Firma immer am besten Bescheid, und wie ich merke, verbreitet sie ihn auch selbst. Müsste ich mich auch noch damit beschäftigen, hätte mein Tag mehr als 24 Stunden.«

Ambrecht erhob sich unaufgefordert und signalisierte Grubinger damit, dass er seine Aussage für beendet hielt. »Mehr kann ich Ihnen wirklich nicht sagen«, bekräftigte er seine Position. »Ich muss jetzt gehen. Im Werk ist bis Weihnachten noch so viel zu erledigen, weshalb mir jede Stunde doppelt abgeht, die ich nicht dort verbringe. Wir haben sowieso schon den ganzen Vormittag wegen des Mordes vertan. Zur Lösung kann ich nicht mehr beitragen als gesagt.«

Friedl Ambrecht legte seinen Mantel um, als Claudia Richter aufgebracht aus dem Nebenraum hereinstürzte. »Mir ist noch etwas eingefallen.« Gehemmt schaute sie nach ihrem Chef. »Der Josi, also ich meine, der Herr Hütter hatte gestern einen ziemlich lauten Knatsch mit dem Seminarleiter vom neuen Lodge-Dorf gehabt.«

»Worum is es da gegangen?«, fragte Grubinger erstaunt.

Ambrecht schien das Aufzeigen von Interna gar nicht recht zu sein.

Wie aufs Stichwort ging die Tür zur Polizeistation auf, und besagter Raffael Winkler trat, von einem eiskalten Luftzug umgeben, ein. Nach kurzem Gruß in die Runde bat er den Dorfpolizisten um eine kurze Unterredung. Dieser ersuchte ihn, etwas später vorbeizukommen, da er noch mit der Fertigstellung der Protokolle beschäftigt war. Raffael Winkler war aber so aufgebracht, dass er sich nicht zurückhalten ließ und das, was Sepp Grubinger ihm vorgeschlagen hatte, schlichtweg negierte. Seiner Entrüstung ließ er freien Lauf: »Sie müssen sofort etwas unternehmen! Im Lodge-Dorf ist ein Diebstahl passiert. Kommen Sie mit, bevor alle Spuren unbrauchbar sind.«

Alle noch anwesenden Zeugen des Mordes verhielten sich weiterhin gleichgültig und beachteten ihn kaum. Winklers Aufgeregtheit empfanden sie gegenüber dem, was sie selbst kürzlich erlebt hatten, als nebensächlich.

Das versetzte ihn wiederum in Empörung. Er verstand sein Anliegen abgewertet und begann, sich nun in anderer Weise Aufmerksamkeit zu verschaffen. Dazu begab er sich nahe zu Friedl Ambrecht, der ihm den Rücken gekehrt hatte. Er stellte sich zwischen ihn und den Polizisten.

Jetzt wurde auch Grubinger langsam unrund und bat Raffi Winkler in einer halben Stunde wiederzukommen, wie er es schon zuvor vorgeschlagen hatte.

»Was sollen solche Protokolle, wenn ein Dieb frei herumläuft und Ihretwegen unnötig Vorsprung erhält? Sie tragen dafür die Verantwortung, wenn Sie nicht augenblicklich mitkommen und sich den Tatort ansehen.«

»Rücken Sie Ihren Hintern weg aus meinem Umfeld«, wurde nun auch Friedl Ambrecht ungemütlich. Er drängte Raffi Winkler unsanft zur Seite, weshalb dieser überrascht Halt am Schreibtisch suchte und das unterzeichnete Protokoll erwischte. Im Eifer des Gefechts zerriss es unbeabsichtigt.

Sepp Grubinger war außer sich vor Zorn: »Was stellen Sie sich eigentlich vor? Sie stürmen da herein, und alles soll sich gleich nach Ihnen richten?«

Claudia Richter, die eben zur Tür hinauswollte, wurde vom Polizisten zurückbeordert. Sie trat unfreiwillig den Gang zum Schreibtisch an. Ihr Blick war grimmig. Grubinger indes stand auf, seufzte und stellte sich wieder an den Drucker. Das neue Protokoll ruckte langsam aus diesem heraus. Der Polizist stand abgewandt zu den Anwesenden und wartete geduldig.

»Hier, bitte unterschreiben Sie das nochmals«, ersuchte er dann die Sekretärin des Sägewerks.

Ihrem Chef Ambrecht wurde die Sache nun zu bunt. »Ich habe viel zu tun, Herr Polizeiinspektor. Wollen Sie also noch etwas von mir? Oder kann ich endlich gehen.«

»Sie bleiben!«, entgegnete Grubinger brüsk und wunderte sich selbst über seinen schroffen Tonfall. Doch dieser wirkte. Denn Friedl Ambrecht fügte sich wortlos seinem Schicksal.

»Aber wenn dieser Mensch Sie jetzt mit Beschlag belegt, bin ich doch entbehrlich und kann ein anderes Mal zur Beendigung meiner Aussage kommen.«

»Ich hab gesagt, dass Sie bleiben sollen!«, setzte Sepp Grubinger nochmals mit eherner Stimme nach.

Jetzt fühlte sich wieder Raffael Winkler auf den Plan gerufen: »Eben. Das sehe ich genauso. Es wäre besser, Sie kommen gleich zum Tatort mit. Das versuche ich Ihnen doch schon die ganze Zeit klarzumachen!«

»Was ist eigentlich passiert?«, stoppte Grubinger in Anwesenheit aller dessen Redefluss.

»Meine funkelnagelneue Rolex, die mir meine Freundin zum Geburtstag geschenkt hatte, wurde mir aus dem Schrank gestohlen.«

»Wieso bewahren Sie eine Rolex im Kasten auf? So sorglos? Das kann doch dann nur eine dieser billigen aus China sein. Also nicht der Rede wert«, versuchte Ambrecht die Situation augenblicklich kleinzureden.

»Passen Sie mal auf. Wenn Sie mit Ihren Wartungs- und Sicherheitsleuten nicht einmal imstande sind, die Heizkörper in den Lodge-Häusern auf einer konstanten Temperatur zu halten und wir stattdessen zeitweise frieren müssen, dann brauchen Sie mir nicht zu erklären, wie ich meine Armbanduhr aufbewahren soll! Wahrscheinlich können Sie sowieso eine echte von einer unechten gar nicht unterscheiden.« Raffi Winkler stellte sich verärgert und sogar etwas bedrohend vor den Betreiber der Lodge-Siedlung.

Ambrecht versuchte, seinen Zorn im Zaum zu halten. Man fühlte förmlich, dass der gute Ton zwischen beiden bereits vor einiger Zeit verloren gegangen war.

Wie aufs Stichwort riss nun auch Max Riegler die Tür zur Polizeistube auf. »Tag!«, grüßte er einsilbig und viel zu laut. »Chef, aus dem Werk hab i grad erfahren, dass ein Container mit Baumstämmen umgestürzt ist. Sie sollen sofort kommen.«

»Na, da haben Sie's. Kaum bin ich weg, passiert wieder etwas.« Ambrecht faltete seine Hände gen Himmel, um ihn endlich vor weiterem Ungemach zu verschonen.

Sepp Grubinger sah ihn fast mitleidig an und legte das von Claudia Richter nochmals unterzeichnete Protokoll in die Ablage.

»Ja, dann gehen S' halt. Mach ma später weiter.«

Ambrecht drängte sich an Winkler vorbei und verließ in aufgeregtem Tonfall mit dem Security die Amtsstube.

Sepp Grubinger befragte Winkler nun weiter: »Also, wo war der Diebstahl genau?«

»Im Schlafzimmer meines Appartements.«

»Dann fahrn S' schon einmal voraus. I komm gleich nach.«

Raffael Winkler wirkte erleichtert und hielt Claudia Richter, die auch die Gelegenheit nutzte, endlich gehen zu dürfen, die Tür auf. Dabei drehte er sich noch einmal nach dem Dorfpolizisten um und schüttelte bestürzt den Kopf. Fast so, als überlegte er, wie man aus Sicht eines Personaltrainers solch behäbiges und barsches Amtspersonal schneller in die Gänge bringen konnte.

Da Claudia Richter ihn wegen des bevorstehenden Incentives in der Weihnachtsbackstube ansprach, wurde er allerdings aus seinen Gedanken gerissen. Auch wollte sie die Gemeinschaftsräume in den Lodges noch weihnachtlicher schmücken lassen, kündigte sie an. Ob das mit seinem Seminargrundsatz vereinbar wäre? Winkler bejahte und schloss die Tür hinter ihnen.

Sepp Grubinger fuhr sich währenddessen mit den Händen übers Gesicht. Er war erleichtert. Wie schön war es, jetzt ein paar Minuten Ruhe zu haben. Nach dieser Anstrengung mit dem aufgebrachten Zeugentrupp. Also, jeden Tag brauchte er so etwas nicht. So eine unbezähmbare Schar. Auch zwei Verbrechen an einem Tag konnte er entbehren.

Als er heute Morgen zum toten Josi Hütter gerufen worden war, hätte er sich nicht gedacht, dass dieser Fall ihn den ganzen Vormittag beschäftigen würde. Gut, irgendwie schon, aber nicht so ausgiebig. Die Laborauswertung würde schließlich noch eine Weile brauchen, und in der Polizeistation Gföhl könnten die Kolleginnen und Kollegen ruhig auch mehr tun. Nicht nur ihm hier, in der kleinen Polizeidienstaußenstelle, die lästigen Schreibarbeiten zuschieben. Aber sein Chef, der Adi Platzer, wollte die Zeugeneinvernahmen eben von ihm sofort haben, und jetzt hatte er auch noch einen Diebstahl zu lösen.

Sepp Grubinger fuhr seinen Computer herunter, stand auf und griff nach seiner Dienstjacke.

Nach dem Mittagessen wollte er sich dann auf den Weg machen und bei der Milli Schwarzer vorbeischauen. Die war eng mit dem Hütter gewesen. Hatte ihn als Weihnachtsmann für die mobilen Kalenderfenster vorgeschlagen. Der Polizist war daran interessiert, was sie so kurz nach dessen Tod erzählen würde. Ob es für sie oder mehr für ihren Mann überraschend kam. Und ob sich jemand im Umfeld zuvor bereits auffällig verhalten hatte.

Zwar wusste Sepp Grubinger selbst meist gut Bescheid, was sich im Dorf abspielte, doch um die Weihnachtszeit verlor er manches aus den Augen. Zu viel war los. Und Weihnachtsfeiern nahmen immer mehr überhand.

Früher gab es Andachten in der Kirche. Nach Messen jeweils einen kleinen Umtrunk mit Punsch, Glühwein, Bäckereien und Würsteln im Pfarrsaal. Doch jetzt reichte nicht einmal mehr der Weihnachtsmarkt für all die Begehrlichkeiten aus. Weihnachten war mittlerweile nicht nur aus Sicht Sepp Grubingers zu einem richtigen Volksfest geworden.

Besinnlich wie in seiner Kindheit, wenn die Mutter am späten Nachmittag Reisig in den Küchenherd nachlegte und es bald danach am Abend gemütlich nach Essen und Ofenwärme roch, war es schon lange nicht mehr. Damals hatte man sich sogar die Zeit genommen, selbst den Weihnachtsschmuck herzustellen. Strohsterne waren das gewesen und Holzschmuck, den die Opas aus dünnen Holzplatten mit der Laubsäge herausgearbeitet hatten. Oft begannen sie damit schon an den ersten kühleren Nachmittagen im Herbst. Die Omas buken Vanillekipferl und manche auch Lebkuchen.

Die Adventzeit als Vorfreude auf das Heilige Fest. Wenn seine Mama dann kurz die Ofentür öffnete und nach dem Feuer sah, faszinierten ihn die Flammen, die dann loderten, und das Knistern der Äste beruhigte ihn.

Ein kräftiges Poltern und ein kalter Windstoß rissen ihn plötzlich aus seiner Erinnerung.

»So a Blödsinn, des Werkl da!«, fluchte eine weibliche Stimme vor sich hin und hatte dabei alle Hände voll zu tun, die ruckelnde Tür nicht zufallen zu lassen. »Jetzt reißt mir der Wind doch glatt die Schnalle aus der Hand.«

Sepp Grubinger traute seinen Augen nicht. Walli Winzer hing wie der Fliegende Robert aus »Struwwelpeter« statt am Regenschirm an der Türklinke und hatte dabei Mühe, sie festzuhalten. Womit hatte er das verdient, klagte Grubinger still vor sich hin. Zu allem Überdruss trat die Winzer in seine Polizeistube.

Er legte schließlich seine großen Hände über jene Walli Winzers und half, die Tür zu schließen. Doch nun torkelten beide hin und her.

»Grubinger!«, schrie die PR-Agentin. »Was soll denn das?« Denn beide zogen jeweils in die entgegengesetzte Richtung und stiegen einander auf die Füße. Der Polizist drängte Walli wieder sanft zurück, woher sie gekommen war.

»Es ist genug, lassen Sie mich«, empörte sie sich und packte den Polizisten am Ärmel, um an ihm vorbeizukommen.

Das Schneegestöber war inzwischen stärker geworden und pfiff ihnen um die Ohren. Sepp Grubinger schob Walli Winzer gleichgültig zur Seite und schloss die Polizeistation ab. Danach zog er die Dienstkappe demonstrativ über sein schütteres Haar. Er stellte sich vor die PR-Lady und sah sie ernst an. »Sie können jetzt nicht hereinkommen. I muss weg. Ein Diebstahl.«

13. KAPITEL

Ihre Nerven lagen richtiggehend blank. Es war nun auch noch diese Autofahrt, die ihre gesamte Aufmerksamkeit forderte. Sie hatte nicht bedacht, dass sie die genaue Straßenlage zur neuen Lodge-Anlage, die sich außerhalb des Dorfs befand, nicht kannte. Daher versuchte sie, dem Polizeiwagen Sepp Grubingers zu folgen. Zwischendurch verlor sie ihn im Schneesturm immer wieder aus den Augen. Kein Verkehrsschild und keine Straßenmarkierung konnten ihr weiterhelfen, weshalb sie zeitweise planlos dahin fuhr.

Dann leuchteten in einiger Entfernung die Bremslichter des Polizeiautos auf. Erleichterung. Den weiteren Straßenverlauf konnte Walli Winzer trotzdem nur erahnen. Fast wäre sie mit einem der Reifen im Straßengraben gelandet. In einer Blitzreaktion lenkte sie instinktiv dagegen und konnte gerade noch Schlimmeres verhindern.

Im Blindflug parkte sie schließlich vor der Lodge-Siedlung neben Grubingers Wagen ein.

Als er sie sah, war er mehr als erstaunt. Lang und breit hatte er ihr zuvor erklärt, dass sie später am Nachmittag wiederkommen solle. Erst dann könne er ihre Aussage um noch ein weiteres Detail, das ihr eingefallen war, ergänzen. Eigentlich hätte er zuvor sowieso alles frei aus seinem Gedächtnis niederschreiben können, denn sie hatte ihm mehrmals an Ort und Stelle ihre Eindrücke ausführlich geschildert. Samt dem Zusatz, dass plötzlich ihre Katze auf dem Kopf des Ermordeten gesessen hatte. Gedanklich war bei ihm bereits alles auf Knopfdruck abrufbar.

Wie leichtfertig war es daher von ihm gewesen, ihr von dem Diebstahl zu erzählen. Sepp Grubinger ärgerte sich darüber. Klar, dass sie wieder dabei sein wollte. Neugierig wie sie war. Und dazu eingeladen, dass sie ihn unterstützen sollte, wie sie das eigenmächtig immer wieder tat, hätte er sie nicht. Auch wenn es in der Vergangenheit oft doch gut war, dass sie ihre Nase hineingesteckt hatte. Denn einen feinen Instinkt und eine gute Kombinationsgabe besaß sie schon, stellte er fairerweise fest. Oft war sie ihm auch mit Informationen durch ihre vielfältigen Kontakte voraus.

Er wiederum war halt immer nahe an seinen Landsleuten dran, ging es um Einschätzungen. Schließlich saß er als Polizist auch privat gerne mit ihnen im Dorfwirtshaus beisammen. Bei einem Glaserl Wein oder Bier erzählten sie ihm dann alles, was ihnen am Herzen lag oder was sie von anderen im Dorf wussten. Das Meiste behielt er für sich. Ihm würde ansonsten keiner mehr etwas sagen, wenn sich herumspräche, dass er alles weitertratschte. Das war nicht seine Art. Denn er wollte, dass sich die Menschen vertrugen und es erst gar nicht zu Missverständnissen oder Schlimmerem kam.

Er verstand sich mehr als Polizeivermittler, ließ daher seine Dienstwaffe oft zu Hause. Sein Chef, der Polizeibezirksinspektor Platzer, hatte ihn deshalb schon mehrmals gerügt. Tatsächlich: Einmal hätte er sie wirklich bei einem Fall gebraucht. Damals war auch die Winzer bei der Festnahme des Täters dabei gewesen. Es hätte schlecht für alle ausgehen können. Ging es aber nicht. Gott sei Dank!

Zugegeben: Sie war wirklich nicht schlecht im Kombinieren, diese Winzer. Auch wenn sie mit manchen Ermittlungsdetails nicht so viel anfangen konnte wie er. Denn diese richtig zusammenzusetzen, hatte Sepp Grubinger schließlich in der Polizeischule gelernt. War ja Fachmann darin.

Was ihn allerdings am meisten störte, war, dass diese PR-Tussi aus Wien kam. Die Wiener, die mochte er alle nicht. Diese Wichtigtuer und Besserwisser. Dabei konnten die doch keine Himmelschlüssel von einem Haustorschlüssel unterscheiden. Aber ihm und den anderen Großlichterinnen und Großlichtenern wollten sie hier die Welt erklären. Einfach bescheuert!

Gut, die Winzer machte bei so etwas nicht mit. Da war sie in Ordnung. Aber sie war eine schrille Figur. Mit ihren modischen Outfits. Hier auf dem Land! Und das konnte er auch nicht leiden. Vor allem nicht, seitdem seine Resi zusehends solche Anwandlungen bekam. Manchmal nach Zwettl oder Horn fuhr, um sich neue Kleidung zu kaufen. Dabei mochte er seine Resi so, wie sie war! Diese modischen Fetzen, die sie da mitnahm, änderten daran nichts. Rein gar nichts. Ob sie die nun hatte oder nicht. Oft bemerkte er solche an ihr nicht einmal. Dann war sie sauer. Stinksauer. Aber wenn sie es für sich brauchte, sollte es ihm auch recht sein. Solange sie ihm weiterhin einen guten Schweinsbraten kochte und ihm wie seit Kurzem abends nicht ständig diese lausigen Schnittlauchbrote hinstellte. Nur da konnte *er* zeitweise – stinksauer werden.

»Ach, jetzt hab ich meine Handtasche beim Fight im Schneesturm mit dieser bescheuerten Autotür vergessen von der Rückbank zu holen«, bemerkte Walli Winzer, als Sepp Grubinger ihr bereits die Tür zur Lodge aufhielt. Ohne seine Reaktion abzuwarten, drehte sie sich um und machte sich wieder in die Richtung auf, aus der sie gekommen war. Sie musste dabei erneut ihrem Spürsinn, der sie zum Auto bringen sollte, vertrauen, da sie kaum ihre eigene Hand vor Augen erkennen konnte. Plötzlich sah sie, wie wenige Meter von ihr entfernt Scheinwerfer eingeschaltet wurden. Ihr Eindruck war, dass das Auto nahe bei ihrem und Grubingers stand. Wenigstens hatte sie endlich einen Anhaltspunkt, wie weit es noch sein würde.

Jemand musste aus der entgegengesetzten Richtung der Anlage gekommen sein und von dort aus das Auto erreicht haben. Also gab es mehrere Zugänge zum Parkplatz. Grubinger kannte sich im Gegensatz zu ihr hier aus. Sie war heute das erste Mal auf der Anlage. Die Scheinwerfer verloschen. Dann begannen sie wieder zu leuchten.

Walli Winzer war jetzt dicht bei dem Wagen und bemühte sich zu erkennen, wer drinsaß. Obwohl es Mittag und taghell war, nahm sie hinter den dicken Schneeflocken nur dunkle Umrisse wahr. Sie presste daraufhin ihre Nase dicht an die Scheibe, um besser hineinsehen zu können.

Ja, natürlich hätte sie das nichts angehen müssen. Doch vielleicht kannte sie die Person. Sie war schließlich länger nicht in Großlichten gewesen. Jetzt, zur Weihnachtszeit, freute auch sie sich, alte Bekannte zu sehen. Na ja, und eine Portion Neugier besaß Walli immer. Sonst wäre sie nicht so erfolgreich gewesen. Nicht umsonst galt sie als eine der besten PR-Expertinnen Österreichs. Das hätte sie sich einst als Arbeiterkind nicht träumen lassen. Selbst wenn irgendjemand ihr so etwas in Aussicht gestellt hätte.

Eine gewisse proletarische Direktheit war ihr geblieben, wie ihre Freundin Lena sie manchmal rügte. Na, wenn schon! Bis so noble Damen in die Gänge kamen, verging so viel Zeit, da war sie längst an allem dran. Ja, manchmal sogar an deren Männern, da sie Berufliches auch gerne mit Privatem verband. Frauen verhindernde Männernetzwerke konnte sie dadurch strategisch gut aushebeln. Den Ehefrauen gegenüber verhielt sie sich stets diskret, und ihre wirtschaftlichen Erfolge konnten sich mittlerweile sehen lassen. Warum sollte sie das auf ihre Weise nicht genauso regeln wie James Bond?

Wirtschaft war ein hartes Pflaster, das sie zu bedienen wusste. Wen wunderte es daher, dass ihr Denkvermögen selbst in der Freizeit top funktionierte. Obwohl sie zur Entspannung ins Waldviertel gekommen war, unterstützte sie den Dorfpolizisten, wenn nötig.

Sie war selbst einmal unter Mordverdacht geraten. Eh klar, dass man damals gleich auf sie kam, da sie eine Zugereiste war, wie man sie hier nannte. Da schob man die Ursache für ein Verbrechen lieber auf die Fremden als auf die Nachbarin oder den Nachbarn. Denn bevor Walli kam, soll ja alles angeblich so ruhig gewesen sein. Und jetzt, wo sie und andere Wienerinnen und Wiener ihre Wochenendhäuser oder -wohnungen hier hatten, war plötzlich alles anders geworden. Ob es stimmte oder nicht. Es war ihr mittlerweile egal. Sie hatte sich daran gewöhnt. Und viele dieser Hinterwäldler waren schließlich doch auch ganz nett.

In diesem Moment setzte das Auto aus der Parklücke und fuhr sie beinahe nieder. Na, da haben wir es!, ärgerte sie sich. Kaum versucht man ihnen in Gedanken menschlich näherzukommen, hat man schon wieder den eigenen Schaden! Wer das gewesen war, konnte sie nicht sagen. Sie hatte nur Umrisse erkannt.

Bevor sie selbst noch in der Kälte erstarren würde, nahm sie ihre Mandarina-Duck-Tasche aus dem Auto und tastete sich an den Motorhauben der Autos bis zur Haustür der Lodge. Meditationsmusik wies ihr inzwischen den Weg. Sie griff nach der Klinke und zog sich seitlich der Tür entlang, damit sie ihr der Sturm nicht wieder entreißen konnte.

Sie befreite ihren Mantel vom Schnee und hing ihn im Vorraum der Lodge auf. Es war still. Nur die Klänge eines Saiteninstruments, das ihr fremd war, waren zu hören. Seltsam leiernd, wie sie fand. Walli wusste jetzt nicht, was sie mit ihren teuren, aber nassen Scarpa-Winterschuhen tun sollte. Immerhin würde sie mit deren markantem Profil Spuren im ganzen Haus hinterlassen.

Sie sah nach Sepp Grubinger, der seitlich an der Wand lehnte und mit einer jungen Frau sprach. Er hatte seine Schuhe ausgezogen. Also wollte er längere Zeit bleiben. Walli Winzer entschloss sich, ihre schweren Schuhe auch im Vorraum stehen zu lassen.

»Hallo!«, grüßte sie kurze Zeit später Grubingers Gesprächspartnerin. Für ihre Verhältnisse tat sie das leise, dennoch drehten sich einige aus der Yogagruppe nach ihr um. Die ihr gegenüberstehende Frau fuhr sich mit der Hand an den Mund und signalisierte Stille.

Walli Winzer verdrehte die Augen und stellte sich kommentarlos neben den Dorfpolizisten. Die Frau bat, ein wenig zu warten, da die Stunde bald zu Ende gehen würde. Walli sah sich währenddessen im Haupthaus der Anlage um.

Vom Vorbereich, in dem sie sich befanden, kam man gleich in den großen Veranstaltungssaal. Dort führte eine Gruppe von etwa 15 Leuten mehr oder weniger wendig eben den anstrengenden Sonnengruß durch. Walli Winzer kannte das. Denn vor nicht allzu langer Zeit hatte ihr Lena geraten, an einem Yogaseminar teilzunehmen. Sie sollte nicht nur ein wenig Sport betreiben, sondern durch eine bewusstere Ernährung und neue Atemtechnik zu innerer Einkehr und Ruhe kommen. Besser zu sich finden.

Lena war wirklich gut, wiederholte Walli für sich und schüttelte bei dem Gedanken den Kopf. Sepp Grubinger und die Frau sahen sie fragend an. Walli besänftigte sie wortlos und lächelte.

Bei sich ankommen? Als würde sie sich nicht schon lange genug kennen. Die Jahre, die sie das tat, wollte sie lieber gar nicht erst zählen. Denn wie hieß es: Man war nur so alt, wie man sich fühlte. Na ja, ein guter Ansatz, den sie da verfolgte, befand sie zufrieden. Sonst wäre ihre Person nicht gefragt. Das war man doch nur, wenn man bei sich war und seine Lebensfreude mit anderen teilte. Die eigene Begeisterungsfähigkeit überzeugte. Denn diese war übertragbar, hatte Walli Winzer über Jahre die Erfahrung gemacht.

Walli beobachtete Sepp Grubinger und konnte sich des Eindrucks nicht erwehren, dass er Gefallen an der jungen Frau gefunden hatte. Es dauerte noch etwas, bis die Stunde zu Ende sein würde, weshalb die Frau ihn tiefer in ihr Gespräch über Yoga verstrickte. Sein Blick war freundlich und entspannt. Nicht wie sonst bei seinen Ermittlungen. Da versuchte er, selbst gegenüber Bekannten eine gewisse Form von unverbindlicher Amtsmiene aufzusetzen. Und solchen begegneten Grubinger auf Schritt und Tritt.

Unter diesen Umständen ermitteln zu müssen, könnte sich Walli nicht vorstellen. Gegen die eigenen Freunde und deren Familien! Schon schwierig manchmal – das Landleben.

Vielleicht gab es auch deshalb so wenige Verbrechen hier. Weil man miteinander umzugehen wusste. Fiel dann einmal etwas vor, war das für denjenigen, der den Tathergang zu lösen hatte, nicht einfach. Sich von Freunden und deren Geschichten zu distanzieren. Da war es gut, wenn jemand wie sie von außen mithalf. Mithelfen wollte. Denn dieser Hilflosigkeit tatenlos zusehen konnte sie nicht. Dabei wollte Grubinger das nicht. Wehrte sich gegen ihre Einmischung. Aber dann war er schließlich froh, wenn ihr der letzte Baustein zur Lösung eines Falls eingefallen war.

Sie sah wieder nach ihm. Doch so, wie er jetzt mit der Yogalehrerin flirtete, würde er bestimmt nicht an Informationen kommen. Er fragte sie nämlich nichts, sondern ließ sich alles über Yogazugänge erklären. Er war fasziniert davon, wie sie detailliert die Entspannungstechnik erklärte.

Bevor Walli Winzer stocksteif länger hier stehen würde, brachte auch sie ihre Erfahrung ein. »Man braucht schon einige Zeit, bis man weiß, welche der Techniken für einen die richtige ist.« In diesem Moment hörte die Stunde auf. Die Teilnehmerinnen und Teilnehmer hoben ihre Matten auf und rollten sie zusammen.

Einige der Seminaristinnen umringten Raffi Winkler und ließen sich Termine zum Einzelcoaching vorschlagen. Iris suchte in seinem Planer am Laptop Tag und Stunde aus. Martha stellte sich dicht an Raffi und erhielt von ihm schmunzelnd einen Termin nach Abschluss des Regelbetriebs. In entspannter Atmosphäre wollte er ihr Spezialübungen zur Achtsamkeit zeigen. Iris tat wie ihr gesagt. Jedoch konnte man unschwer erkennen, dass sie den Termin nur widerwillig eintrug.

Die meisten saßen nun in kleinen Gruppen und sprachen miteinander, während Raffael Winkler die Gruppe um den Dorfpolizisten ansteuerte.

»Danke, dass Sie so schnell gekommen sind. Und das trotz des Schneegestöbers. Wir hatten zuvor Glück gehabt. Erst nachdem wir in der Lodge eintrafen, schlug das Wetter um. Tja, und jetzt?« Er blickte kurz zum Fenster, wo immer noch heftiges Schneetreiben zu sehen war.

Die junge Frau verabschiedete sich nun von Sepp Grubinger und nickte auch den anderen zu.

»Ja, danke, Sabine. Du kannst natürlich mit den anderen Mittagessen gehen.«

Da der Dorfpolizist ebenso Hunger verspürte, fragte er unumwunden: »Wo hatten Sie denn Ihre Rolex aufbewahrt?«

»Vor wenigen Tagen schenkte Iris sie mir zum Geburtstag. Ich hatte meine Lodge abgesperrt und die Uhr in den Schrank gelegt. Wer denkt daran, dass jemand hier in der Idylle einbrechen würde.«

Sepp Grubinger seufzte. Auch ihm war zum jetzigen Zeitpunkt rätselhaft, wer es gewesen sein könnte. Sein erster Verdacht war: jemand aus der Gruppe selbst. Denn untereinander wussten sie wahrscheinlich von dem Geschenk, was für ihn sogleich den Täterkreis einschränkte.

Walli Winzer hörte indes teilnahmslos zu. Sie hatte bereits vom Warten kalte Füße bekommen und tänzelte daher von einem Bein auf das andere, um die Zehen etwas aufzuwärmen. Sie stand fast barfuß, nur in dünnen Nylonstrümpfen, auf dem kalten Boden. Bizarr sah das allemal aus.

Sepp Grubinger wollte schließlich den Tatort sehen und drängte Raffael Winkler, ihn in seine Lodge zu führen. Er ging in den Vorraum und zog seine Winterschuhe an. Über seine leichte Yogakleidung legte Winkler bloß einen Wintermantel und war sogleich startklar.

Walli Winzer hingegen beobachtete, dass nur noch die beiden Kontrahentinnen um Raffael Winklers Gunst einander gegenüberstanden. Alle anderen waren bereits in ihre Lodges beziehungsweise zum Mittagessen unterwegs.

Walli Winzer lehnte sich an eine der Säulen im Seitenbereich und wollte dem Spektakel weiter zusehen. Sepp Grubinger kapierte und deutete mit einer Handbewegung, dass er sie später von hier abholen würde, damit sie ihm wieder mit dem Auto folgen konnte.

Walli Winzer bestätigte mit einem Handzeichen wortlos. Denn ihre Aufmerksamkeit war anderweitig gefordert. Ihr war nicht ganz klar, was da eben vor ihr abging.

14. KAPITEL

»Mist! Natürlich finde ich sie wieder einmal nicht.«

Walli Winzer war damit beschäftigt, ihr zwischen Kinn und Schulter eingeklemmtes Handy auszubalancieren, während sie eine beachtliche Anzahl von Einkaufstaschen, die sie vom Biomarkt im Ortszentrum mitgebracht hatte, auf den verschneiten Boden stellte. Sie kramte in ihrer großen Handtasche nach dem Schlüssel, den sie wie so oft nicht gleich finden konnte. Deshalb kamen ihr noch weitere deftige Kraftausdrücke über die gepressten Lippen.

»Nein, Lena, nicht du bist damit gemeint! Sorry.« Am anderen Ende der Leitung hörte sie Protest bezüglich ihrer schnoddrigen Ausdrucksweise. Lena Breitenecker konnte das noch nie ausstehen und fand es daher auch im Augenblick wenig lustig. »Lena, beruhige dich. Ich finde mal wieder meine blöden Hausschlüssel nicht.«

Während Walli weitersuchte, musste sie sich eine Moralpredigt anhören, die sich zwischen mangelnder Wertschätzung ihres Gegenübers und eigener Abwertung bewegte. Ihre Aufmerksamkeit verlegte sich allerdings stärker auf das genaue Abtasten des weitläufigen Innenbereichs ihrer Tasche. Weshalb die Vorhaltungen der einstigen Frau Lehrerin aus dem zehnten Wiener Gemeindebezirk, die in einer Brennpunktschule unterrichtete, bevor sie ihren Beruf gewechselt hatte und aufs Land gezogen war, bei Walli zum einen Ohr hinein- und beim anderen gleich wieder hinausgingen.

Endlich hörte sie ihren Schlüsselbund klimpern und zog ihn heraus. Ihre Ohren brannten mittlerweile auch vom Warten in der Kälte. In der Dämmerung sah sie vor sich ein Säckchen an der Türschnalle hängen, welches ihr offenbar Sybille Karner, ihre Nachbarin, vorbeigebracht hatte. Na ja, das beste Einverständnis hatte sie mit dieser ungemein neugierigen Wienerin nicht. Doch nachdem sie seit einiger Zeit fast so etwas wie entfernte Verwandte geworden waren, bemühte sich auch Walli, wenigstens zeitweise schöne Nasenlöcher zu machen. Sicher hatte sie ihr, wie schon einmal, ein Stück Apfelstrudel zur Begrüßung vorbeigebracht. War ja nett. Doch in einer derart riesigen Papiertasche verstaut, dass Walli kaum zur Tür hereinkam.

»Bist du noch da, Walli?«, tönte es aus dem Handylautsprecher. Walli Winzer hatte ihr Telefon auf die Ablage im Vorzimmer gelegt, um die Taschen besser hineintragen zu können. Sie zog ihre Winterstiefel aus. Entspannt legte sie erneut das Mobiltelefon ans Ohr. »Ja, Lena, ich höre dir voll Andacht zu. Aber du weißt ja, wie ich bin. Groß ändern werde ich mich in meinem Alter nicht mehr. Nicht einmal für dich, meine Liebe.«

Eine gelernte Lehrerin ließ selbst bei ihrer besten Freundin nicht locker, weshalb es noch einige nachzubearbeitende Sätze gab. Einmal Lehrerin, immer Lehrerin, stellte Walli Winzer für sich fest. Selbst wenn das, wie gesagt, bei Lena Breitenecker schon mehrere Jahre zurücklag. Mit ihrem Ehemann Hans und den Kindern hatte sie den alten Bauernhof ihrer Eltern übernommen und zu einem Hightech-Bio-Vorzeigebetrieb des Waldviertels gemacht. Nach kurzer Zeit produzierten sie international erfolgreich auch handgefertigten Ziegenkäse und hatten dafür bereits einige Preise heimgebracht.

Doch die viele Arbeit ließ mitunter sogar bei Lena das Temperament durchgehen. Wie jetzt, so knapp vor Weihnachten. Denn mit ihrem Tadeln schien sie heute nicht enden zu wollen. Deshalb beschloss Walli, schnell das Thema zu wechseln. Sie sprach den Mordfall an, dessen Status quo Lena zuvor interessiert kommentiert hatte.

»Du meinst, dass diese Milli Schwarzer, die hier im Ort die Idee mit dem Adventkalender gehabt hat, selbst Interesse am Hütter hatte? Wie kommst du denn darauf?«

»Na, sonst wäre ihr doch so eine Schnapsidee nicht gekommen: einen Mucki-Weihnachtsmann engagieren, oben ohne mit Waschbrettbauch, und das 24 Adventtage lang. In Kombination mit einer Charity-Aktion.«

»Aber das war bisher ein voller Erfolg. Die Spendenkassa klingelte, und die Frauen im Ort hatten auch Spaß.«

»Wie man's nimmt. Hast du dir dabei jedes Mal die Miene von Millis besserer Hälfte angeschaut, wenn der Josi Hütter aufgetaucht ist? Auch die anderen Ehemänner am Christkindlmarkt waren nicht gerade von ihm begeistert.«

»Im Gegensatz zu ihren Frauen.«

»Na, da hast du es ja.«

Walli Winzer schloss indes die Vorzimmertür und lehnte sich mit ihrem Telefon in der Hand an den Kachelofen. Sie legte ihre freie Hand auf dessen behaglich warme Kacheln und setzte sich auf die Ofenbank. Wie angenehm empfand sie es, hier zu sitzen, nachdem sie bereits den ganzen Tag über gefroren hatte. In der Früh war sie weggegangen und hatte nicht damit gerechnet, den ganzen Tag fortzubleiben. Da waren der Tote, das Protokoll, der Diebstahl, der

Lodge-Besuch und ihr dringend notwendiger Lebensmitteleinkauf. Walli fühlte sich daher müde. Es war mittlerweile später Nachmittag geworden.

Vom Rücken her durchdrang sie wohlige Wärme, und sie entspannte sich. Nichts und niemand würde sie heute noch einmal aus dem Haus bringen können. Doch die Stimme Lenas aus ihrem Telefon holte sie wieder aus dem Wunschdenken zurück.

»Walli, bist du noch da?«

»Glaubst du wirklich, dass einer der Ehemänner dem Weihnachtsmann aufgelauert und ihn dann einen Kopf kürzer gemacht hätte? Das kann ich nicht glauben. Daran würde man doch sofort denken.«

»Eben deshalb. Da gäbe es viele, die dasselbe vorgehabt haben könnten.«

Walli antwortete nicht sofort. Sie dachte kurz nach. »Ja, recht kannst du damit schon haben. Aber überlege einmal: Hütter soll ja seine Mitarbeiterin, die Babsi, immer wieder bedrängt haben. Ihr Freund unterstellt ihr sogar, dass das Kind vom Hütter sein soll.«

»Starkes Stück. Das brauchst du, wenn du dich auf dein Kind freust.«

»Und was ist, wenn es stimmt? Hast du schon einmal daran gedacht? Dann könnte sie, die Babsi, aus Verzweiflung wegen der verfahrenen Situation es selbst gewesen sein. Es muss nicht notwendigerweise ihr eifersüchtiger Dennis als Täter infrage kommen.«

»Ich weiß nicht, ob es da nicht doch Hemmungen gibt: den Vater des eigenen Kindes um die Ecke zu bringen? Dazu fehlt es mir, ehrlich gesagt, an Vorstellungskraft«, meldete Lena Breitenecker Bedenken bei dieser Überlegung an.

»Du bist eben doch zart besaitet«, witzelte Walli. »Aber jetzt wieder im Ernst: Deinen Freund, Bürgermeister Brunner, hast du heute noch gar nicht ins Spiel gebracht.«

Lena war überrascht. »Inwiefern?«

»Na, findest du es nicht seltsam, dass ihm heuer gerade die Krippe vor der Kirche genau gegenüber vom Weihnachtsmarkt wichtig war? Dass er extra einen Zuschuss der Gemeinde dafür bewilligen ließ, damit sie von der Beleuchtung her eindrucksvoller ins Rampenlicht gerückt werden konnte? In Energiesparzeiten! Das war in den letzten Jahren in solchem Ausmaß nicht der Fall. Und er erzählte von der Bühne aus stolz von Friedl Ambrechts Ankauf des ›Stille Nacht‹-Originals, wo der doch über diese Indiskretion wirklich empört war?«

»Ja, und? Der Brunner ist überall dort zu finden, wo ihm die Leute zuhören und er einen Nutzen davon hat. Und dass er da eine Indiskretion verraten hat, obwohl das vorher sicher mit Ambrecht anders abgesprochen war, ist ihm doch egal. Hauptsache, es nützt ihm vor Publikum. So ist eben Politik, liebe Walli! Vor allem die von Peppi Brunner.«

Die PR-Agentin kniff am anderen Telefonende die Augen zusammen und schnaubte ins Telefon: »Vielleicht hat das erst jemanden auf den Plan gerufen. Der dann auf die Idee kam, das Manuskript zu stehlen. Ist ja schließlich was wert. In einer Blitzaktion, für die wenig vorbereitet werden musste.«

»Wieso weißt du das?«

»Weil Ambrecht uns erzählte, dass er immer noch den Tresor seines Großvaters mit einem alten Schlüssel benutzt. Was schließe ich daraus? Dass niemand erst einen Nummerncode oder Ähnliches knacken, sondern dem Josi Hütter nur den Tresorschlüssel abnehmen musste.«

»Nicht zu glauben! Das ist doch ein Milliardenkonzern mit all den Nebenfirmen in anderen europäischen Ländern. Und so ein Betrieb ist mit seinem Tresor nicht auf dem neuesten technischen oder digitalen Stand? Wie geht das?«

»Na ja, jetzt funktioniert so etwas mit einem elektronischen Fingerabdruck, halb minütlich wechselnden Zahlenkolonnen, die vor dem Öffnen gesendet werden, Augenprints und anderen biometrischen Daten. Also, da einzubrechen, ist fast unmöglich geworden, außer jemand hackt sich von außen ins digitale Firmendatensystem ein.«

»Krass.

»Du, Lena, ich glaube aber, wir reden morgen weiter. Für heute habe ich echt genug. Ich brauche jetzt nicht auch noch das Endlosthema Brunner.«

»Das hast du jetzt echt sanft formuliert. Vorhin hätte das sicher ganz anders geklungen.«

Walli Winzer war jetzt nicht danach, auf Spitzfindigkeiten der Freundin zu reagieren. Was sie wollte, war einfach nur Ruhe.

Ruhe! Wie sie diese seit einigen Jahren im Waldviertel gefunden hatte. Knapp vor einem Burnout. Deswegen aus der Stadt geflohen war. Auf der Suche nach ihrer verloren gegangenen Zufriedenheit, ihrem Glück. Sie ihr inneres Gleichgewicht wiedererlangen wollte. Pause machte. Von all der Hektik. In der Stadt. In ihrem Leben. Auch jetzt.

Ab in diese Stille, hatten ihr ihre Freundinnen und Freunde empfohlen. Wonach sie sich insgeheim seit Langem gesehnt hatte. Diese damals auch dringend brauchte.

Erst lernte, solche überhaupt auszuhalten. Daher nur langsam finden konnte. Hier, in Großlichten.

Denn vieles hatte sich auch hier zu verändern begonnen. Hatte sich bereits verändert und stellte jeden und jede vor Herausforderungen. Alle gleichermaßen. Mal mehr, mal weniger. Wie sollte man daher wissen, was so ein unbedachter Ausspruch des Bürgermeisters bei einigen auszulösen vermochte? Vielleicht Ängste weckte. Ihnen ein Stück weihnachtlicher Identität raubte. Falls das Original von »Stille Nacht« plötzlich eine Weltreise antreten sollte und möglicherweise in den USA verbliebe. Denn die Amerikaner kassierten ja immer gleich alles ein, was Erfolg hatte oder versprach.

Solche Gedanken waren daher nicht unberechtigt, stellte Walli Winzer für sich fest. Doch alles war Kaffeesudlesen. Es gab keinerlei Anhaltspunkte. Und wenn, könnte sie jetzt nichts dagegen tun, versuchte sie sich vom weiteren Grübeln abzuhalten.

Lena hatte sich, da von Wallis Seite her nichts mehr kam, telefonisch verabschiedet und ein Treffen am nächsten Tag vereinbart.

Sie wollte ihr noch alten Christbaumschmuck von ihrer Familie und jener von Hans leihen. Denn wie sie ihre Freundin kannte, nahm sie sich für das eigene Heim wenig Zeit. Dabei konnte Walli das als einstige Schaufenstergestalterin für alle anderen hervorragend. So etwas verlernte man nie. Aber wie immer war sie ständig unterwegs. Hatte daher wenig Lust, auch noch zu Hause zu arbeiten, anstatt nichts zu tun.

Sie freute sich daher, dass die Freundin ihr das Gefühl von Geborgenheit gab. Für sie da sein wollte. Für Walli waren Lena und ihre Familie sehr wichtig. Und das schon lang. Genau genommen: seitdem ihre Mutter verstorben war.

Für Familie Breitenecker war die Freundin ein Familienmitglied geworden, das in die Interna eingeweiht war und Anteil an diesen nahm. Denn nach ihrer gescheiterten Ehe mit Thomas führte Walli ein eigenständiges, um nicht zu sagen, mitunter recht eigenwilliges Leben.

Ihren Einkauf trug Walli Winzer nun vom Vorzimmer in die Küche und stellte ihn auf den Tisch, um alles einzusortieren.

Sie hatte sich von Beginn angewöhnt, ihren täglichen Bedarf im Biogeschäft des Dorfes abzuholen. Da inzwischen viele im Ort das machten, gab es mittlerweile sogar eine Vollzeit-Mitarbeiterin, die sich mit der Inhaberin abwechselte. Eigentlich war es gar kein ausgewiesener Bioladen. Denn für die Bewohnerinnen und Bewohner war es klar, dass sie sich gesund ernähren wollten. Viele Ackerböden waren über Jahrzehnte – so gut wie in ganz Österreich – überdüngt worden. Der billige industrielle Dünger war den Bauern regelrecht aufgeschwatzt worden. Wer nicht mitmachte, wurde schäl angeschaut. Dass man oft nicht den Herstellerhinweis las und beachtete, sondern großzügig und schwungvoll mit Spritz- und Düngemitteln umging, störte niemanden. Das Zuviel wurde auch nicht überprüft. Wenn, dann eher halbherzig. Verwaltungstechnisch hätte das auch zu viel gekostet und wäre zudem wenig populär gewesen.

Kein Wunder also, dass die Böden allerorts plötzlich zu kippen drohten. Ideal für einige Immobilienentwickler. Besondere Argumente brauchten sie daher vor politisch

Verantwortlichen und selbst vor einem Teil der Bevölkerung nicht mehr zu suchen. Eine kleine Spende da und zusätzlich einige Scheinchen in so manche Taschen – und die Sache lief wie am Schnürchen.

Doch immer mehr Bauern und Bäuerinnen stellten ihre Betriebe langsam auf nachhaltige Landwirtschaft um. Dazu zählte, wieder Flure zwischen den Äckern anzulegen. Dort auch Bäume zu pflanzen. Damit nicht nur Tiere Schutz fanden, sondern auch Stürme ausgebremst wurden. Nicht weiter durch die Landschaft fegen konnten und dadurch die oberste Bodenschichte abtrugen.

Eben, als Walli die Tür ihres Eisschranks schließen wollte, trippelte Filou um die Ecke. Völlig verschlafen. Das Rascheln des Einpackpapiers hatte ihn wohl an etwas Verlockendes denken lassen. Natürlich wollte Walli ihn nicht enttäuschen und legte ihm ein Blatt Schinken auf einen Teller. Sie wusste, dass er damit wenigstens ein klein wenig versöhnt sein würde, weil sie wieder einmal so lange weggeblieben war. Zumindest hoffte sie das. Denn Filou konnte diesbezüglich recht nachtragend sein, wie sie öfter schon erlebt hatte. Er wollte sie eben immer unter Kontrolle haben. Katze eben. Aber auch fast ein wenig wie ihr Exmann Thomas, der sie auch des Öfteren zu gängeln versucht hatte. Die Betonung liegt auf: *hatte*!

Walli Winzer musste lachen.

Offensichtlich schien sie Lebewesen anzuziehen, die sie in irgendeiner Weise einzuschränken versuchten. Sie musste aber zugeben, dass ihr Filou eindeutig lieber war als jemand, der täglich an ihr herumnörgelte. Und sie sich für ihn sowieso nicht ändern würde. Denn, wenn Walli etwas einfiel, reagierte sie spontan und war durch nichts und niemanden davon abzuhalten, sich sofort daranzumachen. So war das auch in ihrem Beruf.

Und privat?

Da hatte sie sich mit zahlreichen Verehrern arrangiert, die sie bei Arbeitsgesprächen oder auf Partys kennengelernt hatte. Manche davon waren anhaltende On-off-Beziehungen. Manches Jubiläum könnte sie da wohl schon feiern, grinste sie vor sich hin. Ein gewisser Informationswert war immer auch damit verbunden. Ein Anruf genügte, und kurze Zeit später war sie über eine Angelegenheit voll im Bilde.

Walli beschloss, sich eine Verschnaufpause zu gönnen, bevor sie sich einige Häppchen zum Abendessen auflegen würde.

Sie ging an die Hausbar und schenkte sich ein Glas Martini ein. Dabei fröstelte sie immer noch vom langen Aufenthalt im Freien, obwohl sie sich inzwischen etwas aufgewärmt hatte. Im Widerspruch dazu stand ihr Griff in den elektrischen Eiswürfelbehälter. Um die Körpertemperatur schneller hochzufahren, leerte sie ein wenig Gin nach.

Walli war heute stimmungsmäßig auch nach echtem, loderndem Kaminfeuer zumute, das sie per Knopfdruck einschaltete. Danach setzte sie sich mit ihrem Cocktailglas in den Ohrensessel.

Genüsslich nahm sie den ersten Schluck und spürte danach dessen entspannende Wirkung. Das Flackern der Flammen förderte ihr Wohlgefühl. Sie schloss die Augen und ließ die Atmosphäre auf sich wirken.

Dabei fiel ihr ein, dass sie nicht vergessen durfte, Harry Kain anzurufen. Sie wollte ihn nach seinen Eindrücken fragen und Uhrzeit sowie Treffpunkt für ihrer beider Recherche für morgen ausmachen. Ein Besuch bei Milli Schwarzer und ihrem Mann war angesagt. Er betrieb, wie sie gehört hatte, eine Hundezucht. Harry sollte sein journalistisches Geschick einsetzen, um nicht nur einen kurzen Artikel über »Huskys im Waldviertel« zu schreiben, sondern mit ihr gemeinsam mehr über deren Beziehung zu Josi Hütter zu erfahren.

Wie von unsichtbarer Hand geleitet, drehte sie sich um und sah in die zufriedenen Augen ihres Katers. Filou lag auf der Decke am Sofa. Er dankte ihr für den Happen von zuvor, indem er sie mit halb zugekniffenen Augen geradezu anflirtete, um sich daraufhin wohlig einzurollen. Walli genoss den Anblick des hübschen kleinen Kerls und wandte sich wieder dem Kamin zu. Ihre Beine legte sie übereinander auf einen Schemel. Sie spürte, wie der Anblick des Feuers sie augenblicklich beruhigte. Der Gin im Martini tat das Übrige.

15. KAPITEL

»Sagen Sie jetzt nichts. Ich weiß, dass ich spät dran bin.«

Harry Kain öffnete die Tür des E-Autos und setzte sich schwungvoll auf den Beifahrersitz. Er räusperte sich nervös, sah aber währenddessen angestrengt zur Windschutzscheibe hinaus. Den Blickkontakt zur Fahrerin vermied er, wohl, um einer zu erwartenden Diskussion auszuweichen.

Walli Winzer verzog indes leidgeprüft das Gesicht und legte den Schalthebel auf »R« für »Reverse«, also rückwärts, ein.

»Ich musste blöderweise noch meine Hausschlüssel suchen«, erklärte Harry mit einem kurzen Seitenblick auf Walli. Die reagierte allerdings nicht. »Sie können sich kaum vorstellen, wo ich sie endlich gefunden habe«, versuchte er die Situation zu lockern. Entschied sich dann aber doch, davon Abstand zu nehmen, da seine Gesprächspartnerin offenbar keineswegs daran interessiert war, Näheres zu erfahren.

Walli Winzer wandte den Blick zurück und sah ins satte Weiß der vom Journalisten notdürftig freigeschaufelten Zufahrt seiner alten Mühle. Da an diesem wolkenverhangenen Morgen Konturen kaum zu erkennen waren, fuhr sie immer wieder an eine der Einfassungen an. Die Luft im Waldviertel war so sauber, dass der Schnee selbst am nächsten Tag unverändert aussah.

Das Auto ruckelte erneut, als Walli vom Schneeberg wieder runter zurück auf die Straße lenkte. Der Vorgang wiederholte sich mehrmals.

»Geschafft!«, war sie erleichtert, als sie von der Nebenfahrbahn wieder auf die Hauptstraße von Großlichten auffuhr. »Wo geht es weiter zum Bauernhof der Familie Schwarzer?«, fragte sie Harry, ohne ihn anzublicken.

»Warten Sie, ich gebe den Straßennamen ins Navi ein.« Da er ihn nicht auswendig wusste, kramte er in seinem Rucksack nach dem Adressbuch. »Nur müsste ich das erst einmal finden.« Kurz darauf holte er es hervor und blätterte eine Seite auf.

Walli Winzer hatte inzwischen das Navi eingeschaltet und gab die Adresse ein. »Harry, ich bin vorhin mindestens eine halbe Stunde lang im kalten Auto gesessen. Was denken Sie sich eigentlich dabei, wenn wir uns eine bestimmte Uhrzeit ausmachen, ich Ihnen sogar anbiete, Sie abzuholen, und dann lassen Sie mich draußen so lange warten? Bitten mich nicht einmal herein, wenn's bei Ihnen länger dauert.«

Der Journalist zeigte sich reuig, aber nicht betroffen, weshalb Walli sich ihm nun zuwandte. Er starrte erneut vor sich hin, sodass sie seine unrasierte Seitenansicht zu sehen bekam. Walli konnte sich des Eindrucks nicht erwehren, dass Harry vielleicht noch geschlafen haben könnte, als sie ihn wartend vor seiner Haustür angerufen hatte. Er war vermutlich erst in seine Kleidung geschlüpft, hatte zwischendurch noch schnell etwas zum Frühstück eingeworfen und war darauf zu ihr nach draußen gekommen. Deshalb hatte er sie auch nicht ins Haus gebeten.

Harry Kain drehte ihr nun den Kopf zu. »Frau Winzer, es tut mir leid. Aber früher war es für mich nicht möglich.«

Walli fuhr nun die Straße entlang und musste sich aufgrund der ungewöhnlichen Straßenverhältnisse konzentrieren. Es lag Matsch auf der Fahrbahn, der ein Auto schnell ins Schleudern bringen konnte.

Das gesuchte Dorf lag etwas abseits. Daher war noch kein Räumfahrzeug vorbeigekommen. Denn Salz wurde in Österreich nur auf Bundesstraßen und Autobahnen gestreut. Sonst mussten Winterreifen reichen, weshalb Walli Winzer froh war, ziemlich neue auf den Felgen zu haben.

Nach Harrys letzten Worten, die er an sie gerichtet hatte, breitete sich plötzlich ein strenger Geruch aus. Walli schloss daraus, dass der Morgenmuffel den Weg ins Badezimmer doch nicht gefunden hatte, was ihre These von zuvor erhärtete. Sie öffnete das Fenster einen Spaltbreit, was ihr ein wenig Erleichterung verschaffte.

Harry hingegen war über ihre Geste verblüfft. Hatte sie ihm doch eben erst erklärt, dass ihr vom langen Warten kalt geworden war, und jetzt öffnete sie ein Fenster. Dabei hatte er sich dahin gehend sogar Vorwürfe gemacht. Soll sich da jemand einmal mit diesen Frauen auskennen. Sie hatten immer irgendetwas zu bekritteln. Verstehen konnte man sie nicht. Und diese Winzer erst recht nicht.

Er schaute sie beklommen aus dem Augenwinkel heraus an, um sie auszuforschen, widmete sich dann aber lieber wieder dem Navi, was ihn sogleich hochfahren ließ: »Passen Sie auf! Sie fahren ja an der rechten Straße vorbei. Wir müssen abbiegen!«

Walli Winzer erschrak und verriss das Lenkrad in die

genannte Richtung. Der Ruck war so prompt erfolgt, dass das Fahrzeug sich 45 Grad um die eigene Achse zu drehen begann. Mit Müh und Not lenkte Walli in die Gegenrichtung, was Harry trotz Gurt gewaltig gegen sie schleuderte. Dass ihnen auch noch ein Lkw auf der gegenüberliegenden Spur entgegenkam, sah er nicht. Gerade noch rechtzeitig gelang es ihr, den Wagen an den Straßenrand zu steuern, und sie kamen mit einem Reifen über dem Graben zu stehen.

Als Harry die Autotür öffnete, baumelte sein Fuß plötzlich über leerem Raum. Ängstlich zog er ihn sofort zurück und schloss wieder die Tür. »Was sollen wir jetzt machen?«, meine er ratlos.

Walli war froh, die gefährliche Situation für sie beide zumindest in dieser Weise gemeistert zu haben. Sie musste sich erst kurz vom Schrecken erholen, bevor sie Harry anfauchte: »Was fällt Ihnen ein, mich so anzubrüllen! Dann wären wir eben eine Straße später abgebogen oder zurückgefahren. Aber bei solchen Straßenverhältnissen hysterisch zu reagieren und wild herumzufuchteln, ist ja mörderisch.«

Sie richtete sich auf und löste den Gurt. »Ich steige jetzt vorsichtig aus. Sie rutschen dann auf meinen Sitz nach. Aber so, dass das Auto nicht seitlich kippt. Verstanden?«

Harry Kain antwortete lieber nichts. Denn auch er war sichtlich gezeichnet von dieser Aktion. Wider Erwarten schlüpfte Walli behänd aus dem Auto, und Harry bezog im selben Rhythmus ihren Platz. Wenige Sekunden später stand er neben ihr.

Walli Winzer atmete kräftig durch, sodass die ausgeatmete Luft in der Kälte deutlich sichtbar wurde.

Harry sah blass aus. Seine Gesichtsfarbe unterschied sich nur wenig von den seitlich mit Schnee bedeckten Feldern.

»Und? Wie machen wir weiter?«, fragte Walli Winzer mehr rhetorisch, denn die Antwort gab sie sich im selben Atemzug selbst. Sie begutachtete die Lage und schlug vor: »Glück gehabt. Gott sei Dank ist nichts passiert. Wir brauchen das Auto nur einen Meter zurückzuschieben. Dann steht es mit allen vier Rädern wieder auf der Straße. Was denken Sie?«

Harry starrte noch genervt vor sich hin, bemüht, sich zu fassen.

Im gleichen Augenblick fuhr ihnen auf der anderen Straßenseite ein Pkw entgegen, der langsamer wurde und auf ihrer Höhe stehen blieb. Der Fahrer kurbelte das Fenster herunter. »Kann ich Ihnen helfen?«, fragte er. »Frau Winzer, das sind ja Sie!«

Walli drehte sich um. Es war Max Riegler. Er lenkte seinen BMW unaufgefordert an die Straßenseite. Wo der Graben sein würde, wusste er. Ihm waren die Straßenverhältnisse auch zu dieser Jahreszeit wohl bekannt.

»Den pack ma!«, rief er unaufgeregt und stellte sich zum Auto.

Harry Kain schien erleichtert, dass nicht nur seine gesamte Körperkraft allein gefordert sein würde. Ohne Vorhaltungen löste Max Riegler die Handbremse. Walli hatte sie zuvor instinktiv angezogen. Harry stemmte sich mit aller Kraft seitlich gegen das Auto, um es nicht abgleiten zu lassen. Nach einem gemeinsamen Ruck aller stand der Wagen kurze Zeit später wieder auf der Fahrbahn.

Sie waren erleichtert.

Walli Winzer bedankte sich beim Mann von der Security. Von Harry erfuhr er, dass sie auf dem Weg zu Milli Schwarzer und deren Mann waren, um Erkundigungen einzuholen.

»Ja, ist schon a wirklich traurige G'schicht. Des mit dem Josi. So kurz vor Weihnachten«, zeigte er sich betroffen. »Dabei war er wirklich a feiner Kerl. Dass dem jemand so etwas angetan hat. Einfach schrecklich.« Er senkte den Blick zu Boden.

»Ja, ich hätte mir vor Weihnachten auch lieber anderes vorgestellt, als auf Mördersuche zu gehen. Aber der Sepp Grubinger. Den kann man ja bei so etwas nicht allein lassen.«

Jetzt musste sogar Harry lachen. »Der Sepp is ja vielleicht wirklich so a Philanthrop, also a Menschenversteher, dass der sich denken könnt: Jetzt is einer eh scho tot. Aber der Mörder muss weiterleben. Und wenn's net a zweite Leiche gibt, dann war's eben a Eifersuchtstat. Da muss die Täterin oder der Täter mit sein' schlechten Gewissen weiterleben. Und des is Strafe genug.«

»Gehen S', Harry! Jetzt übertreiben S' aber wieder. Net, dass i den Grubinger in Schutz nehm, aber so bled is er a wieder net. Es is halt, weil die Polizeidienststelle immer unterbesetzt is und er aus Gföhl nur Anweisungen, aber wenig Hilfe hat. Jetzt rennen seine Ermittlungen in Großlichten praktisch von allein«, verdeutlichte Walli.

»Is ja gut so. Denn bei uns is eh nie was los. Was soll der Sepp da sonst von außen no für a Unterstützung kriegen?«, ergänzte Riegler.

»Ja, aber manchmal braucht er's eben doch. Deshalb bleibt uns nix anderes übrig, als ihm zu helfen. I hab mit dem Ludwig Weichselbaumer telefoniert, und der möchte, dass ma dem Grubinger beistehen.« Walli sah beipflichtend zu Harry Kain.

»Ah. Is das der Leiter des Landeskriminalamts in Krems?«, fragte Max Rieger interessiert.

»Ja. Er hat den Grubinger nach einem der letzten Fälle zum Sonderermittler ernannt. Ich bin als PR-Expertin dann so etwas wie die Kommunikationsbrücke zwischen beiden«, grinste sie Harry vielsagend an.

Auch Max Riegler schien verstanden zu haben, weshalb er nicht weiterfragte.

»Aber Sie werden's nicht glauben, i bin auch grad zur Milli unterwegs. I hab ma was mit ihrem Mann ausgemacht. Der is ja Mechaniker und schaut si was bei meinem Auto an.«

16. KAPITEL

Walli Winzer fuhr dicht hinter Max Riegler. Harry hatte sicherheitshalber den Autogurt enger angepasst und den Sitz zurückgeschoben. Im Ernstfall würde er so nicht unliebsame Bekanntschaft mit der Windschutzscheibe machen müssen.

Er wirkte erleichtert, als er später aus der Ferne die Hunde bellen hörte. Die Fahrt würde gleich zu Ende sein und sie beide mit Milli und dem Huskyschlitten im Wald unterwegs sein, um einen geeigneten Weihnachtsbaum für Walli zu finden. Nebenbei wollten sie ein wenig über die Idee mit dem Adventkalender erfahren und etwas über die Beziehung von Milli zu Josi Hütter wissen. Da war es vielleicht gut, wenn der Ehemann nicht unbedingt in der Nähe war, dachte auch Harry.

Walli parkte direkt neben Max Riegler. Nachdem sie ausgestiegen war, sah sie in der Ferne einen Leichtmetallschlitten mit mehreren vorgespannten Huskys warten.

Einer der Hunde hatte sich von den umstehenden losgerissen und lief in Höllentempo kurzerhand auf die Neuankömmlinge zu. Walli war überzeugt, dass er vor ihnen stehen bleiben würde, was dieser offenbar nicht vorhatte. Es sah so aus, als wollte er direkt in die Gruppe hineinlaufen. In letzter Minute sprang sie deshalb hinter das nächststehende Auto, weshalb Harry Kain alleiniges Opfer der Hundeattacke wurde.

Die Folge war: Der Journalist lag kurz darauf am Boden, und über ihm stand der Hund. Harry schrie um Hilfe, bewegte sich aber nicht. Der Husky stützte sich mit den Vorderpfoten auf seinem Brustkorb ab und leckte Harrys Gesicht. Zwischendurch bellte er vor Vergnügen.

Milli kam hinterhergelaufen. »Rexi, aus!«, rief sie dem Ausreißer zu. Als er nicht folgen wollte, zog sie ihn an der Nackenfalte weg und befreite Harry vom mächtigen Tier. »Tut ma wirklich leid, aber i hob ihn no net lang, und er muss erst fertig abgerichtet werden«, entschuldigte sie sich bei Kain.

Der blieb vorerst mit ausgestreckten Armen und Beinen liegen und atmete tief durch. Mit Schwung rollte er sich hoch und stand nun neben Milli. »A ganz schönes Gewicht hat so a Viech.« Er erwartete keine Antwort. Es war mehr eine Feststellung, weshalb Harry auch niemanden speziell ansah, sondern sich den Schnee von der Kleidung klopfte. Walli Winzer berührte im Vorbeigehen erleichtert seine Schulter und ging zum Hundeschlitten.

Milli Schwarzer hielt den Husky weiterhin fest und wartete, bis er sich beruhigt hatte. »Fahren Sie mit?«, fragte sie Harry. »Der Dennis Pichler wird euch heute fahren. Wir wechseln uns damit immer ab. Denn der Christbaum steht in seinen Wäldern. Wir gfrein uns jo, dass sie mit unsere Huskys foahn und wos darüber schreiben.«

Harry Kain hatte nun wenig Lust, mit fünf weiteren Schlittenhunden die Zeit in der Wildnis zu verbringen, und lehnte dankend ab. Er erinnerte sich daran, dass Walli und er mit Milli über den Toten sprechen wollten. So, dass sie es wenn möglich gar nicht mitbekämen. Seine journalistische Erfahrung in der Gesprächsführung kam ihm da auf jeden Fall zugute. Er wollte auch mit den Schwarzers über die Idee der Huskyzucht reden, die für das Waldviertel doch recht ungewöhnlich war.

Harry Kain spielte daher auf entkräftet und mitgenommen. Man sollte Walli Winzer nacheilen und ihr sagen, dass sie doch mit dem Christbaumbauern allein fahre und er inzwischen in der Stube auf sie warten würde. Sie sollte unbedingt malerische Handyfotos von der Landschaft machen und fotografieren, wie Pichler den Weihnachtsbaum aufladen und befestigen würde. Der Journalist wollte mit seiner Spezialkamera später weitere Fotos und einige Porträts machen.

Walli Winzer war verblüfft über Harrys Entscheidung, die ihr eine Tochter der Schwarzers gerade mitteilte. Na ja, auch recht. Es war nicht das erste Mal, dass sie sich über ihn wunderte. Am rätselhaftesten war ihr jedoch, dass er als durchaus intelligenter Mensch hier in der Provinz seinem Broterwerb nachging. Darüber wunderte sie sich schon seit Langem. Wenn sie ihn danach fragte, wich er stets aus. Doch bald würde sie ihm sein Geheimnis entlocken, dessen war sie sich sicher. Und wer wusste es schon. Vielleicht hatte auch ihn ein Burnout oder ein Beinahe-Burnout ins Waldviertel geführt, um hier neue Kraft zu schöpfen, so wie bei Walli damals. Na, auch wenn Lena das vielleicht nicht so sehen würde. Doch Walli fühlte sich im Vergleich zu früher wesentlich besser. Sie war – zumindest zeitweise – diese Schickimicki-Gesellschaft los. Mit hirnlosen, magersüchtigen Möchtegernmodels und einer weithin ausufernden Schönheitsriege, der sie sich zusehends entfremdete. Durch ihre Mentee und Mitgesellschafterin Silvia Manner hatte sie ihre PR-Agentur schon beizeiten davon weg in eine neue Richtung gelenkt. Ihr Dritter im Bunde, Tobias Stieglitz, hatte mit ihnen gemeinsam den richtigen Instinkt dafür gehabt. Walli Winzer merkte, dass sie ihre Crew bereits ein wenig vermisste. Sie stand nun neben dem Christbaumbauern und den Huskys. Dennis hatte inzwischen den kleinen Ausreißer wieder neben den anderen Hunden eingespannt und wartete nun auf den Einsatz. Walli blickte noch einmal zu Harry Kain, der ihr bestätigend zuwinkte und sich in Begleitung zum Bauernhaus begab.

Dennis ließ die Peitsche in der Luft schnalzen, und los ging die Schlittenfahrt!

Walli fand, dass die kleinen Kerle ein ziemliches Tempo einschlugen, stellte ihren Mantelkragen auf und hielt beide Enden fest zusammen. So ertrug sie den kalten Wind besser. Trotz des bewölkten Morgens musste sie die Augen zukneifen, denn das wenige Sonnenlicht wurde vom Schnee reflektiert. Direkt über die Felder fuhren sie den entfernten Wald an. Die Kufen knirschten auf der harschen Schneedecke.

Walli genoss die Freiheit und Leichtigkeit, die sie während der Schlittenfahrt spürte. Sie sah zum Himmel und beobachtete, wie einige dunklere Wolken sich über hellere schoben, um sich wenig später wieder aufzulösen. Ein Naturschauspiel.

Schließlich gelangten sie an den Waldrand. Dennis hatte die ganze Fahrt über nichts mit ihr gesprochen.

Walli hatte am Vortag bereits einen geeigneten Baum am Hauptplatz kaufen wollen. Doch für ihre vorgesehene Christbaumecke im Wohnzimmer waren die Äste der Bäume zu ausladend gewesen. Passten daher nicht. Daraufhin hatte ihr Vater Pichler vorgeschlagen, eine Erlebnisfahrt mit seinem Sohn direkt in den Wald zu machen. Dort könnte sie sich ihren Baum selbst aussuchen.

Dennis unterbrach schließlich ihre Gedanken: »So, da samma!« Er hielt den Schlitten an, sprang von der Verlängerung an den hinteren Kufen und half Walli Winzer vom Sitz hoch.

»Danke, Dennis!«

Beim ersten Schritt versank Walli im Schnee und verlor dabei sofort das Gleichgewicht. Da sie immer noch Dennis' Hand hielt, riss sie ihn mit. So landeten beide im Tiefschnee. Vorteil: Sie fielen weich. Das Aufstehen verlief aber nicht so einfach wie angenommen. Beide griffen zunächst ins Leere. Rollten immer wieder zur Seite. So kamen sie auf die Idee, sich gegenseitig zu stützen. Als sie neben den Hunden standen, mussten beide lachen. Es war das erste Mal, dass Walli ins heiter gelöste Gesicht von Dennis Pichler blickte. Sie klopfte ihren Mantel vom Schnee ab und legte den inzwischen nass gewordenen Kragen um. Dann sprach sie ihn darauf an, dass sie ihn noch nie so erlebt habe.

Dennis Pichler wurde wieder ernst: »Na ja, sonst hab i net viel zum Lachen«, antwortete er auf einmal distanziert.

»Na, gehen S'. A junger Mensch wie Sie und Probleme? Sie haben doch a hübsche Freundin und an Vater, der ihnen einmal die Landwirtschaft und die Wälder übergeben wird. Da sind Sie doch besser dran als viele andere.«

»Des hört sich nur so an.«

»Und das ganze Leben haben S' auch noch vor sich.«

Dennis schwieg.

Die Hunde hatten sich inzwischen in den Schnee gelegt, dessen Kälte ihnen wenig auszumachen schien. Sie hechelten von der anstrengenden Fahrt.

»Das mit dem Vater, des is so a eigene G'schicht. Über die möchte i net reden. Und die Babsi. Wir stehen mehr oder weniger vor der Trennung.«

»Was? Jetzt wo des Kind unterwegs ist …«

»Jo, aber es is net von mir«, unterbrach er Walli Winzer abrupt.

»Wieso wissen S' denn das?«

»Weil i net blind bin.«

»Sind Sie sicher?«

»Ja, ganz sicher.«

»Hat Ihnen das die Babsi bestätigt?«

»Nein. Sie will ja einen offiziellen Vater für ihr Kind. Der es mit ihr aufzieht. Der Josi Hütter hätte sie nie geheiratet. Der war immer nur hinter den Frauen her, aber wollte keine Verpflichtung.«

»Und viele Frauen waren hinter ihm her, wie ich mitbekommen habe. Gott hab ihn selig, bald werden wir den Täter haben. Ich hab auch schon einen Verdacht.«

Dennis Pichler machte eine abwehrende Bewegung, als wäre ihm das alles egal.

»Aber Dennis, warum glauben Sie Ihrer Freundin nicht, wenn sie sagt, dass es *Ihr* Kind ist.«

»Weil es ein Schmäh ist. Schauen Sie: Frauen schieben Männern immer schon Kinder unter, die sie mit anderen haben. Jedes zehnte Kind in Österreich ist ein Kuckuckskind, also kein biologisches des vermeintlichen Vaters. So einfach ist das. Und viele Dumme überreißen das nicht. Aber bei mir muss man schon früher aufstehen, um mich zu täuschen.«

Er wandte sich von Walli Winzer ab, ging zum Schlitten und nahm die vorbereiteten Schneeschuhe für sie beide. Es waren breite, fächerartige Flächen, auf die man seine Winterschuhe stellte und verschnürte. Der Bauer setzte sich auf den Schlitten und band sie um.

Walli Winzer wusste nicht recht, was sie ihm antworten sollte. Denn eigentlich gingen sie seine privaten Verhältnisse nichts an. Obwohl Eifersucht stets auch ein wichtiges Mordmotiv war. Dann sagte sie: »Es ist Ihr gutes Recht, Dennis, dass Sie sich Gedanken darüber machen. Aber ist Ihnen die Beziehung zu Babsi nicht mehr wert als unbedachte zehn Minuten, die sie vielleicht mit jemand anderem verbracht hat? Ist Eifersucht nicht immer ein schlechter Ratgeber? Es wäre ja trotzdem *Ihr* Kind, wenn Sie es mit ihr großziehen.« Walli dachte an ihre eigenen Abenteuer, die sich zum Teil spontan ergaben und erfreulicherweise noch nicht zu Ende waren. Doch manchmal hätte einiges auch anders laufen können als geplant. Wie froh war sie, dass diese Zeit biologisch bei ihr endlich vorbei war und sie nicht mehr nervös werden musste, wenn ihre Periode ausblieb.

Inzwischen hatte sie sich ebenfalls niedergesetzt und die Schneeschuhe übergestreift. Dennis band den Schlitten mit den Hunden an einem Baum fest. So konnten sie nicht weglaufen. Dann gingen sie in den Wald. Das Thema hatte ihn merkbar aufgewühlt. Walli Winzer spürte, dass er sich fassen musste, um bei der Sache zu sein.

Mit forschem Schritt und einer Säge in der Hand stapfte er vor ihr her, und Walli beobachtete, dass er bereits an einigen durchaus geeigneten Bäumen vorbeigegangen war. Was sonst nicht ihre Art war, folgte sie ihm wortlos und wies ihn nicht darauf hin. Sie wollte nicht auch diesbezüglich seine Kompetenz anzweifeln.

Wie fremdgesteuert führte Dennis sie immer tiefer in den Wald. Der Weg wurde richtiggehend beschwerlich. Sie hatte sogar den Eindruck, dass er einen besonders schwierigen gewählt hatte.

Ihr wurde unheimlich. Sie wollte ihm nicht mehr folgen. Instinktiv. Auch nicht mehr weitergehen.

Sie stoppte, als der Baumbestand dichter geworden war, und bemerkte seitlich den Weg zu einer Lichtung.

»Dennis, gehen Sie allein weiter. Ich bleibe hier und suche dort drüben weiter. Das viele Gestrüpp hat mir schon mein Gesicht zerkratzt. Wenn Sie einen geeigneten Baum gefunden haben, rufen Sie nach mir, dann komme ich.« Ohne seine Antwort abzuwarten, ging sie in die entgegengesetzte Richtung.

Dennis legte keinen Protest ein, sondern tat wie ihm geheißen. Auf halbem Weg drehte sich Walli noch einmal um, entdeckte ihn aber nicht mehr. Die dichten Äste und die Dunkelheit des Waldes hatten ihn zur Gänze verschlungen.

Die Lichtung war eindeutig größer, als sie aus der Ferne gewirkt hatte. Sie sah nur Schnee und einige kleinere Fichten. Es war tatsächlich ihre Entscheidung gewesen, keine Tanne, sondern eine Fichte bei sich aufstellen zu wollen. In ihrem alten Schulhaus. Lena hatte sie zwar darauf aufmerksam gemacht, dass ihr ganzes Wohnzimmer später mit trockenen Nadeln übersät sein würde, doch Walli wählte heuer die traditionelle Waldviertler Baumvariante.

Weil Fichten jedoch kaum noch jemand kaufte, hatten die Pichlers keine zum Verkaufsstand mitgenommen.

So verband Walli kurzerhand die Schlittenfahrt mit der Baumsuche.

Sie begutachtete jetzt einen der Bäume, der ihr allerdings wenig zusagte. Er besaß wiederum zu dichte Zweige. Von ihm weg führten Tierspuren zu einem anderen Platz auf der Lichtung. Da gab es eine Futterstelle für Rehe, gefüllt mit Heu und anderem Trockenfutter.

Dort entdeckte Walli schließlich auch ihren idealen Baum. Sie blieb vor ihm stehen und atmete den Fichtenduft ein. Dabei schloss sie ihre Augen. Es war kein Laut zu hören. Zu kalt und zu dunkel schien es an diesem Tag selbst für die Waldbewohner zu sein.

Ja, genau diesen Baum würde sie haben wollen.

Sie machte sich bereit, nach Dennis zu rufen, als sie eben eine Silhouette hinter einem der Bäume im Wald verschwinden sah. Was oder wer da war, konnte sie nicht erkennen.

»Ist da jemand?«, fragte sie in die Richtung.

Alles blieb still.

Sie bewegte sich nicht.

Walli Winzer starrte jetzt ins Dunkel, aus dem sie etwas zu vernehmen glaubte. Mit dem Brustton der Überzeugung versuchte sie, ihre Angst zu überspielen. »Wer ist da? Was wollen Sie?«

Nichts regte sich. Sie war mittlerweile sicher, dass es ein Reh gewesen sein musste, welches sie zuvor bei der Futteraufnahme gestört hatte. Sie atmete bei diesem Gedanken erleichtert auf und entkrampfte sich. Es war die Lebendigkeit eines Winterwaldes, die sie eben erlebte.

Damit Dennis Pichler sie auch hören konnte, ging sie in die Richtung, in der sie den Schatten bemerkt zu haben glaubte. Ihr Ruf würde von dort aus nicht von den Fichten gedämpft werden, die die Lichtung säumten. Er würde direkt zu hören sein.

Walli sah in die Richtung, wo sie den Christbaumbauern zuletzt ausgemacht hatte, und rief: »Ich habe einen passenden gefunden. Dennis …«

Zu mehr kam sie nicht mehr. Ein mächtiger Schlag ging auf sie nieder.

Walli Winzer merkte, wie ihr Körper ohne Gegenwehr zusammenbrach, während sich vor ihr alles zu drehen begann. Walli fiel mit dem Gesicht in den Schnee, hörte gedämpftes Lachen. Spürte den Schmerz – dann war da nichts mehr.

17. KAPITEL

»Ahhh, hier drin ist es schön warm!«

Harry Kain rieb sich die Hände, während er einen großen, getäfelten Raum in Schloss Waldstetten betrat. Dessen Wände waren mit uraltem Holz ausgelegt, was die ohnehin behagliche Raumtemperatur gefühlsmäßig noch verstärkte.

»Ich helfe euch gerne aus. Aber ich habe nicht gedacht, dass wir so lang im Freien verbringen würden.« Während er sprach, griff er sich dabei an seine kalte, rote Nase. »Sonst hätte ich mich nämlich wärmer angezogen.«

»Na, es dauert halt seine Zeit, bis die Weihnachtsgirlanden über so einem großen Tor angebracht sind«, sagte Max Riegler und zog sich seinen Wollpullover glatt. »Inzwischen habt ihr ja die Gartenanlage vor dem Schloss toll dekoriert.«

»Ja, ich weiß es dann fürs nächste Mal«, lachte Harry und dachte insgeheim, dass er sich keinesfalls mehr so kurz vor Weihnachten in der Nähe des Schlosses aufhalten würde. Oder wie es jetzt gewesen war: bei den Schwarzers zu sitzen und sich Max Rieglers Ersuchen um Unterstützung für die glänzende Festbeleuchtung vor dem Schloss nur schwer entziehen zu können. Denn am 24. Dezember, am Heiligen Abend, würde die Festbeleuchtung den ganzen Tag über eingeschaltet sein.

Ab jetzt – *nur* noch an diesem Tag.

Am Weihnachtstag würden nämlich fast alle Großlichtenerinnen und Großlichtener vorbeikommen, um die vorbestellten frischen Karpfen für ihr Weihnachtsfestessen abzuholen.

Romy und Julia, die Karpfenteich- und Schlossbesitzerinnen, hatten schon dieses Jahr beschlossen, die Winterfinsternis der Adventzeit nur wenig auszuleuchten, auch wenn sie es sich dank ihres selbst produzierten Ökostroms durchaus hätten leisten können. Vielmehr schien es ihnen sinnvoller, den ganzen Dezember hindurch die Bedeutung einer Tagesdekoration zu betonen. So hatten sie Künstlerinnen und Künstler beauftragt, die Nadelbäume entlang der Waldzufahrt zum Schloss schon in der Adventzeit festlich zu gestalten.

Am Weihnachtstag selbst sollte nun auch der Schlosseingang in vollem Glanz erstrahlen. So wünschten sich das nicht nur die Erwachsenen, die zu ihnen kamen, sondern auch deren Kinder. Da heuer die kleine Vita mit ihren nur wenigen Monaten die Familie verstärkte und alle sehr glücklich machte, schien es nur angebracht, auch ihre Augen zum Leuchten zu bringen. Den Vornamen hatte die gelernte Gartengestalterin Romy nach der adeligen britischen Schriftstellerin, Feministin und legendären Gartenexpertin Vita Sackville-West gewählt. Sie bewunderte diese auch wegen der schwierigen Liebesbeziehung zur bürgerlichen Virginia Woolf, obwohl beide damals der Konvention wegen mit Männern verheiratet waren. Auch der Standesunterschied spielte in den 1920ern gesellschaftlich noch eine bedeutende Rolle. Sie wollte ihre Kleine aber keineswegs in deren heute noch großen Schuhe stellen. Sicher nicht. Ihre Zukunft sollte sich einmal so gestalten, wie sie es für sich als richtig befinden würde. Denn der Name Vita bedeutete: Leben. Und das sollte für ihre Tochter vor allem ein glückliches werden, wünschte sie sich.

»Da seid ihr ja schon«, rief Romy Steiner der Gruppe Männer von ihrer Leiter aus zu. Sie kniete auf der obersten Fläche und bemühte sich, noch eine alte Glaskugel aus dem Besitz ihres Vaters auf einen Tannenzweig des Christbaums zu hängen.

Danach wandte sie sich aufmerksam den Männern zu. »Das ging aber schnell. Konntet ihr wirklich alles befestigen?«

»Ein bisserl musste ich bei der Elektrik tricksen. Die Kabel waren zu kurz. Aber ich habe sie verlängert. Im Großen und Ganzen passt alles«, erklärte Max Riegler.

»Wie meinst du das ›im Großen und Ganzen‹? Ist jetzt alles sicher oder nicht? Bitte keinen Pfusch. Einen Brand zu Weihnachten brauche ich nicht. Dann warten wir halt auf den Dennis, bis der kommt. Als gelernter Elektriker kennt er sich damit aus.«

Max Riegler drehte sich schlecht gelaunt zur Seite. Dumpf und daher wenig hörbar entkam ihm: »Fotze.«

Harry riss es ordentlich. Er wusste aber nicht, ob er richtig gehört hatte. Da Max teilnahmslos blieb, schloss er daraus, dass es bloß das Schlurfen des alten Pichlers gewesen sein konnte, der eben zur Tür des festlich geschmückten Raums hereingekommen war. Tatsächlich! Wie der mit den Schuhen über den Boden schliff! Unangenehm war das. Denn er hob seine Füße nicht wie andere, sondern zog sie über die kostbaren Einlegearbeiten des historischen Holzbodens.

»Geh, Pichler, was machst denn da?«, fragte Max Riegler. »Pass doch auf den Boden auf. Mit deinen dreckigen Schuhen. Muss ja extra jemand hinter dir nachgehen und alles zusammenwischen. Was du da für Schmutz hinterlässt.«

Franz Pichler sah sich um und bemerkte, dass er mit seinen Schuhen tatsächlich unabsichtlich nasse Spuren hinterlassen hatte. Daraufhin ließ er sein Stofftaschentuch fallen und wischte alles damit auf. Danach steckte er es wieder in seine Wamstasche zurück.

»Pichler, des hätt ja nicht sein müssen«, war Romy Steiner vom Wohlwollen des Bauerns überrascht. »Aber dank dir.«

»Jo, passt. Hab ma dacht, bis da jemand mit dem Putzzeug heroben is, moch i des gleich selber weg.«

»Das Sohlenprofil is bei die Schuh auch besonders tief. Des bedenkt ma oft net«, brachte Harry Kain bessere Stimmung zurück. »Du, Pichler, bevor ich's vergess. Hast du vielleicht deine Motorsäge irgendwo in dein' Auto mit?«

»Na, hob i net. I wüsst selber gerne, wo die hinkumman is. I such die schon seit a paar Tagen.«

»Schad. I tät sie nämlich brauchen, weil i meiner Schwester versprochen hab, ihr morgen an frischen Christbaum nach Wien mitzubringen. Dann fallen die Nadeln in der Wohnung net so schnell ab, weil der Saft noch länger drin is.«

»Eh. Kannst aber auch einen Baum von mir haben. Die sind sowieso alle frisch.«

»Du, danke. Nein. I hab ja selber einen bei mir hinter der alten Mühle stehen. Is sogar a Tanne. Die is dort wild aufgegangen. Bevor die in den nächsten Jahren größer wird, verwende ich sie lieber heuer als Christbaum.«

»Und Karpfen kannst dir auch gleich von uns mitnehmen. Wir haben sie schon filetiert. Die wird deine Schwester mögen. Da braucht sie den Fisch nimma ausnehmen.«

»Dank dir! Wenn ich vier Filets mitnehmen darf, ist es mir recht.«

»Brauchst ma dafür a nix gebe. Passt schon. Danke dir, Harry, dass du statt dem Dennis mitgekommen bist. I weiß nicht, wo der is. Er hat doch für heute zugesagt, dass er wegen der Elektrik zu mir kommt.«

Franz Pichler stöhnte, nachdem er das gehört hatte. Er fühlte sich sichtlich unwohl. »Heast, sag ma nix über meinen Buam.« Er sah verkrampft in die Runde. »Des heißt: Er is ja gar net mei Bua. I merk des immer mehr.«

Alle schwiegen betroffen.

»Du, Pichler, i hab des net so gemeint. Wundere mich nur, weil ich mich auf den Dennis sonst verlassen kann«, sagte Romy Steiner und rieb angespannt ihre Finger aneinander.

»Da bist du aber die Einzige, die das sagt«, antwortete er.

Romy sah ihn erstaunt an: »Bist aber schon streng mit ihm, Pichler.«

»Ja, weil's wahr ist. Hundertmal kann ich ihm etwas sagen, bis er es dann endlich einmal macht. Wie der einmal den Hof allein führen soll, wenn i nimma da bin, des frag ich mi schon.«

»Da is doch noch jeder hineingewachsen, weil er es später seinem Vater nachgemacht hat.«

»Ja, seinem *Vater*. Der bin aber net i.«

Schweigen.

Franz Pichler sah reglos in die Runde. Sie wühlten in einer Wunde, die keine mehr für ihn war. Zu lange war alles her gewesen. Längst war sie vernarbt. Aber auch die Narbe schmerzte. Manchmal. Er fühlte sie, wenn er mit Gedanken an ihr streifte.

»Mei Frau, die hat amoi im Sommer was mit dem, der jetza wieder da is, was gehabt. Diesem Raffi Winkler. Und daraus is der Dennis geworden. Aber da hab i sie schon geheiratet gehabt. A Kuckuckskind hat sie mir eingelegt. Mei liabe Frau!«

Harry Kain rieb sein Kinn. Er zögerte, bevor er sprach: »Bist du dir sicher?«

»Ganz sicher. Er schaut mir a net ähnlich und is net so fleißig, wie i des bin.«

»Geh, Bauer, des stimmt doch net so. I kann des vom Dennis net sagen«, entgegnete Romy Steiner.

»I hab eam a anders erlebt«, bekräftigte Max Riegler. »Verschlossen is er halt. Is ja a ka Wunder.«

»Sag, hat dir deine Frau des g'sagt, dass der Dennis net dei biologischer Sohn is? Oder woher hast denn du das?«

»Schau ihn dir doch an, den Dennis. Nix hat der von mir. Des is mir Beweis genug. Aber sie hat des immer abgestritten. Is eh klar. Die hat ja mit mir leben müssen, und i hätt sie sonst erschlagen, wenn's ma des a no g'sagt hätt. I weiß genug. Und des reicht ma schon.«

»Heast, wie du da redst.« Romy holte Luft, bevor sie weitersprach. Sie versuchte, dem alten Pichler eine positive Bestätigung von Dennis mitzugeben: »Bist aber jetzt froh, dass du ihn hast? Wo deine Frau so lang g'storben ist. Is ja sonst niemanden da.«

Franz Pichler sah sie ernst an. »Sag ma so, i hab mi an ihn gewöhnt. Wie i mi an einen Hund a g'wöhnen tät. Und der Dennis hat ja bei mir bleiben müssen. Er hat sonst keinen Job. Hat nie einen halten können, weil er so unzuverlässig is.«

»Ja, vielleicht wegen dir, weil du ihm keine Stütze im Leben warst? Und sei Mutter so früh g'storben is. Hast schon amoi daran gedacht? Der war immer allein. Is deshalb um die Häuser zogen. Wegen dir. A, weil du immer auf die Felder warst. Wen hat denn der z' Haus zum Reden g'habt?«

»Hätt er an Job g'habt, wäre da auch wer zum Reden g'wesen. Aber er wollt des net. Jetzt muass er bei mir mithelfen. Ob es ihm passt oder net.«

»Wirklich net lustig. I mein, keinen Job zu haben. Vielleicht findet der Dennis auch keinen«, meldete sich jetzt Max Riegler zu Wort.

»Wie meinst denn das?«, fragte Harry Kain nach.

»Der Dennis hat ja noch a bisserl Zeit. Der is erst 30 Jahre. Aber i bin froh, dass i noch den Job als Security gefunden hab. So leicht is des nämlich nimma wie früher. I bin fast 50 Jahre. Wenn i meinen Job verliere, kriag i keinen mehr. Des haben s' ma am Arbeitsamt g'sagt. Damals schon. Da war i erst 45 Jahre. Stellt's euch das vor. Nix hab i angestellt. Und es is trotzdem alles aus im Leben! Wenn die anderen des so wollen. Wegen nix.«

Harry Kain presste seine Lippen zusammen. Es traf ihn, was er gehört hatte. Das konnten auch die Umstehenden fühlen.

Franz Pichler hingegen fuhr unbeirrt fort: »Des Blöde beim Dennis is, dass er nie a Geld hat. Dauernd Kredite aufnimmt. Von was will er die denn zurückzahlen? Als Bauer verdient man net so viel. Und des no mit dem der Umwelt und dem Klima? Man weiß heute a net, wie des wird. I denk über des nach. Der Dennis net. Der glaubt, es geht so weiter wie bisher.«

»Es wird aber alles bald anders werden. Wenn das Baby und die Babsi da sind. Wirst sehen«, machte Romy Steiner Hoffnung. »Auch bei uns is seit der Vita nix mehr so, wie es vorher war. Vieles is anders geworden. So ein kleines Wesen bringt alles durcheinander und neuen Schwung.« Sie lachte. »Und des net nur, weil man dauernd die Windeln wechseln und es herumtragen muss, damit es zum Schreien aufhört. Wir machen das gerne. Das gehört dazu. Warte, Pichler, da kommst auch noch ordentlich dran. Dann hast keine Zeit mehr, was Unnötiges zu denken.«

Er machte eine abwehrende Geste. Alle merkten jedoch, dass sich seine Stimmung verbesserte.

»Also, gfrei di, Bauer. Kommt, jetzt schmücken ma den Christbaum weiter.« Romy Steiner stellte sich vor die Tanne. Die Männergruppe trat hinter sie.

»A paar von die Christbaumkugeln hab i schon aufgehängt. Aber des mit den Kabeln um den großen Baum, das trau i mi nimma. Letztes Jahr hat's bei uns am Weihnachtsabend an Tuscha g'macht und der Baum wäre uns beinahe abgebrannt. Daher mache ich da nix mehr selbst. Finsta war's daraufhin. Der Schreck sitzt ma heut noch in den Gliedern.«

»Ein Albtraum«, bestätigte Max, der mit seinen Gedanken allerdings längst woanders war.

Alle schienen in diesem Moment weniger vorweihnachtlich gestimmt zu sein. Vielmehr waren sie betroffen von den Widrigkeiten des Lebens. Ihrer eigenen oder der anderer.

Max Riegler erinnerte schließlich wieder an den Grund

ihres Kommens. »Also, pack ma's!« Entschlossen stieg er die Leiter hoch bis zur letzten Sprosse. Harry stand sichernd daneben und reichte ihm den Beginn der langen Lichterkette weiter.

Franz Pichler hatte sich am gegenüberliegenden Teil des Baums positioniert und hielt das andere Ende des Kabels in der Hand. Er achtete darauf, dass es gespannt blieb, um so bestmöglich um den Baum gelegt werden zu können.

Romy Steiner klippte währenddessen kleine Halter auf die Zweige und drückte Kerzen hinein. »Wir machen das immer so, dass wir am Heiligen Abend die echten Kerzen anzünden. Später wollen die Kinder jeden Tag zum Abendessen die Lämpchen anknipsen. Den Abend, bevor wir zu Mariä Lichtmess den Baum abräumen, zünden wir nochmals die Wachskerzen an. Das ist unsere würdige Verabschiedung vom schönen Christbaum.«

»Sind die Kinder dann nicht traurig?«, fragte Harry, während er einige Lämpchen der Lichterkette, deren Verwicklung Franz Pichler nicht Herr wurde, aus dem Wust herausloste.

»Natürlich. Aber Julia und ich lenken sie mit der Vorfreude auf nächste Weihnachten ab. Philipp und Theresa bekommen noch Süßigkeiten, und beim Abtransport sind sie nicht mehr dabei.«

»Ihr habt ja das alles super geplant.« Harry hatte die Lämpchen endlich herausgelöst.

»Ja, so wie ich jetzt für euch auch schon einen heißen Glühwein vorbereitet habe. Wer möchte einen?«

Harry und Max zeigten sich vom Angebot begeistert. Denn die Kälte spürten sie immer noch. Franz Pichler hingegen zögerte.

»Und, Franz? Willst auch? Oder etwas anderes«, fragte ihn Romy.

»Des süße Zeug?« Er überlegte. »Aber ja! Gib ma a an«, lenkte er ergeben ein.

Romy Steiner sah Harry die Nachwirkung der ernsten Gespräche an. Doch er zwinkerte ihr munter zu, was sie beschwingt nach draußen gehen ließ.

18. KAPITEL

Ein stechender Schmerz weckte sie.

Seitlich am Hinterkopf bis vor zur Stirn spürte sie ihn, der tief in ihren Kopf hineinzog. Nie hatte sie die einzelnen Bereiche so deutlich gespürt wie eben. Denn erfreulicherweise litt sie sonst kaum unter Kopfschmerzen. Falls doch, waren diese eher diffus. Sie nahm dann eine Tablette, die rasch half.

Doch das war jetzt nicht der Fall. Die Ursache war der Ort selbst. An dem sie lag. Mit dem Gesicht zu Boden. Direkt im Schnee.

Sie hielt die Augen geschlossen. Anders gesagt: Sie konnte sie gar nicht erst öffnen. Sie versuchte es weiter. Nochmals. Immer wieder. Doch es war ihr nicht möglich.

Sie bemühte sich, den Kopf zu bewegen. Hin und her. Leicht nur. Damit sich irgendetwas änderte. Veränderte! Aus der misslichen Lage. Ihrer ausweglosen. Ihr Schmerz vergehen würde.

Doch es gelang nicht. Die Finsternis um sie herum blieb. War da. Existierte.

War sie überhaupt noch am Leben? Oder befand sie sich in einer Art Zwischenwelt? Die ihre Seele und ihren Geist festhielt? Einem Übergangsort? An dem sie weilte? Jetzt?

Die Situation erschien ihr hoffnungslos. Aussichtslos. Sie war zwar zurückzukommen. Zu sich gekommen.

Kurz. Weil ihre Gedanken es wollten. Nur bis ihr Körper ausgekühlt war. Langsam. Ganz langsam.

Dann würde auch ihr Geist entschwinden. Daraus. Für immer. Sie spürte es.

Befand sie sich bereits im Fegefeuer? Sah es dort so aus? Musste sie hierbleiben? Sie nahm an, dass es so war, bevor man ging. Fort aus dem Niemandsland der Zweifelnden.

Es war eine Strafe. Für ihr Zögern. Für ihr Nicht-Handeln gewesen. Für ihr Aufgeben. Jetzt. In dieser Situation.

Daher würde sie aus eigenem Entschluss aus dem Leben treten. Nicht mehr kämpfen, zurückzukommen. Weil sie dem hier nichts mehr entgegensetzen konnte. Wollte. Zu halten hätte. Ihr die Kraft dazu fehlte. Ihr ausgegangen war. Nach so vielen Jahren der Anstrengung. Einem Leben der Superlative. Der Extreme. Privat. Beruflich.

Als PR-Expertin hatte sie der gesellschaftliche Wahnsinn an die Wand gestellt. Bedrohte sie. An der Weggabelung, an der sie sich befand. Jetzt. Sie war einen Schritt zu weit in die falsche Richtung gegangen. Eben. Vielleicht sogar mehrere.

Aber wollte sie das? Jetzt? Sollte hier und heute ihr Leben zu Ende sein?

Zurück! Schnell! Zurück!, mahnte ihre innere Stimme. Verlier keine Zeit!

Ihre Augen zuckten. Sie begann hastig und kurz zu atmen. Spürte, wie sie die Angst überkam. Panik.

Walli Winzer spannte die Muskeln ihres Körpers an. So fest sie konnte.

Wie an einen Defibrillator angeschlossen, durchzuckte es sie mit gewaltigen Stromschlägen. Woher diese kamen, konnte sie sich nicht erklären. Doch sie wollte weiterleben. Sie hatte noch viel vor. Wollte überleben. Bitte! Es durfte nicht alles vorbei sein.

Für sich. Für alle.

Die Stöße hörten mit einem Mal auf. Vor ihren Augen breitete sich Licht aus. Es wurde heller. Ihr war es jetzt möglich, sich zu bewegen. Ihren Körper zu spüren. Auch ihr Gesicht. Es bekam Konturen. Wieder. Das merkte sie am Zucken ihrer Wangen. Sie konnte sie anspannen und entspannen. Endlich. Von links nach rechts dirigieren. Alles, was vorher nicht möglich gewesen war.

Wo war sie? Plötzlich. In diesem Zustand. Der sie wiederum schmerzte. Sie drehte sich mit einem Ruck um. Lag auf dem Rücken. Starrte in die Wipfel der Fichten, die über ihr emporragten. Sich hin und her bewegten. Leicht. Kaum merkbar. Nur für sie.

So lag sie. Eine Zeit lang.

Ihre Hand befand sich auf der Manteltasche mit dem Handy. Sie zog es heraus. Wählte wahllose eine Nummer. Eine Stimme meldete sich. Sie hatte keine Kraft, es bis ans Ohr zu heben. Aus der Ferne stammelte sie nur, dass sie im Pichler-Wald lag, auf einer Lichtung.

Aus war's.

Der Wind strich sanft über ihr Gesicht. Es fühlte sich nun wie eine Meeresbrise an. Die ihre Haut streichelte. Sie wärmte. Statt des eiskalten Schnees. Auf dem sie gelegen hatte.

Walli Winzer vernahm ein undeutliches Geräusch. Sah Schatten an sich vorbeiziehen.

Sie rang nach Luft. Sammelte ihre Kraft. Drehte sich zur Seite.

Da war er. Dennis.

Endlich.

Dennis!

Sie versuchte, ihn zu rufen. Doch es gelang ihr nicht.

Sie schloss die Augen. Öffnete sie kurz drauf. Da waren sie: die Wipfel. Sie daher auch. Und Dennis? Sie konzentrierte sich. Auch er. Das war er doch? Aber sicher.

Walli Winzer sah, wie er am anderen Ende des Waldes stand und etwas vor sich herschob.

Er strengte sich an. Es *strengte* sie an. Das genaue Hinsehen. Sie schloss erneut ihre Augen.

Nach einer Weile öffnete sie diese wieder. Sie war jetzt wach. Dennis ging auf sie zu. So war ihr wenigstens.

Walli Winzer wartete, bis er auf ihrer Höhe war. Dann rief sie seinen Namen: »Dennis!«

Er hörte sie nicht. Reagierte zumindest nicht.

Sie rief ihn nochmals.

Jetzt sah er hoch. Schien irritiert zu sein. Doch wovon?

Er wandte ihr den Rücken zu. Tat er nur so, als hätte er sie nicht gehört?

»Dennis!«

Er drehte ihr den Kopf zu. Kniff die Augen, um zu erkennen, ob es tatsächlich sie war, die seinen Namen gerufen hatte.

Während er näher kam, bemerkte Walli, dass er ihre Schneeschuhe in der Hand hielt. Hatte er ihr diese zuvor abgenommen. Warum?

Dennis Pichler kam wortlos näher. Legte die breiten Fächer wieder um ihre Füße. Dann beugte er sich über sie.

»Frau Winzer, was ist passiert?«, fragte er bestürzt.

Walli glaubte, nicht richtig zu hören. Sie fühlte, wie ihr Innerstes in Wallung geriet. Wer, wenn nicht er, konnte ihr zuvor die Schneeschuhe abgenommen haben? So ein

Theater also! Da hätte er doch merken müssen, dass sie mit dem Gesicht im Schnee gelegen war.

Eben, als sie zu sprechen beginnen wollte, breitete sich wieder diese Dunkelheit über sie aus. Alles um sie herum löste sich auf – in Raum und Zeit.

»Schnell, sie braucht Wärme! Holen Sie das Infrarotgerät aus dem Krankenwagen. Natürlich das mit dem Akku. Schnell! Ihre Wangen. Die erfrieren sonst.«

Walli Winzer schreckte hoch, als sie den vehementen Tonfall hörte. Über ihr sah sie einen fremden Mann, der mit beiden Händen ihr Gesicht hielt.

Sie konnte nichts fühlen. Alles war wie tot. Nur seine unsanften Berührungen, die ihren Kopf hin und her schleuderten, strengten sie an. Es war ihr nicht möglich, sich dagegen zu wehren. Er ließ erst von ihr ab, nachdem der andere zurückgekommen war und ihr Wärmepackungen mit einem Verband am Kopf festmacht hatte.

Sie schloss die Augen und fühlte, wie sich ein Kribbeln auf ihrem Gesicht ausbreitete. Als würden Tausende von Ameisen ihren Weg um sie nehmen. Doch die Packungen wärmten.

Als sie die Augen wieder öffnete, sah sie Sepp Grubinger neben sich knien.

»Hallo, Frau Winzer«, sprach er sie behutsam und leise an. »Was machen Sie denn für Sachen?«, fragte er sie mehr rhetorisch als tatsächlich ernst gemeint. Ganz so, als müsste er sich selbst erst einmal mit einer Floskel sammeln. »Sagt, habt ihr keine Decke, die man unter den Kopf legen kann?«, ermahnte er die Rettungskräfte. Kurz darauf nahm er ein Kissen entgegen.

Als er vorsichtig ihren Kopf anhob, verzog sie vor Schmerz ihr Gesicht, um danach erleichtert auf die Unterlage zurückzufallen.

»Frau Winzer, was ist mit Ihnen? Was ist denn passiert?« Babsi Schwiegler schubste Sepp Grubinger zur Seite und kauerte sich neben Walli, so gut sie es mit ihrem Babybauch konnte. Diese blieb mit ihrem Kopf starr, weshalb Babsi sich über sie beugte, um ihr beim Sprechen in die Augen zu schauen.

Walli war erfreut, sie zu sehen. »Danke, Babsi, dass sie alles in die Wege geleitet haben. Aber gleich so ein Aufgebot wäre nicht notwendig gewesen. Ich wollte doch nur nicht in dieser Einsamkeit erfrieren müssen.«

»Das war schon gut, dass Sie das g'macht haben«, antwortete Dorfpolizist Grubinger anstelle Babsis.

Diese sah ihn bestätigend an und setzte fort: »Ich hab ma halt dacht, nicht nur die Rettung, sondern auch gleich die Polizei zu verständigen. Wer weiß, vielleicht is auch noch was mit dem Dennis los und er ist verletzt. Wo ist er denn?« Babsi Schwiegler sah sich suchend um. Sie bemerkte, dass der Verband Walli Winzers ein wenig verrutscht war, und zog ihn wieder in die Mitte des Kopfs zurück.

Walli lächelte dankbar. »Ich hab grad noch mein Mobiltelefon aus der Tasche ziehen können und wahllos einen Knopf gedrückt. Da hab ich Ihre Stimme gehört und einfach drauflosgesprochen«, richtete sie angestrengt ihre Worte an Babsi.

»Ja, ich hab Sie zwar nur undeutlich verstanden, und Sie waren auch plötzlich weg. Da hab i g'wusst, alles muss schnell gehen.«

Babsi Schwiegler versuchte nun, auf die Knie zu kommen, was ihr nicht leicht fiel. Ihr kugelrunder Bauch hinderte sie daran. Doch sie musste nicht erst um Hilfe ersuchen. Sofort war jemand zur Stelle und reichte ihr zur Unterstützung den Arm.

»Dank dir, Franz!« Dieser zog sie hoch. »Was machst *du* denn da?«, fragte sie ihn erstaunt.

Franz Pichler trat einen Schritt zurück. Er zog eine Mütze aus der Tasche seines Anoraks und setzte sie auf. »I wollt schauen, wie's dem Dennis mit die Christbaum geht, und da hab i plötzlich des Aufgebot mit Blaulicht und dem Rettungswagen g'sehen. I hab glaubt, dem Dennis is was passiert.«

Wie auf Zuruf lief der Jungbauer gerade aus dem hinteren Waldbereich auf die Gruppe zu. Er stellte sich atemlos neben seinen Vater. »Wo kommst du denn her?«, fragte dieser.

»I war die ganze Zeit bei die Hund. Da i so lang nichts gehört hab, bin i jetzt los und hergelaufen.« Er sah kurz zu Babsi, die ihn erleichtert anblickte. Er reagierte nicht darauf, sondern senkte den Blick. Schließlich bemerkte er die Verletzte. »Ja, da liegt die Frau Winzer! Was is denn passiert?«

Walli sagte kein Wort. Vielmehr sah sie Dennis Pichler lang und eindringlich an. Sie überlegte, was sie ihm antworten sollte, und entschloss sich für die Wahrheit. »Mir hat jemand wenig dezent mit einem harten Gegenstand zwischen Hinterkopf und Schulter geschlagen.«

Sepp Grubinger brachte sich ein. »So a Hieb kann tödlich sein. Da gibt es im Halsbereich Stellen, wenn man die trifft, da wacht man nimmer auf. Also, Frau Winzer, Sie haben noch Glück g'habt.«

Im Moment konnte Walli Winzer mit dem Trost nur wenig anfangen. Sie versuchte, ihren Arm zu bewegen, stöhnte aber bei jeder Bewegung auf. Sie wartete immer noch auf Dennis' Antwort, denn er hatte definitiv nicht die Wahrheit gesagt. Er sah sie zuvor schon liegen und war nicht gekommen. Daraus zog sie den Schluss, dass er wusste, was geschehen war.

Sie vergewisserte sich, dass Sepp Grubinger noch in ihrer Nähe stand, dann wurde sie deutlich: »Dennis, ich habe gesehen, dass Sie in meiner Nähe waren, als ich zufälligerweise Babsi angewählt hatte.«

Babsi Schwiegler begann zu torkeln und vermittelte den Eindruck, dass es ihr plötzlich schlecht ginge. Ein Mann konnte sie gerade noch auffangen, bevor sie stürzte. »Schnell!«, schrie sie den erstbesten an, der neben ihr stand an. »I glaub, es geht los. Die Wehen!«

Franz Pichler rief einen Sanitäter herbei, der die junge Frau stützte und sie zum Rettungswagen begleitete. Der Bauer selbst ging ihnen nach und winkte seinen Sohn herbei. Vor Schreck war dieser wie angewurzelt stehen geblieben.

»Dennis, halt! Du fährst da nicht mit«, brüllte Sepp Grubinger. Bevor dieser sich noch in Bewegung setzen konnte, stand der Dorfpolizist schon vor ihm und sah ihn mit eherner Miene an. »Du kommst mit mir und erzählst der Reihe nach, was du bis jetzt gemacht hast. Ist das klar!«

Dennis wurde bleich. »Aber des ist ja mein Kind, das da kommt. Jo, vielleicht a net. Aber es is die Babsi, die mi jetzt braucht!«

»Du fährst mit mir. Dann schau ma weiter.«

Dennis merkte, dass allerdings sonst niemand Wert auf seine Anwesenheit legte. Alle waren damit beschäftigt,

Babsi und Walli Winzer auf eine Trage zu heben, um beide im Rettungswagen ins Krankenhaus zu bringen.

Sepp Grubinger und sein Praktikant waren die Einzigen, die auf ihn warteten. Auch Max Riegler war längst davongebraust.

»Also, Dennis Pichler«, richtete sich Sepp Grubinger erneut an ihn. »Darf ich bitten!« Der Polizist wies ihm höflich den Weg zum Dienstwagen.

19. KAPITEL

»Heast! Bist du? Pass a bissl auf. I bin ganz staubig wegen dir!«

Eine junge Frau beschwerte sich bei einem ihrer Helfer, der sie unabsichtlich mit einer vollen Mehlpackung angeschüttet hatte. Im Wust der Menschen, die zu Hannes Lechners Backnachmittag gekommen waren, hatte ihn jemand angerempelt. Zum Leidwesen der jungen Frau war die weiße Pracht direkt über ihre bunte Bluse gerieselt.

»Oh, das tut mir leid, Conny«, entschuldigte sich der junge Mann. Er traute sich jedoch nicht, ihr zu helfen, die Misere zu beseitigen. Eine Ohrfeige wäre ihm vermutlich sicher gewesen. Conny stellte sich an die Seite des Backschauraums. Sie zog die Bluse aus dem Hosenbund und schüttelte sie aus.

»Na, Conny, auf Mehlwolke sieben?«, amüsierte sich jemand auf ihre Kosten.

Da sie die Stimme gut kannte, reagierte sie nicht. Erst, nachdem alles abgeputzt war, antwortete sie schnippisch: »Im Gegensatz zu dir tue ich hier eben etwas. Da kann auch das schon mal vorkommen.«

Raffi Winkler grinste. »Na ja, wir werden uns auch gleich in der Weihnachtsbäckerei nützlich machen.« Er sah dabei zu seiner Begleitung, der die Szene sichtlich peinlich war. Sie versuchte, ihn deshalb am Ärmel fortzuziehen. Er blickte sie erstaunt an, drehte sich aber nochmals um. »Vergiss nicht, in allem gelassen zu bleiben und an das Gemeinschaftserlebnis zu denken. Der Nachmittag heute ist Teil des Teambuildingprozesses.«

Conny verdrehte die Augen und vervollständigte seine Anweisung im Stakkato: »Ja, und unser Backen ist darüber hinaus auch für einen guten Zweck!«

Raffi blinzelte ihr zu, was sie äußerst schnell wieder an ihren Backtisch zurückkehren ließ.

»Na, i weiß net, ob i Teambuilding so verstehen tät«, meinte Mizzi Troger, eine Steige mit Eiern vorbeitragend. Sie beobachtete eben, wie sich einer von Raffis Teamplayern von hinten an eine Kollegin anschlich, um sie mit beiden Händen voller Teig zu necken.

Jetzt wurde auch Raffi Winkler ernst, nachdem er das beobachtet hatte. »Sie muss lernen, sich selbst aus der Affäre zu ziehen und ihm Grenzen aufzuzeigen. In Vorstandssitzungen später oder auch bei vielen anderen Besprechungen wird ihr in der Regel niemand mehr zu Hilfe kommen. Da gibt es viele subtile Mechanismen, wie man jemanden körperlich und emotional in Bedrängnis bringen kann. Kennt man das und die eigene Reaktion darauf nicht ausreichend, nützt weder der überzeugendste Vortrag noch die beste Konzeptpräsentation. Den Erfolg werden jene haben, die über die bessere Einschätzung von Personen und die Abwicklung strategischer Spielarten verfügen.«

»Gehen S', hören S' auf mit so was. Das, was der da macht, sehe ich anders. Die mog des net. Des siacht ma jo«, war es für Mizzi völlig klar.

»Der junge Mann muss kapieren, dass er so etwas nicht tun darf. Sonst hat er später ernste Probleme. Was jemand privat macht und worauf sich eine Frau außerhalb ihrer Dienstzeit einlässt, muss jede und jeder für sich selbst entscheiden. Darauf nehme ich auch keinen Einfluss. Aber im Beruf geht sexuelle Belästigung definitiv nicht.«

»Was wollen Sie mit den beiden machen?«

»Ich habe deren Verhalten beobachtet. Was sie tun. Wie sie reagieren. Morgen werden alle Reaktionen und Vorgänge, die hier stattgefunden haben, in der Gruppe besprochen und nachbearbeitet.«

Mizzi Troger wich irritiert zur Seite. Winkler war ihr fast ein bisschen unheimlich geworden. Hatte sie doch gedacht, dass es für alle ein netter Nachmittag sein würde. In der Adventzeit. Beim Hannes. Dem beliebten Koch im Dorf, bekannt aus dem Fernsehen. Den alle mochten. Der vielen Kochen und Backen näherbrachte. Die meist kamen aus Wien und anderen Landeshauptstädten hierher ins Waldviertel. Da, wo es ruhig und still war und viele qualitätsvolle Lebensmittel angebaut wurden. Stattdessen war es strategisches Business, das hier vermittelt wurde. Vorbereitet von einem Team- und Führungskräftetrainer. Ob Hannes das auch wusste, es vielleicht sogar unterstützte?

Mizzi Troger zog es vor, sich zurückzuziehen.

»Hallo, da seid ihr ja!« Martha aus der Seminargruppe stellte sich dicht an Raffi und grinste ihn provokant an. Fast so, als verband sie ein kleines gemeinsames Geheimnis. Iris, dessen Begleitung, gefiel das weniger, was man an der herausfordernden Körperhaltung erkennen konnte. Sie zog Raffi Winkler zur Seite, da einer von Lechners Mitarbeitern Ausstechformen für Weihnachtskekse auf einem Tablett an ihnen vorbeibalancierte.

»Übrigens, Martha, du organisierst doch unseren Brunch am Weihnachtstag. Wir müssen pünktlich um 12.00 Uhr mittags damit beginnen. Alle müssen danach noch genügend Zeit haben, zu ihren Familien heimzureisen. Daher sollten wir spätestens um 14.00 Uhr das Lodge-Dorf verlassen«, legte Raffi Winkler fest.

Die Seminaristin stimmte zu. »Ich werde auch Romy Steiner Bescheid geben, dass sie uns die Karpfen früher liefert. Inzwischen können unsere Herren Kollegen noch einiges für die Snacks vorbereiten.«

Raffi Winkler zog seine Achseln hoch, zeigte sich aber zufrieden. »Das macht ihr euch untereinander aus. Vielleicht will noch jemand einen gebackenen Karpfen? Ist ja nix Kompliziertes. Die Karpfen werden mit Mehl bestäubt, dann gesalzen und gepfeffert und in die Pfanne gelegt – mit der Hautseite zuerst in zwei gleichen Teilen heißem Butterschmalz und Sonnenblumenöl. Dabei aufpassen, dass die Hitze nicht zu groß wird, sonst brennt die zerlassene Butter an und wird schwarz. Das wäre nicht im Sinne eines Weihnachtsessens.«

»Keine Angst, Raffi, ich werde unsere Männer beim Kochen nicht allein lassen«, grinste Martha und sah Raffi dabei kokett an.

Jetzt wurde es Iris zu bunt. Sie ließ es sich nicht nehmen und erinnerte die Kollegin an ihr kürzliches Interesse für Josi Hütter. Immerhin war sie mit ihm einige Abende vor dessen Ermordung ausgegangen. Dass er auch von anderen angetan war, hatte ihr gar nicht behagt. »Du hast angenommen, keiner von uns hat etwas mitbekommen. Aber wenn in so einem Kaff tagelang nichts los ist, merkt man gleich, wenn es jemand wie du weniger auf den Seminarinhalt und dafür mehr auf das *Umfeld* abgesehen hat. Josi kam auffällig oft vorbei. Man ist ja nicht blind. Und? Was sagst du jetzt?«

Martha stellte sich wehrhaft vor ihre Herausforderin. »Glaubst du nicht, dass ich das nicht bemerkt habe, dass er dir gefällt?«, gab sie sich amüsiert und kam Iris näher. »Deine Spitzfindigkeit ist wohl eher die Enttäuschung über die verpasste Chance. Das ärgert dich. Habe ich recht?«

Jetzt wurde es auch Raffi Winkler zu bunt. »Martha, es reicht. Was mit dem Josi war, geht uns alle nichts an. Das hoffe ich zumindest.«

Marthas Gesichtsausdruck wurde nun abweisend. Sie ließ einige Sekunden vergehen, bevor sie die Belehrungen des Seminarleiters konterte. »Raffi, glaubst du, ich habe nicht gesehen, wie du dich über ihn geärgert hast? Sonst hast du dich als alleiniger Hahn im Korb gefühlt. Entsprechend: Die anderen Männer sind ja nett, aber ich bin der Kursleiter. Dann war plötzlich der stattliche Josi da und tanzte dir ständig auf der Nase herum.«

Jetzt drehte sich Resi Grubinger, die Ehefrau des Dorfpolizisten, um, die zuvor mit dem Rücken zu ihnen gestanden hatte. Sie war eine Frau mittleren Alters und trug ihre langen grauen Haare nach hinten gebunden. »Geht's, was habt denn ihr da für Gespräche? Jetzt ist Backzeit. Wenn ihr was Spezielles loswerden wollt, dann erzählt das lieber meinem Mann, anstatt euch gegenseitig schlechtzumachen.«

Hannes Lechner drängte sich nun an allen vorbei und klopfte Raffi Winkler amikal auf die Schulter. »Na, gibst wieder Gas bei den Damen wie früher?«

Raffael Winker tat so, als ob er nichts gehört hätte.

Inzwischen näherte sich auch Lena Breitenecker der Gruppe. Alle freuten sich, sie zu sehen. Eine Antwort blieb Raffi Winkler Hannes schuldig, weil Lena gleich die Aufmerksamkeit der gesamten Runde auf sich zog. Martha nutzte nun die veränderte Situation und ging zu ihrer Backgruppe. Auch Raffi fühlte sich mehr und mehr unwohl und vertröstete Hannes auf ein gemeinsames Bier später in dessen Wirtshaus.

Da Lena als künftige Bürgermeisterkandidatin gerne über alles im Dorf Bescheid wusste, fragte sie bei Hannes nach: »Was hast da vorhin g'meint, beim Winkler?«

»Na, der und der Josi, die sind einander, also *waren* einander ähnlich. Der Raffi lässt sicher auch heute noch nix anbrennen.«

»Aber was hast du mit dem Sommer gemeint?«

»Na, wegen dem Pichler. Der glaubt doch bis zum heutigen Tag, dass der Dennis nicht sein Sohn ist, sondern der vom Raffi.«

»Geh, hör auf! Drum is er immer so goaschtig zum Dennis. Der arme Bua. Also jetzt is er ja schon lang erwachsen. Aber das hängt ihm sicher noch nach.«

»Und wenn's so ist, kann man es auch nicht ändern. Was glaubst, von wie vielen ich weiß, dass es auch so is. Wie oft denke ich mir, dass das Kind dem Nachbarn ähnlicher schaut als dem Ehemann. Das sehen auch die anderen. Jetzt weißt, warum es oft hirnrissige Grenzstreitigkeiten wegen nix gibt. Des is dann sicher auch so a G'schicht.«

»Ja, damit muass ma leben lernen. Das Kind kann am wenigsten dafür. Ich weiß nur, dass das soziale Vorbild in Wirklichkeit mehr als das biologische zählt, sagen die Soziologen. Also, dass der Ziehsohn mehr vom Verhalten des Stiefvaters annimmt und ihm daher ähnlicher wird als seinem genetischen Erzeuger.«

»Da merkt ma, wie bei dir immer wieder die Lehrerin durchkommt, obwohl du schon lange keine mehr bist.«

Lena lachte. »Ja, was man einmal gelernt hat, vergisst ma halt nicht so schnell.« Sie nickte Hannes Lechner zu. Der ging weiter und ließ sie mit Resi Grubinger zurück.

Die Backstube war inzwischen gut besucht. Auch der Lärmpegel schwoll beim Formen und Ausstechen von Vanillekipferln, Linzeraugen und Schokokeksen beträchtlich an. Ein riesiger Glühweinkocher spendete jedem, der seinen Becher drunter hielt, das stimmungshebende und duftende Gebräu. Daneben stand eine Weihnachtsschüssel voll mit frischen Vanillekipferln. Einige Helfer lehnten für ein Päuschen davor, griffen zu und waren bereits bestens gelaunt.

Hannes Lechner schlenderte währenddessen von einer Backgruppe zur anderen und beriet bei den letzten Handgriffen. Schließlich sollten Vanillekipferl nicht nur gut schmecken, sondern auch in Form und Größe ansprechend wirken. Dieses Jahr hatte er geriebene Mandeln statt Haselnüssen empfohlen, wie sie vor allem in der Wiener Küche üblich sind. Danach würden sie aus dem Backrohr wie gewohnt in Staubzucker mit Bourbonvanille gewälzt werden. »Denn heiß bleibt der Zucker besser haften«, hörte Lena Hannes' sonore Erklärung noch aus der Ferne. »Übereinandergelegt schauen sie dann ein wenig wie Schneeflocken aus.«

Lena beobachtete, wie sogar so eine hervorragende Köchin wie die Resi Grubinger sich über manche Tipps freute. Dann riss sie diese aus ihrem Küchentraum. »Sag,

Resi, weil ich dich grad seh: Weiß man schon Näheres über den Mord am Hütter?«

»Weil du mi so fragst, der Sepp erzählt in letzter Zeit so wenig zu Hause. Kein Wunder: Es is heuer vor Weihnachten dauernd was los. Wir kommen kaum zum Reden, weil wir uns so wenig sehen. I bin selbst kaum da. Siehst ja: Heute helf ich beim Backen aus, damit genug für den Weihnachtsbasar zusammenkommt. Im neuen Jahr haben wir dann, hoffe ich, wieder mehr Zeit für uns.«

Lena lachte. »Ja, so ist das bei uns auch. Eigentlich sollte es ein Fest der Stille sein. Aber man ist froh, wenn man spätestens am 25. Dezember ein bisschen seine Ruh hat. Nicht mehr überall auf einmal sein muss.«

Damit hatte sie auch Resi Grubinger am richtigen Fuß erwischt. Diese lachte auf: »Lena, das hast jetzt gut gesagt. Aber bei uns geht es mit den vielen Verwandten, die wir haben, mit unseren Buam samt deren Familien frisch und munter weiter. Familieneinladungen stehen dann an. Und vorher heißt es: fleißig Geschenke einpacken. Da hat der Sepp sowieso zwei linke Hände. I bin schon froh, dass er sich um die Karpfenbestellung kümmert. Die ruhige Zeit ist bei uns erst nach Silvester.«

Lena nickte verständnisvoll. »Ja, Resi, wahrscheinlich is es eh bei einem jeden so. Man denkt halt nicht besonders darüber nach. Bei uns wird es am Heiligen Abend wie in den letzten Jahren sein. Gott sei Dank. I mag es, wenn die Familie vollständig is. Die Kinder studieren ja noch, da feiern sie mit uns. Später wird das dann eh anders. Auch die Walli wird zu uns kommen.«

»Apropos: Wo is die denn heute? Sonst war sie doch immer beim Backen dabei. Und heuer?«

Nun öffnete sich die Menschenansammlung plötzlich, und Romy Steiner-Mühlthaler schob stolz einen Kinderwagen in die Backstube.

»Ja, is des liab«, freute sich Mizzi Troger.

Romy steuerte direkt die ihr vertraute Gruppe um Lena Breitenecker und Resi Grubinger an. Mizzi folgte gemeinsam mit Julia Mühlthaler-Steiner.

»Wir haben uns gedacht, ihr könnt vielleicht auch unsere Hilfe für den Weihnachtsbasar brauchen. Der Herr Pfarrer hat uns gesagt, dass heute die große Backvorbereitung ist.«

»Na sicher!« Resi Grubinger stellte sich gleich an den Kinderwagen. »So a süße Puppen is die Kleine! Am liebsten täte man sie ja abbusserln.« Nachdem sie in Julias ängstliches Gesicht geschaut hatte, beschwichtigte sie: »Nein, i mach's ja eh nicht.«

Auch Romy wirkte erleichtert. »Später, wenn sie älter is, kannst das eh machen. Aber jetzt, wo sie noch so klein ist, wollen wir halt so viele fremde Viren und Bakterien wie möglich von ihr fernhalten.«

»Na, da seid ihr heute beim Vorweihnachtstrubel aber mutig.«

Beide Mütter nickten bejahend. »Die Julia wird mit der Vita dazwischen immer wieder an die frische Luft hinausgehen. Dann wird hoffentlich nix passieren.«

»Na, ihr habt ja so lange mit dera, dera …« So leicht kam es der sehr gläubigen Mizzi Troger immer noch nicht über die Lippen. »… dera künstlichen Befruchtung auf die Vita gewartet.« Sie beugte sich über den Kinderwagen. Doch sie verkniff es sich weiter, die Kleine zu streicheln. »Aber es hat sich alles ausgezahlt. So a liabs Kind, wie die is«, meinte sie verzückt.

Als Julia sah, wie Mizzi sich zurückhalten musste, ihre Liebkosungen zu zeigen, betonte auch sie, dass sie sich wünschen würde, dass alle die Kleine in den Arm nehmen könnten. Doch man würde dem wenige Monate alten Baby aus gesundheitlichen Gründen nichts Gutes tun. Auch wenn andere Mütter es so machten. Sie hätten sich informiert und wollten es anders.

»Is ja alles recht. Das Anschauen von so an süßen Kindl tuat ja a guat. Da haben wir heuer unser eigenes Christkindl in Großlichten. So a besonderes auch noch dazu.«

Julia Mühlthaler-Steiner übernahm den Kinderwagen und wurde gleich in ein Gespräch mit einer anderen Mutter verwickelt. Romy ging inzwischen zur Backgruppe, von der sie hörte, dass tatkräftige Unterstützung gebraucht würde.

»Aber sag no amoi, Lena«, fragte Resi Grubinger, »wo is denn die Walli heute? Wollte die net a kommen?«

»Schon. Aber i hab den ganzen Tag noch nix von ihr gehört. Nur so viel, dass sie heute mit dem Dennis Pichler einen Christbaum für ihr Haus schlägern wollte. Aber wart, i ruf sie gleich an.«

In diesem Moment läutete es am Mobiltelefon von Resi Grubinger. Ihr Mann war dran, und sie kam nicht viel zu Wort. »Geh, hör auf, Sepp! Des is jetzt nimma lustig!« Sie beendete das Gespräch.

»Was is los?«, fragte Lena verdutzt.

»Die Walli haben's im Wald niedergeschlagen. Jetzt wird sie im Krankenhaus durchgecheckt. Und stell dir vor: Der Dennis soll's gewesen sein, sagt die Walli. Jetzt sitzt er beim Sepp ein.«

20. KAPITEL

Die Dämmerung war bereits angebrochen.

Darauf hatte er gewartet. Stunden schon. Dann nämlich würde er loslaufen. Hatte er sich vorgenommen. Sie würden ihm nicht so schnell folgen können. Nicht dorthin, wo er hinwollte.

In seinen Gedanken hatte er alles bereits genau geplant. Sich eingeprägt, welche Route er nehmen würde. Auf jeden Fall eine, die unbedingt auch der Bundesstraße entlangging. Damit sich seine Fußspuren mit jenen der Fahrzeuge kreuzten. Sie sich in den Abdrücken der vielen Räder verlören. Der Matsch würde den Rest aufweichen. Niemand würde ihm mehr folgen können.

Nicht in die Garteneinfahrt bei der Familie Rechenberg, in die er danach einbiegen wollte. Die ließen die Einfahrt sogar bei der Nacht offen stehen. Viele nahmen daher die Abkürzung querdurch zur hinteren Straßenzeile. Den Rechenbergs machte das nichts aus. Sie kamen aus Wien und waren dort den ständigen Durchzug vorbei an den Häusern gewöhnt.

Aktuell war das sein Vorteil. Sollte es sein. Die unzähligen Fußspuren der anderen würden auch seine unkenntlich machen. Davon war er überzeugt.

Er lief zügig, aber kontrolliert. Nicht zu hektisch. Dazu musste er sich immer wieder ermahnen. Damit er nicht stolperte. Ihn seine Kräfte nicht verließen. Er es bis zu ihrem Haus schaffte.

Wenn sie ihn bloß nicht verpfiffen hätte! Diese Winzer.

Walli lag nun auf dem Ledersofa in der Wohnstube ihres alten Schulhauses. Sie hatte sich zwei Polster zurechtgerückt und in eine Schafwolldecke gekuschelt. Sie schloss die Augen.

War erleichtert. Dieses Abschalten nach der Hektik und der Aufregung am Vormittag.

Den Verband um den Kopf hatte sie abgenommen. Schon vorher. Er störte sie. Außerdem war ihr heiß darunter geworden. Der Kachelofen, der das ganze Haus heizte, strahlte ziemlich viel Wärme aus. Sie sehnte sich nach ein bisschen frischer Luft.

Walli stand auf, ging Richtung Küche und öffnete zuvor die Hintertür. Flugs stürzte ihr sofort der Kater entgegen.

Dennis Pichler rann inzwischen kalter Schweiß über die Schläfen. Kalt und nass war der. Wenn er seinen Kopf bewegte, verirrten sich ab und zu Tropfen in die Augen. Er war nun auf halbem Weg von der Polizeidienstaußenstelle Großlichtens zum Haus der PR-Agentin. Denn Walli Winzer hatte ihn in diese missliche Situation gebracht. Ihn verpfiffen!

Dabei wollte er mit der Babsi im Krankenwagen mitfahren. Weil's ihr so schlecht ging. Es kam ja alles wirklich schnell. Die Wehen waren gleich so stark gewesen, dass das Baby fast im Rettungswagen zur Welt gekommen wäre. Der Grubinger hatte ihn auf sein hysterisches Klagen hin doch noch im Polizeiwagen ins Spital gefahren. Seine Vernehmung auf später verschoben.

Im Zwettler Krankenhaus war er dann sogar bei der Geburt dabei gewesen. Das wollte er. Unbedingt. Die Babsi unterstützen. Sie hat sich gefreut, als sie ihn sah. Erst ein wenig gezögert, ob er dabei sein sollte. Dann hat sie vor Schmerzen nichts mehr mitbekommen. Aber er wollte es wissen. Wissen, ob es sein Baby war oder das vom Hütter. Diesem Lump!

Deshalb hatte er auch schon ein Haar seines Vaters vorbereitet, von sich selbst und vom Baby, als es endlich auf der Welt war. Alle steckte er einzeln in Papierlaschen, um die Proben ins Krankenhauslabor zu bringen. Den Laboranten hatte er so rasch wie möglich um das Ergebnis gebeten. Vor einer halben Stunde war es dann da. Am Handy. Es war *sein* Baby!

»Hallo, du Racker!«, freute sich Walli Winzer, ihren Kater zu sehen. »Du warst jetzt so lang in der Kälte. Woher kommst du denn?« Filou war sichtlich erleichtert, endlich im Warmen gelandet zu sein. Er lief aber nicht wie sonst auf Walli zu und schmiegte sich um ihre Beine, sondern hinterließ lauter nasse, erdige Tapser auf dem Fußboden.

Frauchen stöhnte, als sie das bemerkte. Sie holte ein Tuch und wollte alles wegwischen, als sie sich langsam auf halbem Wege wieder aufrichtete. »Ah!«, stöhnte sie. Sie hatte auf ihren malträtierten Kopf vergessen, dessentwegen sie durch die Röhre der Computertomografie geschoben worden war. Es pochte und hämmerte wieder darin. Kurz wurde ihr sogar schwarz vor Augen, weshalb sie sich am Türrahmen festhielt. Sie tastete sich zur Küche vor, um sich einen Caffè Latte zu holen.

Dennis Pichler befand sich bereits auf halbem Weg zu Wallis Haus. Er musste wieder an Babsi Schwiegler denken. Er liebte sie. So unrecht hatte er ihr getan, seiner Babsi. Tränen rannen ihm über die Wangen. Aus Freude. Aus Verzweiflung. Wegen seiner dummen Eifersucht. Seines chronischen Misstrauens wegen. Schweiß vermischte sich mit ihnen. Drang in seine Augen. Sie brannten. Erst in diesem Moment wurde es ihm bewusst, dass er sich Babsi gegenüber genauso wie sein Vater seiner Mutter gegenüber verhalten hatte. Misstrauisch. Ablehnend. Wie dieser es von Geburt an gegen ihn gewesen war. Ihn dadurch quälte. Wo er selbst doch gar nichts dafür konnte. Dass er auf der Welt war. Geboren wurde.

Was die Mutter dem Vater gesagt hatte, hatte dieser nie geglaubt. Sie lange Zeit schlecht behandelt. Da konnte sie reden, was sie wollte. Von seinem Zweifel rückte der alte Pichler dennoch nie ab. Schlimmer noch: Durch seine ewigen Vorhaltungen hatte er sie sogar in den Krebstod geführt. Da war sich Dennis sicher. Und dann war der Franz Pichler doch sein biologischer Vater, wie er eben erfahren hatte. War es immer gewesen.

Wieder machte er sich Vorwürfe. Hätte er das alles doch schon viel früher in die Wege geleitet. Diesen DNA-Test. Bei sich. Beim Vater. Dann lebte die Mutter vielleicht noch. Hätte sich nicht so gekränkt. Hätte jetzt sogar ein Christkindl.

Walli Winzer setzte sich in ihren Ohrensessel. Sie rückte ihn so zurecht, dass er nicht vor dem Kamin stand, sondern ihr Blick auf die lodernden Flammen der DVD im TV-Bildschirm gerichtet war, die sie inzwischen eingelegt hatte.

Sie nippte am Kaffee und stellte die Tasse samt Untersetzer auf dem danebenstehenden Tisch ab. Dann ordnete sie ihre Decke, die sie vom Sofa mitgenommen hatte, über die Beine und stützte eines am gepolsterten Fußschemel vor ihr auf. Daran lehnte Walli ein Monatsmagazin, das sie interessiert durchblätterte.

Doch der innere Frieden, den sie sich wünschte, stellte sich nicht ein. Zu viel war heute geschehen, um einfach zur Tagesordnung übergehen zu können. Bloß gemütlich im Ohrensessel zu sitzen, um die Abendruhe zu genießen. Wie sie das sonst so mochte. Hier, in Großlichten. Wozu sie in Wien nie Zeit hatte.

Walli Winzer legte das Magazin beiseite und war dabei, die Kaffeetasse erneut zur Hand zu nehmen. Da sprang Filou plötzlich unangekündigt auf ihren Schoß. »Hast du mich erschreckt!« Sie nahm ihn in ihre Hände und massierte seinen Körper. Dann kraulte sie seine Ohren und zog diese spielerisch sanft hin und her.

Filou überlegte kurz, ob er das gut finden sollte. Er entschied sich letztlich wohl dafür abzuwarten, was noch kommen würde, hatte sein Frauchen den Eindruck. Schließlich war er den ganzen Tag lang allein geblieben. Nun, hier auf dem Land war das kein Problem. Denn durch die Katzenklappe an der Eingangstür konnte er sich völlig frei bewegen. Kommen und gehen, wann er wollte. Irgendetwas oder irgendwen fand er draußen immer. Zum Necken, zum Lauern oder zum Spielen. Doch im Warmen zu liegen und sich an seinen geliebten Menschen zu kuscheln, war dann schon etwas Feines, freute er sich und rekelte sich dabei behaglich.

Walli kannte Filou bereits so gut, dass ihr seine Bedürfnisse völlig klar waren.

Die traute Zweisamkeit wurde jäh vom schrillen Klingelton ihres alten Festnetzes unterbrochen. Der Kater suchte vor Schreck sofort das Weite, während Walli Winzer aufstand, um das alte Telefon aus Bakelit aus den 1950er-Jahren zu holen. Sie hob den Hörer ab und setzte sich wieder in den Ohrensessel. »Ah, Herr Ambrecht, das ist ja eine Überraschung!«

Sie legte ihre Beine nicht mehr entspannt auf den Schemel, sondern stellte sie vor sich ab und überkreuzte sie. Friedl Ambrecht bot ihr vor Weihnachten noch eine Einladung für ein gemeinsames Abendessen an. Die Vorbereitungen zur Friedensausstellung mussten besprochen werden. Damit man im neuen Jahr gleich beginnen konnte. Walli bemerkte währenddessen, wie es bereits kühl im Wohnzimmer geworden war. Die Hintertür stand noch offen. Gleich nach dem Gespräch würde sie diese wieder schließen.

Dennis spürte, wie ihn seine Kräfte langsam zu verlassen drohten. Er versuchte, gleichmäßiger zu laufen. Doch das war durch den tiefen Schnee sehr anstrengend geworden. Jeder Schritt war bewusst zu setzen. Um nicht in einer Grube zu landen. Deren es unter der Schneeschichte mehrere gab und die aktuell nicht zu sehen waren.

Während er lief, konnte er nur an eine denken: Babsi. Wie er sie schändlich am Weihnachtsmarkt vorgeführt hatte. Vor allen Menschen. Sie dabei doch liebte! Mit ihr sein wollte. Bis ans Lebensende. Selbst wenn das Kind nicht von ihm gewesen wäre. Doch als er es dann im Arm gehalten hatte, im Krankenhaus, gleich nach der Geburt, da war es plötzlich seines geworden. So hilflos. So klein.

So unschuldig, wie es da lag. Es musste sich erst zurechtfinden. In der kalten, rauen Welt. So kalt, wie sie auch ihn erwischt hatte. Die ganze Jugend über. Das sollte ihr, der Kleinen, nicht passieren. Nicht, wenn er bei ihr wäre. Das hatte er sich vorgenommen. Dafür wollte er sorgen. Sie beschützen. Ihr alle Sicherheit im Leben geben. So gut er es konnte. Und der Babsi selbstverständlich auch. Sich zu ihnen beiden bekennen. Egal, was und wie es gewesen wäre.

Aber da war jetzt die Aussage von der Winzer. Auf der Polizeistation. Im Protokoll. Gegen ihn. Die ihn belastete.

Die musste sie zurücknehmen. Unbedingt. Wenn nicht freiwillig – dann …

Dennis Pichler schlich durch die offene Hintertür des alten Schulhauses. Er hörte Walli Winzer sprechen. Da er sich nicht sicher war, ob jemand bei ihr war, entschied er, die vor ihm liegende Stiege zum Keller zu nehmen und dort abzuwarten. Bis die Situation für ihn klarer geworden war. Er fühlte sich matt. Spürte, wie ihn die Kräfte verließen, und sank zu Boden.

21. KAPITEL

Sepp Grubinger hätte vor Zorn schreien können. So wütend war er auf sich. Er machte sich bittere Vorwürfe. Hatte er doch den Ärger, den Josi Hütters dreistes Benehmen im Dorf auszulösen imstande war, nicht ernst genug genommen. Denn so etwas hatte es bisher in Großlichten nicht gegeben. Und würde es hoffentlich auch so bald nicht wieder geben. Da würde er persönlich dahinter sein, so etwas zu verhindern. Einer, der sich über alles hinwegsetzte. Sich bei allen Frauen beliebt machte, um sie aus der Reserve zu locken. Angeboten hat er sich ihnen ja regelrecht!

Wo kommt man denn da hin? Wenn das alle machten. Sodom und Gomorra. Und das noch dazu vor Weihnachten!

Ja, gut. Spaßverderber wollte Sepp Grubinger auch keiner sein. Vieles bekam er sonst mit. Wenn einer ein Auge auf eine geworfen hat, die schon vergeben war, so machte der das in der Regel unauffällig. Schließlich sollte das niemand wissen. Außer man war noch Teenager. Da war man bei so etwas noch nicht routiniert genug. Außerdem gehörte so etwas durchaus zum Wichtigmachen dazu. Aber als Erwachsener? Nein, so etwas hatte er bisher nicht erlebt.

Wie sich vor allem die Älteren im Ort echauffiert hatten. Dauernd beklagten sie sich bei ihm. Einhalt sollte er solch losen Sitten gebieten.

Am Schlimmsten war der Simmer Ernstl vom örtlichen Christkindlverein gewesen. Der konnte mit seinen Verbalattacken regelrecht gefährlich werden. Auch gegen ihn. Wenn er ihm deswegen Vorhaltungen machte. Dann kam er ihm bedrohlich näher. Oft sogar. Weil er nichts gegen den Weihnachtsmann in Person dieses Hütter tat. Zu tun gedachte. Und jetzt das!

Dass der Pichler Dennis sich letztlich so ungeschickt als Verdächtiger wie auf dem Silbertablett servierte, schoss für den Grubinger den Vogel ab. Er hatte ihn dann doch noch ins Spital gebracht, damit er bei der Geburt des Kindes dabei sein konnte. Später hat er ihn auch ins Krankenhauslabor begleitet. Und was war der Dank gewesen? Abgezischt ist er! Einfach getürmt. So schnell weggelaufen, dass er, als Mittfünfziger, mit einem 30-Jährigen natürlich nicht mithalten konnte.

Peinlich war das, aber nicht zu ändern. Von seinem Chef, dem Polizeidienststellenleiter Platzer, da hatte er sich deswegen wieder einmal etwas anhören können. An seine bösen Unterstellungen und an dessen harte Worte ihm gegenüber wollte er sich gar nicht mehr erinnern. Jetzt waren die anderen jüngeren Polizistinnen und Polizisten nach dem Unglücksraben auf der Suche. Der sich sein Leben immer und überall künstlich schwer machte. Ewig schon. Und das jetzt sogar ihm, der Verständnis für ihn hatte. Weil der Pichler Dennis sich selbst bis zum heutigen Tag nicht leiden konnte. Ihm das noch nachhing. Das mit dem einst ungeliebten Kind.

Walli Winzer wartete bereits im Grauen Mohn. Das Restaurant lag im seitlichen Trakt ihres Reiterhofs und war geschmackvoll, festlich geschmückt. Nicht zu viel und nicht zu wenig, wie sie befand. Eine Lichtergirlande mit milchweißen Glühbirnen, die mehrfach bogenförmig vom Dachvorsprung herabhängend das renovierte Gemäuer erhellten, begrüßte schon von außen die Gäste. Innen überraschte ein Christbaum, dekoriert mit Strohsternen und Weihnachtsschmuck eindeutig aus einer Waldviertler Glasbläserei, getrockneten Pflaumen sowie Walnüssen. Pralinen waren in fransiges Papier eingewickelt. Bunte Weihnachtskugeln brachten die Gesamtwirkung besonders zur Geltung.

In ihrem Reiterhof war Walli Winzer heute nicht gewesen. Zu abgespannt fühlte sie sich nach dem anstrengenden Tag. Vom Parkplatz bis ins Restaurant war es nur ein kurzer Weg. Bevor sie sich ihr Nachtmahl zu Hause zusammenstellen würde, schien ihr eine Verabredung mit Friedl Ambrecht heute Abend die bessere Idee zu sein.

Ihr Kopf hatte zwar bei der Waldaktion einiges abbekommen. Doch die Computertomografie hatte ergeben, dass ihr Sturschädel außer einer unangenehmen Beule keinen Schaden davontragen würde. Ruckartig wollte sie sich aber keineswegs bewegen. Jede zu rasche Drehung erinnerte sie daran, dass ihr die Ärztin empfohlen hatte, zu Hause zu bleiben und sich ruhig zu verhalten.

Na, die war lustig! Wie sollte das gehen, so kurz vor Weihnachten? Als hätte sie, Walli, nichts zu tun. Immer gab es Unvorhergesehenes in ihrem Beruf. Selbst wenn sie sich Stille in ihrem Umfeld gewünscht hatte. Doch die würde sie wohl erst nach ihrem endgültigen Dahinscheiden aus dem Leben erhalten, und das würde doch hoffentlich noch ein wenig auf sich warten lassen.

Einer der Praktikanten brachte Walli lächelnd die Speisekarte. Besser gesagt: Er legte gleich zwei Exemplare galant in der Mitte des Tischs ab. Walli hatte nicht schnell genug darauf reagiert, weshalb ihr jetzt nichts anderes übrig blieb, als sich danach zu strecken, was ihr einen tiefen, grollenden Seufzer entlockte. Einige der Gäste drehten sich um und dachten wohl, dass es sich um das Wiehern eines der Pferde nebenan gehandelt hatte.

Walli richtete sich wieder auf, positionierte ihren malträtierten Kopf halbwegs schmerzfrei und winkte einigen, die ihren pikierten Blick weiterhin nicht von ihr lassen konnten, übertrieben freundlich zu. Danach vertiefte sie sich in die Karte und orderte beim Kellner vorab ein Glas Sekt. Dass Ambrecht noch nicht da war, störte sie dafür nicht.

So ein kleiner Scheißer, dieser Dennis, kam es ihr wieder in den Sinn. Na, der sollte ihr noch einmal über den Weg laufen. Den Garaus würde sie ihm machen!

Warum er sie niedergeschlagen hatte? Völlig sinnlos? Sie war überzeugt, dass er wegen dieses Kindes einfach durchgeknallt war. Sich in seine Raserei förmlich verbissen hatte und sich an ihr, als Erstbester, dafür rächte. Oft trafen die Auswüchse lang verdrängter Psychosen unschuldige Passanten, hatte sie einmal gelesen. Ein Auslöser konnte dann für einen Knalleffekt sorgen. Da bekamen oft andere – im wahrsten Sinne des Wortes – eine auf den Deckel und mussten schuldlos zur Kompensation einer psychischen Störung für das Fehlverhalten von jemandem herhalten.

Der Ober brachte das Glas Sekt. Walli sah die helle, lebendige Perlage, deren Anblick sie heute ein wenig an

Schneeflocken erinnerte. Versonnen sah sie eine Zeit lang auf das Glas.

»Guten Abend, Frau Winzer!« Sie hatte Friedl Ambrecht nicht kommen gehört. Er stand nun vor ihr und lächelte sie freundlich an.

»Oh, guten Abend!«, wiederholte sie. Sie blieb sitzen und reichte ihm die Hand zum Gruß. Er schlug ein und verbeugte sich dabei höflich.

»Entschuldigen Sie bitte die kleine Verspätung. Aber bei dieser Schneefülle in den letzten Tagen kann man derzeit wirklich nichts genau planen.«

»Kein Problem. Wie Sie sehen, habe ich mir bereits einen kleinen Aperitif gegönnt.«

Friedl Ambrecht zögerte nicht lang und bestellte ebenso durch einen dezenten Wink.

Dann sah er sich kurz um und grüßte per nicken einige, die er kannte, um sich sofort wieder Walli zu widmen. »Es freut mich, dass sich unser Treffen noch ausgegangen ist. Wissen Sie, ich liebe es, wenn ich das neue Jahr schon konstruktiv beginnen kann. Dazu zählt die Planung. Danach funktioniert meine Erholung erst.«

»Ja, daran muss auch ich mich immer wieder erinnern. Also, in diesem Sinn!« Sie hob das Sektglas und prostete Ambrecht zu, der seines eben serviert bekam.

»Dabei haben wir es hier ideal, Beruf und Freizeit gleich vor der Haustür verwirklichen zu können. In der Stadt abzuschalten, funktioniert weitaus schlechter. Denn hier *muss* man zur Ruhe kommen, weil sonst nichts anderes möglich ist.«

»Dabei hat sich das Leben in den letzten Jahrzehnten schon sehr verändert. Fernsehen, Internet, Handy. Die haben auch im Waldviertel viele moderne Zugänge erleichtert. Das habe ich in meinem Traditionsbetrieb absolut mitbekommen.«

»Ich hätte mir ursprünglich vorgestellt, dass sich in der Holzbranche nicht allzu viel veränderte.«

»Na, da kann ich Ihnen Gegenteiliges erzählen. Kein Stein ist nach der Wende 1989 in meiner Branche auf dem anderen geblieben. Wie in vielen anderen natürlich auch. Die europäische und internationale Konkurrenz drückt enorm. Aber ich bin gut vernetzt und habe beizeiten alles so erwartet und darauf entsprechend reagiert. Daher läuft es meinem Betrieb im Vergleich zu anderen recht gut.«

»Sagen Sie, eine Indiskretion: Warum verwahren Sie Ihre Dokumente immer noch in einem vergleichsweise mit den Möglichkeiten, die etwa Biometrie und Fingerprint bieten, also in einem vergleichsweise simplen Schlüsseltresor?«

Ambrecht seufzte und stellte sein Glas ab. »Wissen Sie, es gibt so etwas wie irrationale Sentimentalität. So ein guter Geschäftsmann wie ich sonst bin, das behaupte ich zumindest von mir, so melancholisch bin ich manchmal. Der Tresor stammte aus der Gründerzeit meines Urgroßvaters und hat meine Familie durch das gesamte turbulente 20. Jahrhundert mit dem Ende der Monarchie und zwei Weltkriegen begleitet. Unser Familienschmuck samt Goldreserven waren darin aufbewahrt. Gut, die habe ich schon lang in unsere Bank verlegt, aber für kurzfristige Aufbewahrungen von Verträgen oder, wie im aktuellen Fall, des Manuskripts verwende ich ihn immer noch.«

Walli rieb sich ihr Kinn. »Sagen Sie, das ist genau der springende Punkt: Wie sollen wir eine Ausstellung international promoten, wenn das Original von ›Stille Nacht‹

jetzt fehlt? Die Wanderausstellung ist durch die neuen Umstände praktisch unmöglich geworden.«

Friedl Ambrecht blieb gelassen. »Schauen Sie, Frau Winzer. Wenn man so lang wie ich im Geschäft ist, kann einen nichts mehr so leicht aus der Ruhe bringen. Also, ich würde sagen: fast nichts. Deshalb habe ich bereits eine internationale Kunstraubsonderkommission beauftragt, die nach dem Original sucht. Irgendjemand wird es zum Verkauf anbieten. Auch die Auktionshäuser wurden davon in Kenntnis gesetzt, dass ich es unter allen Umständen zurückhaben möchte. Koste es, was es wolle. Mein amerikanischer Partner Jonathan Johnson ist bei jedem Preis dabei. Ich bin mir sicher, dass wir es noch vor Ausstellungsbeginn wiedererhalten werden.«

Walli Winzer war ob der Gelassenheit und der Sicherheit Friedl Ambrechts mehr als verblüfft. Nach kurzer Überlegung fragte sie weiter: »Sagen Sie, normalerweise ist so eine Kostbarkeit spätestens nach einer erfolgreichen Auktion versichert. Ist das auch bei diesem Manuskript der Fall?«

»Natürlich. Glauben Sie, ich kaufe ein so teures Exponat ohne Sicherheit? Nein. Ich persönlich hatte es nach dem Erwerb aus Wien hierher mitgenommen. Hütter sollte es aber noch vor Weihnachten in den Hochsicherheitstrakt des Kunstdepots bringen.«

»Was ja durch ihn nicht mehr möglich ist.«

»Richtig. Max Riegler tritt jetzt seine Nachfolge bei mir an. Ein seit Jahren verlässlicher Mann.«

»Das heißt, das Original von ›Stille Nacht‹ ist versichert.«

»Ja, dauerhaft. Mein Partner in den USA bestand darauf. Auch er ist zuversichtlich, dass es am Autografenmarkt in Kürze auftauchen wird. Nach der Wanderausstellung kommt das Original für die Öffentlichkeit wieder als Dauerleihgabe in eine von uns zur Verfügung gestellte, klimatisierte Vitrine ins Stille-Nacht-Museum nach Hallein. So haben wir das jetzt beschlossen.«

Walli Winzer nahm einen weiteren Schluck.

»Glauben Sie, der Raub könnte mit dem Tod Hütters in Verbindung stehen?«

»Ach, das glaube ich nicht. Auch wenn ich das kurz dachte, weil er ständig knapp bei Kassa war und da vielleicht etwas eingefädelt haben könnte. Aber was ihn wahrscheinlich umgebracht hat, das waren schon seine Frauengeschichten.«

»Und der Riegler?«

»Ist ein braver Bursche. Hilfsbereit und wie gesagt seit vielen Jahren bei uns im Dienst. Er gehört zum engsten Kreis und übernimmt seit Langem Verantwortung.«

Walli stützte ihren Arm am Tisch ab und rieb sich nachdenklich die Stirn, was sofort Schmerzen im Hinterkopf auslöste. Dennis fiel ihr daraufhin wieder ein. »Sagen Sie, der junge Pichler, war der irgendwann bei ihnen und kennt sich der hier aus?«

»Manchmal hilft er beim Fällen der Bäume, wenn jemand in der Mannschaft krank ist. Aber sonst arbeitet er in seinem eigenen Wald. Ja, er verkauft uns den Großteil seiner Bäume, falls Sie das wissen wollen.«

Walli Winzer sah ihn prüfend an und zögerte. Dann fragte sie aber doch: »Und wie war das mit der Babsi Schwiegler? Hatte sie was mit dem Hütter oder nicht?«

»Da ich ein gutes Vertrauensverhältnis zu all meinen Mitarbeitern pflege, hätte mir auch der Max Riegler etwas davon erzählt. Also kann ich es mir das nicht vorstellen.«

»Aber der Hütter ist sie doch angegangen. Also hat sie angemacht, obwohl er ihr Chef war.«

»Schauen Sie, ich mische mich da nicht ein. Wenn die Schwiegler sich bei mir nicht über ihn beschwert, werde ich auch nichts unternehmen. Das müssen die beiden schon selbst miteinander ausmachen. Nur wenn es unser Betriebsklima stören würde, verstehe ich keinen Spaß.«

»Das hört sich so an, als hätte Babsi Schwiegler bei Ihnen schlechte Karten gehabt, hätte sie ihren Chef angeschwärzt. Selbst wenn er mit einem aufreizenden Blick beweisbar die moralisch rote Linie übertreten hätte. Wissen Sie, ich habe durchaus etwas für ein zartes Prickeln im Alltag übrig, aber nicht bei Schutzbefohlenen. Das ist ein No-Go. Nicht nur für mich, sondern vor dem Gesetz für alle.«

»Hören Sie, die Frauen sind doch sowieso hinter ihm her gewesen. Warum sollte es dann ausgerechnet die Schwiegler nicht sein? Kommen Sie, reden wir über unser Ausstellungsprojekt«, wechselte Friedl Ambrecht das für ihn unangenehme Thema.

Er holte weit aus und schwelgte in Erinnerungen an sein Studiensemester der Wirtschaft in Vermont, wo er auch Johnson kennengelernt hatte. Seitdem war der Kontakt nie abgerissen. Sie verstanden sich gut, und irgendwann bei einem Empfang hatte er auch Mitglieder der berühmten Trappfamilie kennen- und schätzen gelernt.

»Das war schon eine schreckliche Zeit damals. Ich meine, da im Zweiten Weltkrieg. Und dann noch die Emigration. Na ja, Georg und seine zweite Frau Maria hatten extra in den USA einen Bundesstaat ausgewählt, dessen Landschaft und Berge jener in Österreich ähnlich waren. Da ließ es sich für sie besser leben. Heute ist die Familie dort in dritter Generation Hotelbetreiber. Vielleicht steigen auch Sie, Frau Winzer, noch in unser Lodge-Projekt hier in Großlichten ein?« Bei diesem Gedanken begannen Ambrechts Augen regelrecht zu leuchten. »Stellen Sie sich die PR für unser Dorf vor. In Amerika. In der Welt.«

»Das hat sich wohl auch Peppi Brunner, unser Bürgermeister so gedacht. Sonst hätte er das Original von ›Stille Nacht‹ kürzlich nicht vor breitem Publikum auf dem Weihnachtsmarkt erwähnt.«

Friedl Ambrechts Blick verdüsterte sich.

»War Ihnen das nicht recht?«

»Ich hätte das erst mit der Friedensausstellung in Zusammenhang bringen wollen und dann gleich mit der Familie Trapp, was deren Akzeptanz in der Region zusätzlich gestärkt hätte.«

»Stimmt. Aber so hatte ich die Möglichkeit, PR-mäßig noch schnell auf zwei Geschichten hinzuarbeiten: eine dieses Jahr über das Lied ›Stille Nacht‹, und später möchte ich den lokalen Bezug gemeinsam mit der globalen Peaceausstellung samt der Nebengeschichte der Trapps ins Zentrum rücken. Europa, die USA, Asien, Südamerika, Afrika, Australien und alle anderen Länder weltweit, wo sie gezeigt werden soll, eint nur ein Gedanke: der des Friedens. Was sagen Sie dazu?«

»Genauso habe ich mir das gedacht.« Friedl Ambrecht hob sein Sektglas und prostete der PR-Agentin zu.

Der Kellner wurde durch das Klirren der Gläser wieder auf sie aufmerksam. Sie orderten jeweils das Weihnachtsmenü und sprachen über ihre schönsten Reisen. Die Stunden vergingen wie im Flug. Walli verkürzte schließlich das Arbeitsessen, nachdem ihr eingefallen war, dass sie vergessen hatte, Filous Futterration bereitzustellen. Na, da würde sie etwas erleben können, war sie sich sicher. Wie er nach seinem Tobsuchtsanfall das Haus verwüstet hätte, daran wollte sie jetzt lieber nicht denken.

22. KAPITEL

Was war das nur für eine Nacht gewesen! Ihr Gesicht fühlte sich von der Kälte immer noch an wie mumifiziert. Da sie die Angewohnheit hatte, immer alle Zimmertüren offen stehen zu lassen, war es natürlich klar, dass sich die eisige Nachtluft überall verteilen würde. Auch bis in ihr Schlafzimmer.

Das Fenster im Wohnzimmer hatte sie offenbar vergessen zu schließen, bevor sie weggegangen war. Warum aber gestern Abend auch die Kellertür weit geöffnet stand, war ihr schleierhaft. Sie konnte sich nur an die offene Hintertür erinnern. Aber die hatte sie geschlossen, bevor sie sich im Schlafzimmer umgezogen und dann aus Zeitnot das Haus hastig verlassen hatte.

Walli Winzer massierte ihr Gesicht und versuchte mit Grimassenschneiden dessen Durchblutung anzuregen.

Filou, der eng an Frauchen gekuschelt lag, behagte eine solche Morgenzeremonie nicht. Sonst war er immer derjenige, dem die erste Aufmerksamkeit galt, dessen Köpfchen gestreichelt und gekrault wurde. Ein paar sanfte Worte begleiteten ihre Liebesbekundung, und er schnurrte währenddessen ergeben vor sich hin. Dann hatte er den Wunsch, dass dieser Moment nie enden sollte. Er liebte die Behaglichkeit mit Frauchen. Sie stellte sich auf ihn ein, und er hatte das Gefühl, dass es auch ihr guttat. Denn danach war sie so pflegeleicht, dass er von ihr alles haben konnte.

Zumindest hatte er den Eindruck. Meist erriet sie, was er sich wünschte, und griff zum richtigen Futterschälchen. Das nannte er dann Teamwork, und der Tag fing für ihn einfach gut an.

Vor allem nach ihrer gestrigen Schimpforgie tat ein bisschen Aufmerksamkeit gut. Okay, allein zu Hause hatte er es sich halt am Abend ein bisschen lustig gemacht. So mit einigen Sprüngen in die Vorhänge hinein. Ein bisschen auf ihnen hin und her zu schwingen. Na ja, dass da ein paar Porzellanfigürchen und ein Wandteller das Zeitliche segneten und deren Scherben weit am Boden verstreut lagen, fiel bei ihm unter die Rubrik Künstlerpech. Das war nur deshalb gewesen, weil er schon einige Zeit lang in diesen Dingen aus der Übung geraten war. Das nächste Mal würde es aber wieder gelingen, war Filou überzeugt.

Aber dass Frauchen dann auch noch hysterisch herumgeschrien hatte, fand er gar nicht lustig. Alles nur wegen dieses Ramsches? Der doch nur aus Glas und Porzellan war? Soll sie sich halt etwas Neues kaufen. Sein fragender Blick diesbezüglich konnte sie gestern allerdings nicht beruhigen. Sie faselte etwas von »historischen Unikaten« und »unwiederbringlich«. Ja, wie sollte er das wissen, und überhaupt hatte er das ja nicht absichtlich gemacht.

Trotzdem: Frauchen war stinksauer auf ihn gewesen. Dabei hatte er zuvor doch diesen Mann, der plötzlich aus dem Keller hochgekommen war, gehörig erschreckt. Von der Seite aus war er ihn angesprungen. Natürlich hatte er seine Krallen eingesetzt. Wie sollte er sich sonst auch an ihm festhalten? War also klar. Na, der stöhnte vielleicht. Filou hatte den unbekannten Typen ganz schön ausgetrickst. Er tat das nicht nur für sich, sondern auch für Frauchen: ihn aus *seinem* Revier zu verjagen. Dorthin kam nämlich keiner, der ihn nicht schon einmal gestreichelt hatte. In der Panik hatte dieser dann das Fenster offen gelassen. Ihm war daraufhin sogar mit seinem Winterpelz kalt geworden. Deshalb hatte Filou sich neben dem Kachelofen eingerollt, was zumindest vorübergehend geholfen hatte.

Doch jetzt war bei Frauchen Schluss mit der Gemütlichkeit. Sie schlug die Decke auf, griff nach ihrem Morgenmantel und stellte sich in der Küche an die Kaffeemaschine. Während ihr Caffè Latte langsam in den Glasbecher rann und nachdem sie Wasser für ein weich gekochtes Ei aufgesetzt hatte, öffnete sie das Türchen des Kachelofens und schob mehrere Holzscheite nach. Um die Glut besser zu entfachen, ließ sie einen Spaltbreit offen. Sie legte ihre Hand auf den Ofen und fühlte ein wenig die Restwärme der Nacht.

Filou war inzwischen auch in die Küche gekommen und verlangte nach seiner Futterschale. Walli Winzer sah ihn vor der Lade mit den Katzenköstlichkeiten erwartungsvoll warten. »Na ja, mein Kleiner, verdient hast du dir das zwar nach dem, was gestern geschah, nicht, aber weil heute Weihnachten ist.« Sie griff nach Leckerlis und legte sie auf den Boden.

Perfekt!, dachte Filou und roch daran, bevor er jeden der Bisse genoss. Ah!, war das ein guter Einstieg. Konnte nicht jeden Tag Weihnachten sein? Er sah Frauchen sehnsüchtig an, in der Hoffnung auf eine neue kulinarische Überraschung.

Walli Winzer lächelte und wusste, was sein Blick bedeutete. Wortlos griff sie nach einem speziellen Schälchen, das sie bereits für diesen besonderen Tag des Jahres vorbereitet hatte. Filou war mehr als glücklich. Denn statt der üblichen Innereien in den Nullachtfünfzehn-Dosen lagen jetzt ausschließlich Rindfleischstückchen vor ihm, die er liebte. Welch ein Genuss! Filou zelebrierte sein Fressen. Kein Krümmelchen davon landete am Boden. Alles war schnell fein säuberlich aufgefressen.

Frauchen freute sich, das Richtige für ihn gefunden zu haben. Sie nahm ihren Kaffee und ein weich gekochtes Ei mit Handsemmel und setzte sich an den Bauerntisch im Wohnzimmer. Einst hatte sie alte Möbel von Lena und Mizzi Troger aus der Region zusammentragen lassen und von einer Innenarchitektin mit ausgewählten Designerstücken mitunter recht gewagt kombiniert. Auch noch den geeigneten Kachelofen ließ sie dazu entwerfen. Das war nicht nur eine künstlerische, sondern auch eine technische Meisterleistung gewesen.

Beim Gedanken daran fiel ihr wieder die offene Ofentür ein. Sie stand auf und schloss sie, als ihr Telefon zu läuten begann. Walli Winzer stellte das Bakelittelefon neben sich und löffelte ihr Ei, während sie mit Lena sprach.

»Auch ich wünsche dir einen schönen Weihnachtsmorgen, Lena.« Plötzlich hörte sie ein Geräusch und blickte in dessen Richtung. Filou war auf das Fenstersims hinaufgesprungen und sah interessiert in die weiße Landschaft.

»Ist etwas?«, hörte sie am anderen Ende der Leitung.

»Nein, nur Filou. Nichts sonst. Du, Lena, auf den Weihnachtsbasar am Vormittag kann ich heute nicht kommen. Mein ganzer Tag ist durchgetaktet. Eigentlich wollte ich das nicht, aber der Fall Hütter scheint immer noch nicht gelöst. Gestern war ich zwar mit Ambrecht unterwegs, aber viel bin ich da nicht weitergekommen. Ich muss noch auf den Reiterhof, und unsere Karpfen sollte ich auch noch abholen. Ich hab daher Romy gebeten, die Filets gleich mit den Lebendkarpfen ins Lodge-Dorf mitzuliefern. Dort bin ich nämlich zur kurzen Conclusio als Unternehmerin zum Brunch eingeladen.«

»Ah, Julia wird am Nachmittag mit den Kindern zum Weihnachtsbasar kommen. Der neue Pfarrer, der den Auftrag hat, die Menschen wieder mehr zusammenzuführen und daher auch Vita wie ihre Geschwister getauft hat, ersuchte sie darum. Viele andere werden auch mit ihren Kindern da sein. Romy kann inzwischen ungestört die Geschenke unter dem Baum verteilen und das Essen vorbereiten. Stell dir vor: 7.000 Euro haben wir bisher mit den Sammlungen und dem Verkauf der Bäckereien eingenommen. Den Scheck haben wir schon gestern der Familie mit dem Vater, der verunglückt ist, übergeben. Das bringt ihn zwar nicht zurück, aber es deckt zumindest die Begräbniskosten und reicht für ein paar Geschenke an die Kinder. Vielleicht können wir das Ergebnis unserer Einnahmen heute noch ein wenig nachbessern.«

»Ja, ich runde den Betrag auf jeden Fall auf.«

Lena freute sich. Walli merkte es, ohne sie zu sehen. Dieses kurze Schweigen, bevor sie weitersprach, kannte sie. Denn die Freundin war selig, wenn sie andere aus eigenem Antrieb heraus zu sozialem Verhalten anregen konnte.

Walli Winzer grinste in sich hinein und schwieg ebenso. Wie schön doch eine jahrzehntelange Freundschaft sein konnte. Wortlos. Beinahe wie eine gute Ehe. Doch eindeutig konfliktfreier.

»Also, sehen wir einander um 18.00 Uhr? Ich mache

uns vorher noch einen Orangenpunsch. Glühwein haben wir in Großlichten die Adventzeit überall schon genug getrunken.«

Walli stopfte das letzte Stück Semmel in sich hinein und antwortete sanft: »Klar doch. Ich freue mich schon!«

Kaum hatte sie aufgelegt, erinnerte sich auch Sepp Grubinger an sie und rief an.

»Frau Winzer, gut, dass ich Sie erwische.«

Sie nahm noch einen Schluck ihres Caffè Latte und war dann ganz bei ihm. »Herr Grubinger, wie kann ich Ihnen helfen?«, fragte sie beinahe ein wenig sarkastisch.

»Frau Winzer, i weiß, es ist heut der 24. Dezember. Trotzdem muss ich Ihnen sagen, dass der Dennis Pichler gestern Abend aus dem Krankenhaus entwischt ist. Das heißt, mir ist er entwischt, der Lump. Bis jetzt konnt ich ihn noch nirgends finden. I wollt Sie nur warnen, weil er Sie doch schwer verletzt hat.«

»Herr Polizeiinspektor«, entgegnete Walli Winzer am Tag des Heiligen Abends gedanklich mild gestimmt, »danke für Ihre Info, auch wenn sie mich jetzt reichlich spät erreicht, aber ich fühle mich sicher. Völlig sicher. Bis auf meinen Kater, der mir gestern Abend fast mein Haus zerlegt hat. Als hätte ihn etwas aus dem Häuschen gebracht. Dann hab ich auch noch in der Eile mein Fenster zu schließen vergessen. Das gibt mir eher über meine geistige Verfassung zu denken.«

Sepp Grubinger schien das allerdings weniger zu interessieren. Aus seiner mangelnden Zugänglichkeit heraus schloss Walli, dass er absolut nicht in Weihnachtsstimmung war.

Wenig später traf Walli Winzer in der Lodge-Siedlung ein. Anders als noch die Tage zuvor schien jetzt die Sonne, und der Schnee glitzerte festlich. Die Seminaristinnen und Seminaristen waren bestens gelaunt. Mehrere Flaschen Sekt und Wein standen auf der Anrichte nahe der Küche. Auf Contenance wurde am letzten Tag wenig Wert gelegt und die Sympathie einiger zueinander unverblümt gezeigt.

»Hallo, Frau Winzer, schön, dass Sie da sind. Wir haben schon einmal mit der Vorspeise begonnen.« Raffi Winkler zeigte auf den köstlichen Vorspeisenreigen, der auf Vorlegeplatten dekoriert am Küchentisch appetitlich aufgelegt waren.

Walli Winzer grüßte in die Runde und drückte ein paar Leuten die Hand. Später griff sie nach einem Teller, auf den sie unbedingt das herrliche geräucherte Karpfenmousse drapierte sowie ein Stück Weißbrot, dem sie ansah, dass es frisch aus Hannes Lechners Bäckerei kam. Raffael Winkler brachte unaufgefordert ein Glas Sekt. Walli freute sich, als sie erfuhr, dass er aus dem Waldviertler Kremstal kam.

Raffi griff erneut zur Flasche und las das Etikett vor: »Blanc de Blancs Große Reserve, 2019, vom Weingut Malat.«

»Ah, gut. Da lerne ich etwas Neues kennen, und der Jahrgang passt gerade noch.«

»Wie meinen Sie das?«, fragte Raffael Winkler etwas verblüfft.

»Na, Weißwein oder Sekt behalten ihre Topqualität drei Jahre lang, wenn ich mir das richtig gemerkt habe. Ich war nämlich vor nicht langer Zeit bei Ermittlungen auf einem Weingut. Da bekommt man so etwas mit.«

Winklers Miene spannte sich an, als er von Ermittlungen hörte. Es kam keine Rückfrage. Vielmehr bot er Walli auch ein Stück geräucherten Saibling auf einem Sandwich an und eines mit Karpfenkaviar. Sie nahm beide gerne entgegen.

Walli fragte ihn schließlich unverblümt zum neuen Fall: »Können Sie sich vorstellen, dass es der Dennis Pichler war, der sich am Hütter gerächt hat?« Sie erzählte von dessen Flucht. Raffi wurde merkbar nervös. Er führte den Small Talk zu Ende, um Walli als Gesprächspartnerin dann einem der Seminarteilnehmer zu überlassen. Er entschuldigte sich, um bald darauf wiederzukommen.

»Zum heutigen Ablauf«, forderte er jetzt lautstark die Aufmerksamkeit der Anwesenden ein. »Es gibt kurz ein paar Tipps aus der Praxis. Frau Walli Winzer, die PR-Expertin, hat sich dafür dankenswerterweise zur Verfügung gestellt. Danach gibt es noch eine Übung. Für einige von euch wird es am Abend mit der Familie Weihnachtskarpfen geben, den ihr heute fangfrisch mitnehmen könnt. Doch diesbezüglich stehen vorher Entscheidungen an, die für manche nicht einfach sein werden. Vor Verantwortung können sich später auch Top-Führungskräfte nicht drücken. Grenzen müssen erweitert oder gar übertreten werden. Unter Umständen auch moralische.«

Ein Raunen ging durch die Gruppe.

»Ja, nicht umsonst zahlen Unternehmen astronomische Gagen für Manager. Laden viele zur Jagd ein. Wer sich für diesen Weg entscheidet, muss das wissen. Ob ich so etwas mehr autoritär oder lieber Laisser-faire mit freundlicherem Unterton und Mitarbeitereinbindung mache: Das Resultat wird dasselbe sein. So etwa die Entscheidung, unter

Umständen beim Handeln auch gegen alle Grundsätze zu verstoßen. Beispielsweise, wenn es zur Kündigung von Mitarbeitern kommt, die sich in einem Alter befinden, wo sie kaum mehr Chancen auf dem Arbeitsmarkt haben. Oder eine Alleinerziehende mit mehreren Kindern, der durch den Verlust des Jobs die Existenzgrundlage entzogen wird. Ihr arbeitet alle in Konzernen, in denen auch solche Entscheidungen von euch erwartet werden.«

Walli Winzer war überrascht. Ihr Führungsprinzip war nie so gewesen. Sie wusste nicht, wie Raffael Winkler auf die Idee gekommen war, daher *sie* zur Conclusio einzuladen. Walli hielt einen fast familiären Umgang mit ihrer Belegschaft. Silvia Manner war für sie wie eine Tochter. Seine Methoden waren ihr also fremd. Verantwortung und Würde standen für sie an oberster Stelle. In ihrer Agentur mit ausgeprägten Individualistinnen und Individualisten wäre ein anderer Führungsstil gar nicht möglich. Ja, zugegebenermaßen setzte sie, um an wichtige Aufträge zu kommen, selbst mitunter recht unorthodoxe Mittel ein. Doch meist machte sinnliches Geplänkel ihr und ihrem Gegenüber Spaß. Auch stürzte sie mit einem so gewonnenen PR-Auftrag niemanden in den Ruin. Es gab ja eine Flut anderer Möglichkeiten. Dennoch war sie mit ihrer Firma sicher privilegiert. Walli achtete daher darauf, dass sie nicht zu groß würde, um so selbst leichter den Überblick behalten zu können. Allenfalls müsste sie vielleicht auch so handeln, wie alle hier die Woche über gelernt hatten. Diese Erfahrungen teile sie nun der Runde in einem kurzen, launigen Talk mit.

Als sie Raffi Winklers ernsten Blick sah, wurde ihr klar, dass er sich von ihr anderes, als er eben hörte, erwartet hatte. Er schloss daher die Conclusio mit der Anregung, dass es immer auch die Wahlfreiheit sei, die man als Führungskraft zielorientiert ausloten müsste. Die gängige Moral durfte nie ein Hindernis sein, wiederholte er abermals und stellte sich an das Fischbecken.

»Wir sind jetzt bei unserem Praxisbeispiel: Heute Abend wollen viele von uns Karpfen essen. Ein kulinarisches Erlebnis. Aber wie erreichen wir das. Hm?«

Einige Anwesende versuchten, sich hinter ihren Kolleginnen oder Kollegen zu verstecken, da sie ahnten, was nun kommen würde.

»Keine Angst. Niemand soll dazu gezwungen werden. Doch wer sich überwindet, dem winkt ein Gratisweihnachtskarpfen.«

Zwei Männer sowie Martha nahmen jeweils Position ein, einen der Fische auszuwählen. Romy Steiner hatte Aslan Gül als fachkundigen Instruktor herbeordert. Denn die Karpfen sollten nicht leiden müssen. Das hieß: Mit einem Netz wurden sie herausgefischt, kamen gleich in ein kleines Wasserbecken und wurden dort langsam einige Minuten unter Strom betäubt, um dann durch Kiemenschnitt und Herzstich schmerzfrei zu sterben. In einer Schale blutete der Fischkadaver dann aus.

Einem der Seminaristen wurde schlecht, nachdem er das sah, und er lief auf die Toilette.

Aslan Gül zeigte an dem von Martha ausgewählten Karpfen die schnellere Variante, die von den meisten Fischern angewandt wurde: der harte Schlag auf den Kopf. Er verwendete dazu einen Schlögel. Dann schnitt er mit einem scharfen Messer den Kopf ab.

Offene Münder. Stille.

Aslan Gül begann, den Karpfen professionell zu filetieren. Obwohl kurz darauf vier Filets zu sehen waren, arbeiteten die Nerven im Fisch weiter. Sie bewegten sich so heftig, dass man fast den Eindruck gewann, sie könnten jederzeit vom Tisch springen. Gül packte die Teile in einen recycelbaren Plastiksack, schnürte ihn zu und übergab ihn einer überraschten Teilnehmerin. Als sie den tanzenden Sack entgegennehmen sollte, erschrak sie dermaßen, dass sie in Ohnmacht fiel. Ein Kollege fing sie auf.

Raffael Winkler zog währenddessen ein kleines buntes Notizbuch aus der Hosentasche, schob es aber gleich darauf wieder zurück. Dann griff er nach jenem in seiner Brusttasche und fing an, sich etwas zu notieren.

Als Winkler seine linke Hand hob, um es wieder einzustecken, sah Walli Winzer eine auffällige Uhr an seinem Handgelenk. Ihr Blick erstarrte. Eine Weile verharrte sie regungslos. Ja, genauso war es. Musste es gewesen sein. Sie hatte das fehlende Puzzleteil gefunden. Da war sie sich sicher. Doch als sie aufsah – war Winkler weg.

23. KAPITEL

Als Walli Winzer das Gelände des Sägewerks betrat, war sie dort keineswegs allein. Es war kurz nach Mittag. Obwohl es der 24. Dezember war, schien der Betrieb für manche noch zu laufen. Ihr Auto hatte sie diesmal nicht auf dem Parkplatz abgestellt, sondern auf einem Feldweg seitlich des Areals. Sie wollte unentdeckt bleiben und den Aufenthaltsbereich der Mitarbeiter näher unter die Lupe nehmen. Dazu brauchte sie keine unnötige Aufmerksamkeit, die sie vielleicht daran gehindert hätte.

Sie hatte Sepp Grubinger nicht erreicht, ihm aber etwas auf der Mailbox hinterlassen. Er musste sein Mobiltelefon ausgeschaltet haben. Vielleicht war das auch gut so, da sie nicht wusste, ob sie mit ihrer Vermutung richtiglag. Er würde sich wieder unnötig über ihre Einzelaktion aufregen, was sie jetzt absolut nicht brauchen konnte. Denn sie wollte zu Weihnachten gedanklich endlich abschalten. Den Status quo für sich besser erfassen können. Wie sie erkannte, galt das für die Polizeidienstaußenstelle in Großlichten nicht. Die hielt heute schon geschlossen.

Sich ein wenig im Areal umzusehen, nachdem sie den PR-Auftrag erhalten hatte, war ja schließlich nicht verkehrt. Falls Walli jemand nach ihrem Ansinnen fragen würde, wollte sie nach einem verlorenen Schreibetui suchen. Das zu sagen, nahm sie sich vor. Denn sie verwendete nach wie vor so etwas. Auch wenn ihre Co-Geschäftsführerin sie stets maßregelte, das nicht in der Öffentlichkeit zu benutzen. Das sei ja retro. Eine PR-Agentur müsse innovativ und zukunftsorientiert sein, und da sollte sie gefälligst den Kalender ihres iPhones antippen.

Diese Jugend, tat Walli für sich ab – liebte sie dann aber doch.

Als sie ein Auto auf den Parkplatz einfahren sah, drückte sie sich hinter den Vorsprung einer Hauswand. Sie kannte den Mann mit der Aktentasche nicht. Er nahm den Weg hinein in die Zufahrt und von dort aus in die Direktion im ersten Stock. Eigenartig, dass hier an diesem besonderen Tag noch Geschäfte abgewickelt wurden, stellte sie für sich fest.

In dessen Nähe sah Walli auf einmal Filou. Als er sie bemerkte, trippelte er zu ihr und strich um ihre Beine. Sie zog ihn sanft am Ohr und signalisierte ihm mit einem liebevollen Klaps zu gehen. Er lief ein paar Schritte weiter und beobachtete interessiert, wie es weitergehen würde.

Ein kurzer Blick über den Platz gab Walli Winzer wieder freie Bahn.

Sie steuerte den Aufenthaltsort aller Mitarbeiter an. Der Gestank von kaltem Schweiß, ranziger Kleidung und kürzlich liegen gelassenen Essensresten trieb ihr kurz den Ekel die Speiseröhre hoch. Warum Menschen sich in Gemeinschaftsräumen so dreist gaben, als wären sie für nichts verantwortlich, was wohl auch diesen Stallgeruch rechtfertigte, den sie hinterließen, war Walli Winzer schleierhaft.

Das hatte sie sich schon als Arbeiterkind gedacht. Vielleicht fiel es ihr jetzt auch nur deshalb wieder auf, weil ihr der Geruch von harter Arbeit so vertraut war. Den würde sie selbst Jahrzehnte später nicht vergessen. Wie hier. Im

Sägewerk. – Wenn die Männer in ihrer Kindheit grölend und betrunken, daher unberechenbar aus dem Wirtshaus gekommen waren, dünstete der Restalkohol aus ihnen nochmals strenger. Den roch sie auch hier.

Komm, du hast anderes vor!, mahnte ihre innere Stimme. *Das alles ist Vergangenheit, die du längst hinter dir gelassen hast.*

Walli würgte es vor Ekel. Sie öffnete ihre Handtasche, zog ein Dufttaschentuch heraus und hielt es sich vor die Nase, bevor sie sich übergeben würde. Es verschaffte ihr kurz Erleichterung. Dann steckte sie es wieder ein und kramte nach ihrem Lederetui, das sie wie eine lieb gewordene Trophäe umklammerte. Sie war stolz darauf, diese tristen Verhältnisse aus eigenem Antrieb heraus verlassen zu haben. Von damals wusste sie, dass ihr Vater, einst als Arbeiter in der Floridsdorfer Lokomotivfabrik, auch sämtliche Wertgegenstände im Spind aufbewahrt hatte. Die Eingangstüren der früheren Wiener Bassena-Wohnungen waren wie bei Häusern auf dem Land immer unversperrt geblieben. Jeder und jede hatte daher aus und ein gehen können, wann und wo er wollte. Das war bei allen so gewesen. Daher hatten sie nicht nur ihre Arbeitskleidung versperrt, sondern auch Wichtiges im Spind. Es war für alle wie ein gegebenes Ehrenwort, dass niemand dort nachforschte.

Walli Winzer stand nun in einem großen Raum, in dem sich verstreut mehrere Tische befanden. Einige Wandelemente säumten die Seiten. Im hinteren Bereich war eine Küchenzeile aufgestellt. Neben und über ihr setzten Ober- und Unterschränke mit integriertem Geschirrspüler den Verlauf fort.

Walli ging an ihnen vorbei zur Tür, die in den großen Umkleideraum führte. Sie drückte den Lichtschalter, der an der Decke sofort ein Blitzgewitter an Neonröhren aufflackern ließ. Dieser Bereich war ein Container, der dem Pausenraum später angeschlossen worden sein musste, da er kein Fenster besaß. Die Luftzufuhr erfolgte über eine Klimaanlage, deren Gebläse der kommenden Weihnachtsfeiertage wegen bereits abgeschaltet worden war. Es war kalt und stickig. Walli wollte daher schnell machen und ging die Reihen auf der Suche nach den Namen der Verdächtigen durch.

Sie merkte, wie ihr Herz immer höher zu schlagen begann. Vor Aufregung pochte es bis zum Hals. Mit der Hand fuhr sie sich an den Brustkorb und atmete leise aus. Entspannter, doch weiterhin aufmerksam ging sie weiter.

Es waren mehr als hundert, an denen sie bisher vorbeigegangen war. Das letzte Drittel bis zum Ende des Containers würde noch folgen.

Doch plötzlich ging das Licht aus.

Walli dachte an ein Minutenlicht und suchte nach einem Schalter mit Lichtkontrolle, der in der Finsternis Orientierung bot. Doch sie fand hier, am Ende des Containers, keinen. Offenbar ging man davon aus, dass niemand länger als 15 Minuten fürs Umkleiden benötigte. Falls doch, gäbe es mit Sicherheit einen Schalter unter dem Dauernotlicht in der Mitte des Gangs dem Ausgang zu. Doch diese Zeit wollte Walli Winzer einsparen und aktivierte auf ihrem Handy den Taschenlampenmodus. Mit breitem Lichtstrahl ging sie entspannt die restlichen Kästchen ab, bis sie schließlich vor dem gesuchten Namen stehen blieb.

Da war er.

Kurz lenkte sie ein Geräusch ab, dem sie weiter keine Beachtung schenkte. Es interessierte Walli vielmehr, ob sich ihre Vermutung bestätigen würde oder nicht. Sie zog einen Generalschlüssel für Gebäude, wie ihn jeder Werbezusteller mit sich trug, aus der Tasche und hantierte damit einige Zeit lang. Sie ärgerte sich, dass ihr die nötige Übung im Knacken von Schlössern fehlte. Letztlich rüttelte sie zornig daran. Die Tür sprang auf.

Vor ihr hingen eine Warnweste, ein Pullover und eine ärmellose Steppjacke. Alles, was für den Winter viel zu kalt war. Sie griff in die Seitentaschen, fand aber nichts außer ein paar Münzen für den Kaffeeautomaten und einige Schrauben. Auch die festen Schuhe weiter unten, die wohl als eiserne Reserve gedacht waren, erwiesen sich als unauffällig. Die Hutablage im oberen Bereich hatte sie noch nicht überprüft. Walli streckte sich vor und fuhr mit der Hand den gesamten Bereich ab. Nichts.

Das konnte es doch nicht geben! Sie hatte so fest damit gerechnet, hier Diebesgut zu finden. Hatte doch gesehen, wie Josi Hütter am Weihnachtsmarkt etwas in sein buntes Notizbuch geschrieben hatte. Und das gleiche hatte jetzt Raffi Winkler gehabt, was sie an diesen Raum mit seinen Spinds erinnerte.

Enttäuscht überkam sie Zorn. Sie konnte es nicht glauben. Kraftvoll schob sie ihren ganzen Körper nochmals nah ans Kästchen, stellte sich auf die Zehenspitzen und griff weit nach hinten.

Da war etwas, glaubte sie zu spüren. Nein. Es war nur die Wand.

Doch etwas anderes gab es auch.

Sie erreichte es nicht. Weil es eben doch nicht da war? Nur in ihrer Einbildung existierte? Es wäre zu schön gewesen, Beweise endlich in der Hand zu haben. In dieser Dunkelheit.

In einem Wutanfall sprang sie höher, wodurch ihre Finger Neues berührten. Das Notizbuch? War es wirklich das, was sie zu finden erhoffte?

Walli wünschte es sich.

Sie bemühte sich, so dicht wie möglich an der Rampe zu bleiben, und streckte sich. Presste sich mit dem Oberkörper fest dagegen und – da war es. Es war, was sie gesucht hatte: das Notizbuch.

Sie richtete das Licht des Handys darauf, schlug die erste Seite auf und las darin.

Ja, es war jenes von Josi Hütter. Eindeutig.

Sie blätterte bis zu den Terminen: für Dates, zur Überprüfung von Alarmanlagen und für zahlreiche Hausbesuche als Weihnachtsmann.

Sie wiederholte ihre Anstrengung und hoffte, auch den zweiten Teil ihrer Vermutung bestätigt zu wissen. Sie ertastete eine Pistole, die sie gleich darauf wieder zurückschob. Dann lehnte sie sich nochmals ganz weit nach vorne und holte schließlich die gestohlene Rolex samt einer Papierrolle hervor.

Walli sah sich die wertvolle Uhr genauer an und war sich sicher, dass es sich dabei keineswegs um eine Fälschung, sondern um die Originaluhr handelte. Als sie auch noch die Rolle öffnete, war sie mehr als erstaunt: Sie hatte auch das Original von »Stille Nacht« gefunden.

Plötzlich schlug ihr jemand grob auf den Arm.

»Ah!«, stöhnte Walli Winzer laut auf und ließ all ihre Fundstücke augenblicklich fallen.

»Das reicht jetzt!«, hörte sie eine Stimme neben sich.

Der Mann stieß jetzt gegen die Metalltür und klemmte dadurch Wallis Hand ein. Ohne auch nur das Geringste wahrnehmen zu können, spürte sie, wie er ihr den anderen Arm verdrehte. Schmerz durchdrang sie. Brennender.

Handschellen klickten ein, die Walli Winzer ab jetzt bewegungsunfähig machten.

Sie spürte die Qual ihrer verrenkten Schulter. Aber auch das Handgelenk musste sie sich vorhin an der scharfen Kante der Eisentür verletzt haben. Sie hatte es durch den Überraschungsangriff nicht gleich bemerkt. Doch bei jeder ihrer Bewegungen schnitten die Handschellen tiefer in die Wunde ein.

Sie blieb daher still stehen. Wartete, was kommen würde. Wusste jetzt mit Sicherheit, wer nicht nur Dieb, sondern ahnte, wer auch Mörder war. Durch seine Brutalität wurde ihr augenblicklich klar, dass er wohl vor nichts zurückschrecken würde, um sie als lästige Zeugin loszuwerden.

Doch es wurde ruhig. Er war offensichtlich selbst von der Situation überrascht. Was plante er? Nichts mehr war von ihm zu hören.

Walli fühlte, wie ihre Angst wich und sie neue Hoffnung schöpfte. Das konnte doch nicht sein. Nicht mit mir!, motivierte sie sich.

Eben, als Walli sich in der Dunkelheit an der gegenüberliegenden Spindseite vor zum Hauptgang hin bewegte, ging das Deckenlicht an.

Wenig später bog Max Riegler in ihre Gasse ein. Er war jetzt in Zivil gekleidet.

»Ich habe es geahnt, dass Sie es sind.« Walli Winzer gab sich gefasst und blieb stehen. Flucht würde keine gelingen. Dazu war der Gang zu schmal. Sie würde an Riegler nicht vorbeikommen. Musste ihn daher hinhalten. Durch ein Gespräch. Damit er gedankenversunken nicht damit rechnete, dass sie plante, an ihm vorbeizulaufen. Ja, das nahm sie sich so vor. Es war ihre einzige Chance, aus dem Container zu kommen. Sie hoffte nur, dass ihre Beine sie dann so schnell tragen würden.

»Warum mussten Sie Ihre Nase auch in die Angelegenheit stecken? Niemandem hätte meine Aktion geschadet. Im Gegenteil: ›Stille Nacht‹ ist so hoch versichert, dass sich der Ambrecht mindestens zwei Gemälde von Salvador Dali dafür kaufen könnte. Er hätte also nicht einen Euro seiner Ausgaben verloren, auch die Rolex vom Winkler war hoch versichert. Macht ja heute jeder und jede mit allem so. Also, wen kratzt ein Diebstahl mehr oder weniger, wenn die meisten *ehrenwerten* Bürger durch mittlerweile gängige Machenschaften gewerbsmäßig betrügen. Öffentliches Geld zu Unrecht absahnen. Früher haben so etwas nur die ganz Großen in derart unverschämter Weise riskiert. Nach Corona und dem Wirtschaftseinbruch wegen der Maßnahmen gegen Russland praktizieren das auch immer mehr Mittlere und Kleine.«

Walli sah, wie Max Riegler durch sein Gelabere plötzlich ernst wurde. Sie ließ ihn weiterreden und suchte immer wieder nach einer Chance, an ihm vorbeizukommen. Die erstbeste würde sie sofort nutzen. Komme, was da wolle.

»Schön und gut. Aber Sie haben hier im Spind ein richtiges Raubgutlager angelegt. Irgendwann wäre Ihnen jemand daraufgekommen.«

»Ach, wissen Sie, jeder und jede ist froh, wenn sie schnell wieder draußen ist. Keiner von uns will sich hier im Sägewerk länger als notwendig aufhalten. Da ist es anderswo schon gemütlicher. Sie verstehen? Wer sollte also in meinem Spind nachsehen. Das Versteck ist das sicherste, weil unauffälligste, das man sich vorstellen kann.« Er hielt inne. »Bis auf Sie! Wie sind Sie eigentlich darauf gekommen?«

Walli Winzer belastete, während sie nach einer geeigneten Antwort suchte, jetzt das andere Bein. Die Muskeln würden so lockerer bleiben, um gleich weglaufen zu können.

»Ich beobachtete Josi Hütter mehrmals mit seinem auffälligen Notizbuch. Dann sah ich vor einer Stunde, wie Raffi Winkler ein sehr ähnliches aus seiner Hosentasche zog. Er schrieb dann aber in ein anderes hinein. An seinem Handgelenk trug er mittlerweile eine neue Uhr. Ich erinnerte mich plötzlich an Ihre ebenso auffällige Prestigeuhr sowie an den BMW draußen vor dem Werk und fragte mich, ob man sich das alles mit dem normalen Securitygehalt in einem Sägewerk leisten konnte. Dem Gedanken wollte ich nachgehen.«

»Nicht schlecht, Frau Winzer. Sie sind wohl in allem gut, was Sie machen. Pech für Sie, muss ich sagen.«

Wallis Unbehagen wuchs. Sie versuchte, sich weiter mit ihm zu unterhalten, abzulenken. »Ich dachte zuerst, dass Sie mit dem Raffi Winkler gemeinsame Sache machen.«

Obwohl Max Riegler die am Boden liegenden Wertgegenstände aufhob, ließ er sein Gegenüber nicht aus den Augen. »Der? Glauben Sie, ich mache mit diesem Bobo, der auf alternativ macht und nur zum Spaß arbeitet und sich sonst vom Geld seiner Familie alles andere leistet, gemeinsame Geschäfte? Sehe ich so aus? Da gibt es auch bei mir einen gewissen Stolz. Aber Sie müssen doch erkennen, dass der Winkler mit seinem Karpfenschlachten mindestens genauso viel kriminelle Energie besitzt wie ich. Deshalb unterstützt er auch ein Wirtschaftssystem, das ich in dieser Form ablehne. Im Klartext: Wir einfachen Leute verdienen das Geld, das wie ein Füllhorn über andere geschüttet wird, damit die noch mehr Luxus anhäufen können. Ich will mir aber auch etwas leisten. Und wenn das anders nicht geht, hole ich es mir eben.«

»Jetzt machen Sie aber einen Punkt. Sie könnten doch leicht von Ihrem Gehalt leben.«

»Aber wie? Nichts könnte ich mir leisten. Nicht das Geringste! Es würde bloß den täglichen Bedarf decken. Und das sehe ich nicht ein. Dass alle anderen belügen und betrügen dürfen und trotz ihrer Millionendelikte durch windige Anwälte und mafiose Methoden freigesprochen werden. Die verdienen sich auf unser aller Kosten weiterhin goldene Nasen und noch mehr, und ich kann mir nicht einmal mehr das Einfachste leisten. Warum dann also nicht gleich nach den Sternen greifen? Luxus und Glanz anstreben, dachte ich mir. Erfahrung und Können habe ich ja. Bloß – sind Sie sind mir auf die Schliche gekommen!«

Walli Winzer kniff die Augen zusammen und setzte sich auf die Bankreihe zwischen den Spindwänden. Sie kannte die Sehnsucht der meisten Menschen nach Glanz und Reichtum. Sogar Klatschmagazine finanzierten sich durch Einblicke in die Welt der Reichen und Schönen. Auch wenn das meiste Abgedruckte erlogen war. Doch wegen der Sorgen und Probleme, die ihnen darin vorgegaukelt wurden, waren sie letztlich froh, besser *nicht* reich zu sein. Auch Walli wollte über das Normalmaß hinaus mehr. Hatte es tatsächlich auch geschafft. War aber, mit wenigen Ausnahmen, auf der sicheren Seite geblieben. Sie spürte Verständnis für Riegler. Irgendwie. Was aber einen Mord keinesfalls rechtfertigte.

»Warum Josi Hütter?«, fragte sie schließlich mit Grabesstimme.

Riegler hatte inzwischen das Raubgut in den Spind zurückgelegt und setzte sich wenige Meter von ihr entfernt nieder. Er behielt sie weiter im Blick.

»Wir tickten ähnlich: die Liebe zu allem Schönen, Luxus, Reichtum. Josi hatte auch noch das Glück, gut auszusehen, was ich von mir ja nicht sagen kann … Nein! Sagen Sie jetzt nichts dazu«, unterbrach Riegler sich selbst, als er Wallis Bereitschaft für einen Einwand erahnte.

»Ich brauchte also Geld, um mir die eine oder die andere Aufmerksamkeit zu erkaufen. Josi und ich drehten gemeinsam Versicherungstricks. Wir verkauften unsere sichergestellten Waren anonym im Internet. Nur gerade so viel davon, dass niemand darauf aufmerksam wurde. Unseren guten Lebensstil täuschten wir durch Wartungsarbeiten an Alarmsystemen vor. Denn niemand bringt Securitys mit Kriminellem in Zusammenhang. Wir kannten die Gewohnheiten, und während der Urlaubszeit schlugen wir zu.«

»Aber was passierte dann?«

»Josi wurde habgierig. Er erpresste mich, nachdem er herausfand, dass ich in meiner Jugend für einen blöden Diebstahl verurteilt worden war. Eine Nichtigkeit nach heutigem Ermessen. Es ist außerdem ewig her! Doch er kam dahinter, obwohl es nach zehn Jahren aus dem Strafregister getilgt sein sollte, was es offenbar nicht ist. Er erpresste mich damit. Ich musste ihm jeden Monat

600 Euro Schweigegeld zahlen. Dadurch hielt er mich nicht nur für unsere Deals an der Kandare, sondern hatte mich einfach voll in der Hand. Er wusste, dass ich mit fast 50 Jahren anderswo keinen Job mehr finden würde. Als Security sowieso nicht. Ein Mitarbeiter des Arbeitsmarktservices erzählte mir vor wenigen Jahren, dass es bereits für Fachpersonal ab 40 in Österreich keine adäquaten Berufe mehr gab. Die Personalbüros lehnten nach Geburtsdatum ab. Schluss. Aus. Nichts geht mehr. Obwohl man willig und gesund ist! Das muss sich einer einmal vorstellen.«

Er lachte verzweifelt. Walli schwieg.

»Josi wurde habgierig. Er wollte von mir immer mehr. Ich durfte meinen Beruf nicht verlieren. Das wäre mein Ruin gewesen. Als er dann 1.000 Euro pro Monat von mir verlangte, sah ich nur einen Ausweg. Ich war so zornig und kopflos, dass ich kurzerhand die Motorsäge von zu Hause mitnahm, ihn hierher bestellte und seine dumme Visage ein für alle Mal ausradierte.«

Walli gewann den Eindruck, dass sich Max Riegler mittlerweile in eine gefährliche Rage geredet hatte. Sie spürte die Dynamik, die sich wieder bedrohlich zwischen ihnen aufzubauen begann.

Die Situation war brandgefährlich, das wusste Riegler. Er war hier nicht in einer psychotherapeutischen Plauderstunde, sondern vor ihm saß die einzige Zeugin seiner Verbrechen. Welche er ihr jetzt sogar gestanden hatte.

Doch das war ihm nun egal. Denn gleich würde er seinen Schalldämpfer vor die Pistole schrauben und sie erschießen. Dann durch den Notausgang in den Lagerbereich schleifen und in eine Plane einwickeln. Öffentlich demütigen wollte er sie aber nicht, so wie den Josi Hütter, dessen leblose Visage er auf dem Holzstoß draußen im Freien drapiert hatte. Denn irgendwie, so hatte er das Gefühl, verstand sie, was ihn antrieb. Und ihr Tod würde nur eine weitere Notmaßnahme in seinem verkorksten Leben sein.

Walli Winzer wurde der Ernst der Lage deutlich bewusst. Sie stand auf, kniff vor Schmerz wegen der einschneidenden Handschellen die Lippen aufeinander und rannte im selben Moment den Gang nach vorne. Sie warf sich mit der Schulter gegen den Lichtschalter unterhalb des Notlichts, und es wurde augenblicklich dunkel. Ihr genauer Blick zuvor verhalf ihr, in eine der Reihen abzubiegen. Riegler würde zum Schalter laufen und sich danach auf sie stürzen. Aber ohne Waffe. Sie zu holen, dazu hätte er keine Zeit mehr.

Sie setzte sich auf die Holzbank und erwartete ihn. In Gedanken rief sie ihr Jiu-Jitsu-Wissen von einst ab und stellte sich die Situation vor, in die sie gleich geraten würde. Sie wollte vorbereitet sein, ihr Gegenüber mit dem Knie fest in einen bestimmten Körperbereich zu treffen. Danach wäre er kurz außer Gefecht gesetzt, und sie könnte zum Ausgang laufen.

Das Licht ging an. Er näherte sich ihr. Doch bevor er wenige Meter vor ihr stand, sprang ein dunkler Pfeil an ihm hoch und Riegler begann vor Schmerzen laut aufzuschreien. Walli wusste nicht, was sich eben abgespielt hatte. Sie konnte weiter nichts erkennen, nur, dass er mit beiden Armen wild nach hinten schlug. Offenbar erfolglos.

Er warf die Ellbogen zurück und wollte seinen Peiniger abschütteln. Was ihm auch gelang. Kater Filou stürzte zu Boden.

Walli erkannte ihn und war nun mehr um ihn besorgt als um sich. Sie stürmte los und trommelte auf Riegler wie von Sinnen ein, damit er dem benommenen Kater keinesfalls nahekam. Der versuchte sie zu packen. Inzwischen war Filou wieder voll bei der Sache und nahm das Gesicht des Täters augenblicklich ins Visier.

Nochmals dröhnte dessen höllisches Geschrei.

Als Walli zu ihrer geplanten Abwehr Rieglers ansetzen wollte, hörte sie Sepp Grubingers erlösende Stimme: »Riegler, bleiben Sie, wo Sie sind, und Hände hoch! Sie sind verhaftet.«

Sie drehte sich um und sah den Dorfpolizisten mit gezückter Pistole. Im selben Moment umringten mehrere Polizisten den Kampfplatz. Filou saß inzwischen verschreckt, aber unverletzt auf der Sitzbank.

Walli Winzer sagte kein Wort. Langsam ging sie auf ihren Kater zu, kniete sich vor ihn nieder und legte ihren Kopf dankbar auf seinen.

24. KAPITEL

Wie konnte sie nur je glauben, dass es einen Ort gäbe, und sei er noch so abgelegen, an dem sie würde abschalten können! Wie sollte das auch hier, in Großlichten, gehen, fragte sich Walli, während sie das letzte Weihnachtsgeschenk verpackte. Sie besaß den Reiterhof und wurde von Lena zu Gemeinschaftsaktivitäten vergattert. Na ja, schließlich war's ja meist für eine gute Sache. Doch übertreiben wollte sie damit auch nicht.

Was Walli Winzer vermisste, war Ruhe! War das so schwer zu kapieren? Dieser Appell verhallte offenbar von allen ungehört in jede Windrichtung.

Gut. Für das neue Jahr nahm sie sich den Grundsatz vor, nicht mehr überall ihre Augen und Ohren offen zu halten. Permanent kam sie dadurch in Teufels Küche.

»Nicht wahr, Filou?«, sagte sie in seine Richtung und war immer noch dankbar, dass er sich frech in den Umkleidetraum des Werks an ihr vorbeigeschummelt hatte.

Der Kater lag nun entspannt auf der Decke am Sofa. Walli hatte ihm aus Dankbarkeit für seinen mutigen Einsatz vorhin eine Extraportion Rindfleisch vorgesetzt – seine Leibspeise. Müde von den Strapazen und vom Fressen öffnete Filou auf Wallis Frage hin bloß ein Auge und stellte beruhigt fest, dass alles in Ordnung war. Dann döste er weiter. Für heute würde mit ihm nicht mehr viel anzufangen sein, erkannte auch Frauchen.

Da es bereits später Nachmittag war und bei den Breiteneckers bald Bescherung sein würde, musste sie sich beeilen. Denn das Einpacken ging dank des dicken Verbands über der zerschnittenen und genähten rechten Hand nicht so einfach wie sonst.

Walli Winzer schlichtete das letzte Weihnachtsgeschenk in die vorbereitete Tragetasche ein, als das Telefon läutete.

»Ja, Herr Polizeipräsident, was gibt's denn noch? Ich hab jetzt wirklich wenig Zeit. Aber warten Sie, ich stelle mein Handy laut.« Walli drückte einen Knopf und begab sich ins Schlafzimmer, wo sie im Schrank nach geeigneter Festtagsrobe suchte.

Sepp Grubinger wollte bloß wissen, ob es ihr gut ging, und bedankte sich für ihren Einsatz. Das waren ja ganz neue Töne, bemerkte Walli. Im Gesprächsverlauf erfuhr sie, dass Oberst Weichselbaumer ihn belobigte und seine Ehefrau Resi ihn geschickt hatte, sich für ihre Mithilfe zu bedanken, was er von sich aus wohl sonst kaum gemacht hätte, obwohl sie ihm die Lösung mit Riegler und der Spindhalle auf die Mailbox gesprochen hatte. Walli war daher überrascht und erfreut zugleich. Sie nutzte die Gelegenheit, ihn gleich nach einigen Unklarheiten zu fragen.

»Sagen Sie, Grubinger, die Motorsäge, haben Sie die auch irgendwo gefunden?«

»Ja, die haben wir beim Riegler gefunden. Der war sich so sicher, dass keiner bei ihm, weil er Security war, vorbeischauen würde, dass er sie in seinem Gerätehaus hat stehen lassen.«

»Krass. Das nenne ich Gottvertrauen, was ihm aber, wie man's nimmt, nix genützt hat.«

»Aber sonst hätten wir ihn trotzdem als Mörder erwischt. Das Diebesgut im Spind war in der Gesamtheit belastend. Auch wenn er vor ihnen nicht alles gestanden hätte. Aber wie sind Sie auf ihn gekommen?«

»Das bunte Notizbuch war's. Der Raffi Winkler hat so eines eingesteckt gehabt. Das erinnerte mich an Josi und dass ich so eines auch beim Riegler gesehen hatte. Die Gewohnheit meines Vaters führte mich dann zu den Spinds der Arbeiter. Dass er zufälligerweise kommen würde, damit hatte ich ehrlich gesagt am Vormittag des 24. Dezembers nicht gerechnet.«

»Ihm war es offenbar zu unsicher geworden, alles über die Feiertage dort liegen zu lassen. Deshalb wollte er die kostbaren Stücke mit nach Hause nehmen.«

»Sagen Sie, und der Raffi …?«

»Der ist wohl schon wieder in Wien. All die Jahre über hat er geglaubt, dass er der Vater vom Dennis sein könnte. Genau wollte er es aber nicht wissen. Sonst hätte er ja Alimente zahlen müssen.«

»Männer. Man fragt sich schon bei manchen, was sich die Natur dabei gedacht hat. Sollen S' doch dankbar sein, wenn eine Frau ein Kind von ihnen auf die Welt bringt.«

Sepp Grubinger wusste offenbar nicht, was er darauf antworten sollte, daher schwieg er, was Walli Winzer zum Anlass nahm, das Telefonat zu verkürzen. »Also, dann Ihnen mit der Resi und der Familie frohe Weihnachten!«

Walli stellte das Handy ab und entschied sich für einen Hosenanzug. Er war elegant und in Schwarz-Weiß mit klein strukturiertem Muster gehalten, was ihm besonderen Chic gab.

Dass bei den Breiteneckers alle wohl im besseren Schafwollpullover bei Tisch sitzen würden, war ihr egal. Sie hatte ihren Stil und die anderen eben den ihren. So einfach war das. Niemand würde mehr ein Wort darüber verlieren.

Beim Schmuck wählte sie eine zum Hosenanzug passende Brosche. Sie war von einer Künstlerin entworfen worden, die sie in einer Wiener Galerie persönlich kennen- und schätzen gelernt hatte. Auch Romy und Julia waren damals dabei gewesen.

Als würde Walli Winzer über telepathische Kräfte verfügen, klingelte zu ihrem Unbehagen erneut das Telefon und Romy war daran.

»Walli, wir haben gehört, was passiert ist, und sind geschockt. Ich hoffe, es geht dir wieder gut …«

Walli Winzer erzählte die Kurzversion und betonte, dass Dennis Pichler unschuldig sei. Auch an ihrem Schlag auf den Kopf. Max Riegler wollte jeden Verdacht von sich lenken und hatte Dennis angeschwärzt. Seine Schneespuren zum Auto hatte er mit einem Fichtenzweig verwischt, weshalb dann nur jene von Dennis übrig geblieben waren.

»Ich hatte ihn verdächtigt, weil er meine Schneeschuhe in der Hand hielt. Durch den Sturz waren sie abgegangen. In meinem Haus hielt er sich dann versteckt und ist später durchs offene Fenster getürmt.«

»Eine Mörderg'schicht. Aber jetzt ist Heiliger Abend und Schluss mit so etwas. Wir freuen uns ja schon darauf und haben alles vorbereitet. Jetzt warten wir nur noch, dass es finster wird. Dann läutet für all unsere Kleinen das Christkind.«

»Was? Zu euch kommt das Christkind? Da bin ich aber überrascht. Du hast doch nie etwas dafür übrig gehabt. Und jetzt?«

»Du, die Hektik mit einer Weihnachtsparty war uns heuer einfach zu viel. Außerdem gibt es derzeit so viele *alte, bornierte, weiße Männer*, um diesen gängigen Spruch zu strapazieren, die die Welt in Atem halten, dass ich zu Weihnachten auch auf jenen, der ursprünglich der Coca-Cola-Werbung entsprungen ist, verzichten möchte. Mir reicht der Trubel meiner süßen Dreierbande an Kiddys. Da bin ich mittlerweile sowieso streichfähig. Bei uns gibt es sowieso erstrangig das Fest der Liebe, und das soll immer so sein.«

Walli sah versonnen vor sich hin und verstand. »Alles klar. Stimmungsvolle Weihnachten wünsche ich euch. Dieses Jahr besonders mit eurer kleinen Vita.«

»Ja, ich freue mich schon auf ihre großen Äuglein, wenn sie die brennenden Kerzen am Baum sieht. Walli, ich getraue es mich gar nicht auszusprechen, aber ich bin einfach nur glücklich, und das verdanke ich dir!«

Walli Winzer antwortete nicht. Wusste sie doch, dass Romy auf einen gemeinsam gelösten Fall anspielte, den sie beinahe nicht überlebt hätte und der doch der Anfang zu ihrem neuen Leben war. »Alles ist gut, meine Liebe. Ich umarme dich!«

Franz Pichler saß in seinem Haus, hatte ein Viertel Weißwein vor sich stehen und las in der Zeitung. Politnachrichten blieben heute aus, dafür war alles voller Geschichten rund um das Thema Heiliger Abend. Der fand für ihn heuer erstmals allein statt.

Er klappte die Zeitung zu und stützte seinen Kopf auf dem Tisch ab.

Ja, recht geschah ihm, klagte er sich selbst an. Jetzt wusste er zwar durch den DNA-Abgleich, dass Dennis auch sein biologischer Sohn war, aber der wollte nichts mehr von ihm wissen. So, wie er die Jahre zuvor nichts wissen wollte.

Das Unvermögen, das er stets an Dennis bemängelte, war nichts anderes als sein eigenes. Das erkannte er jetzt. Darum hatte er ihn auch immer und überall runtergemacht. Nur, um von sich selbst abzulenken. Aus seinem eigenen Minderwertigkeitsgefühl heraus hatte er immer nur das Negative in dem Buben gesehen.

Pichler seufzte.

Wenn er alles nur wieder rückgängig machen könnte, was er dem Dennis über die vielen Jahre hinweg angetan hatte. Auch seiner Frau, der Gertrud. Was hätten sie für ein schönes Leben miteinander führen können. Wenn er ihr geglaubt, es früher gewusst hätte. Daher nicht mehr eifersüchtig gewesen wäre.

Er stellte jetzt fest, dass das Ergebnis des DNA-Tests für ihn überhaupt keine Bedeutung mehr besaß. Vielleicht nie wirklich eine gehabt hatte. Alles nur eine Ausrede gewesen war. Dass er immer nur die Geringschätzung der Umgebung, seiner geringen Herkunft wegen, an seine Familie weitergab. Sich abgewertet fühlte. Von denen. Wo sie nur mit ihren EU-Förderungen so protzten. Sonst nicht g'scheiter waren als er. Seine Waldstücke und Felder aber zu klein waren. Er daher kaum Förderungen dafür erhielt. Die anderen sich deswegen über ihn lustig machten. Im Wirtshaus. Im Sägewerk. Weil er nicht verkaufte. An sie.

Aber all das war ihm plötzlich egal geworden.

Härter traf es ihn, dass Dennis nicht mehr da war. Nicht mehr da sein *wollte*. Bei ihm. Im Zorn hatte er gesagt, dass er ihn nie wieder sehen möchte. Fort nach Wien ginge.

Der Abteilungsleiter eines Möbelhauses, an den er schon viele Jahre die Christbäume lieferte, hat ihm das Angebot gemacht, als Küchenplaner zu arbeiten. Die Zusatzausbildung würde er locker schaffen, hatte er gemeint. Dennis sagte ihm, dass er den Job annehmen werde. Er würde für sein Kind künftig etwas darstellen und es gut versorgen wollen.

Franz Pichler starrte ausdruckslos vor sich hin. Doch es war Heiliger Abend. Deshalb stand er schließlich auf.

Er nahm die Zündholzschachtel aus der Lade und entfachte ein Streichholz. Kurz darauf leuchteten alle Kerzen am Christbaum. Daraufhin knipste er das Licht aus, nahm sich einen der Stühle und setzte sich davor. In der Dunkelheit, nur von Kerzenlicht erhellt, durchlebte er in Gedanken seine Kindheit, den Heiligen Abend als frisch Vermählter und kurz darauf die Zeit mit Dennis.

Trotz der Freude, die ihn überkam, blieb sein Herz schwer. Er sackte in sich zusammen und schloss die Augen.

Wie sehr bereute er sein Handeln. Sein Unvermögen. Wie gerne würde er alles rückgängig machen. Kein Geschenk der Welt würde er haben wollen. Nur seine Familie wünschte er sich zurück. Dass sie ihm die erbrachte Schmach verzieh, die er ihr zugefügt hatte. Dass er Dennis das auch noch sagen könnte. Aber der war weg. Hatte vorhin alles, was ihm gehörte, im Anhänger mitgenommen.

Leere und Trauer überkamen ihn. Er spürte seine Einsamkeit. Seinen Schmerz.

Plötzlich ließ ihn Tumult im Haus hochschrecken. Er fühlte Angst. War allein. Ein Einbrecher? Am Heiligen Abend?

Franz Pichler stand nicht auf. Er machte sich auch nicht auf den Weg, seine Waffe aus dem Schrank zu holen oder wenigstens ein Messer zu suchen. Nein. Wie es kommen würde, so sollte es kommen. Es war sein Schicksal, in dessen Hände er sich jetzt begab. Er hatte sein Leben und das der liebsten Menschen vergiftet. Auch wenn er das nicht gewollt hatte. Ihn würde vielleicht jetzt das Schlimmste erwarten. Er würde es annehmen. Am heutigen Tag. In Reue.

Die Tür ging auf. Es war Dennis. »Hallo, Vater. Ich bin's noch einmal. I hab was vergessen. Das hol ich mir noch aus der Werkstatt.«

Franz Pichler bewegte sich nicht, sondern verharrte in seiner Position. Er starrte mit weit geöffneten Augen auf den Lichterbaum.

Dennis wurde es unheimlich. »Vater, geht es dir nicht gut? Soll ich einen Arzt holen?« Sein Tonfall wurde aus der Unsicherheit heraus weicher. So hatte er ihn noch nie erlebt. Er stellte sich zum alten Pichler und nahm ihn vorne bei den Schultern, um ihn genauer zu betrachten. »Vater, was ist mit dir?«

In diesem Moment hob Franz Pichler den Kopf, und Tränen liefen ihm über die Wangen. Er umarmte seinen Sohn, sank mit ihm gemeinsam auf den Boden und weinte bitterlich. Dennis atmete schwer und ließ es mit sich geschehen. Er legte die Wange an die seines Vaters, und beider Tränen verschmolzen miteinander.

»Sohn, es tut mir so leid, was war. Es hat alles nur mit mir zu tun g'habt, nix mit dir und der Mama.« Dennis antwortete nicht darauf. Sein Schluchzen wurde aber heftiger. Pichler drückte ihn daraufhin fester an sich. Nach einer Weile löste sich Dennis vom Vater und setzte sich neben ihn. Er wischte sich mit dem Ärmel die Tränen aus dem Gesicht und sah jetzt ruhig auf den hellen Baum.

»Weißt, Vater, i hab jetzt auch das Liebste, was i hab, verloren. Meine kleine Familie. I hab's g'macht wie du. Wollt aber alles wiedergutmachen und bin zur Babsi. Aber die will nix mehr von mir wissen. Sie hat mich gar nicht mehr ins Haus g'lassen. Sie will nicht mit einem sein, der ihr nicht vertraut und hinter ihrem Rücken noch den DNA-Test hat machen lassen. Dabei wär es mir fast egal gewesen, wenn sie mir g'sagt hätte, dass es vom Hütter is, aber sie will eben *mich!* Das wollte ich von ihr hören. Und das am besten vor dem Scheißer. I wär auch selig gewesen, wenn sie das vor dem ganzen dämlichen Dorf am Weihnachtsmarkt g'sagt hätt.«

»Aber es ist doch *deines!* Was redst denn daher, Bua!«

»Ja eben, ich Esel. Das kann i ma a net verzeihen.« Er kauerte am Boden, lehnte sich an die Beine seines Vaters und sah auf die Lichter des Christbaums.

»Was machst denn jetzt?«, fragte Pichler wenig später.

»Ich weiß es nicht«, sagte er und ließ den Kopf hängen. »I tät alles, was sie will.«

Wieder kam ein Geräusch aus dem Vorraum. Dennis sprang neugierig auf, und bevor er bei der Tür war, hatte Babsi diese trotz Baby im Arm bereits geöffnet.

»Babsi«, stammelte Dennis glückselig.

Als sie den beleuchteten Christbaum sah, drückte sie nicht den Lichtschalter, sondern beließ es bei der Dunkelheit. Sie legte Dennis die Kleine wortlos in den Arm.

»I war vorher a bissl streng mit dir. Aber was i g'sagt hab, das mein i a so. Aber jetzt net zu Weihnachten.«

»Babsi.« Dennis sah sie liebevoll an. »I hab di und die Klane doch so gern!« Ihm war wichtig, ihr das zu sagen. Er küsste das Baby und legte später seine Tochter ihrem Großvater in den Schoß, der sie vorsichtig an sich drückte. Dann stellte sich Dennis neben Babsi.

Nachdem Ruhe eingekehrt war und jeder auf seinem Platz war, stimmte Franz Pichler ganz leise »Stille Nacht« an und sah dabei auf sein Enkelkind. Es war sein Christkindl. Ein Mädchen. Das ihm die Familie zumindest einmal für heute zusammengeführt hatte.

Als Walli Winzer bei den Breiteneckers ankam, waren die Vorbereitungen noch voll im Gange. Alle liefen kreuz und quer durchs Haus. Weihnachtspopmusik dröhnte aus der Konserve. All diese Songs kannte Walli nicht. Egal. Die Stimmung war eindeutig gut, und nur das zählte für sie.

Nach der Begrüßung holte sie die Geschenke aus dem Vorzimmer und legte diese unter den geschmackvoll geschmückten Bauernchristbaum. Obwohl die Breiteneckers gesagt hatten, dass jeder nur ein Päckchen verschenken sollte, lagen da ganz schön viele, bemerkte Walli schmunzelnd. Aber so war es eben. Nichts in Stein gemeißelt. Und das fand sie gut so.

Danach bewunderte sie den Baum, an dem nun auch Lena mit einer Art Kuchen vorbeikam.

»Du kannst ein Stück davon haben, wenn du willst«, bot sie der Freundin an. »Das ist ein original Kletzenbrot von der Mizzi. Mit Dörrzwetschken, getrockneten Birnen, also den Kletzen, Feigen, Rosinen und Nüssen.

Willst kosten? Denn mit dem Abendessen wird es noch ein bisserl dauern.«

Walli bejahte, und Lukas, der Sohn des Hauses, drückte ihr zusätzlich ein Glas Orangenpunsch in die Hand. Einmal links, einmal rechts genoss Walli ihre Snacks und stellte sich in die Küchentür.

Hans Breitenecker war dabei, die Karpfen auszunehmen und zu filetieren. Walli sah das und drehte postwendend um, da ihr sonst die Magensäfte hochgekommen wären. Sie hörte Hans noch aus der Ferne darüber lachen.

Inzwischen waren auch Lisa und Clemens, die beiden Turteltäubchen, mit dem Einpacken der letzten Geschenke fertig geworden und legten sie zu den anderen. Lisa, die Walli entdeckt hatte, fiel ihr zur Begrüßung um den Hals, schnappte sich ungefragt deren Kletzenbrot und warf sich mit ihrem Freund auf das Sofa. Die Popsongs von zuvor wichen nun Weihnachtsmusik, die selbst Walli kannte.

Irgendwie wollte sie sich auch nützlich machen. Doch bei ihrem zweiten Anlauf in der Küche störte sie Lena bei der Vorbereitung der kalten Vorspeisenplatte. Da waren nicht nur diverse Käsesorten aus eigener Erzeugung zu sehen, sondern geräucherte Fischsorten, Mousse, Streichkäse, Liptauer, mediterrane Antipasti sowie eingelegtes Gemüse, das Lena vom Weihnachtsbasar in der Pfarre mitgenommen hatte.

»Walli, wenn du helfen möchtest, bitte nimm den Brotkorb und bring ihn zum Tisch.«

Dieser befand sich neben dem Weihnachtsbaum und war prächtig gedeckt. Was die in Weiß gehaltene Festtafel allerdings ausmachte, war der schlichte Schmuck in

Form von einfachen Tannenzweigen, die auf jedem Vorspeisenteller lagen. Die Mitte zierte ein silberner Leuchter mit dunkelgrünen Kerzen. Die Gläserauswahl war ebenso stilvoll getroffen.

Lena freute sich, als sie Wallis Zufriedenheit sah, gleichzeitig merkte sie an: »Bin ich froh, dass das alles gut ausgegangen ist, mit dir und dem Riegler.«

»Wie du siehst, bin ich mit einigen Schrammen davongekommen.« Sie hob ihre bandagierte Hand, war aber bereits durch den Punsch, den sie intus hatte, wieder gut bei Laune. Heute wollte sie an nichts anderes mehr denken, sondern sich nur des schönen Augenblicks erfreuen, aus dem sie sogleich wieder gerissen wurde. »Hey, gib mir das Handy! Ich möchte jetzt die nächsten Songs auswählen«, luchste Lukas seiner Schwester das Mobiltelefon ab.

Lena beachtete ihre Kinder nicht, sondern machte sich für die letzten Vorbereitungen erneut auf den Weg in die Küche, während Clemens unaufgefordert Walli ein neues Glas Punsch brachte.

Da es im Wohnzimmer der Breiteneckers bereits ziemlich warm geworden war, öffnete Walli die Terrassentür und ging mit ihrem dampfenden Getränk hinaus. Sie lehnte sich an die Hausmauer und blickte entspannt in die klare Sternennacht. In der Ferne sah sie Licht in den Fenstern der Häuser. Überall hatten sich Menschen versammelt und versuchten, an diesem besonderen Abend im Jahr allen Zwist und Streiterei zu vergessen. Vertrugen sich. Zumindest eine Zeit lang. Und das alles wegen eines kleinen Kindes, das es wahrscheinlich so nie gegeben hat.

Walli nahm einen Schluck Orangenpunsch und sah wieder hoch.

Sie zählte die Sterne in ähnlicher Größe, die anderen vorgelagert waren. Je länger sie hinaufschaute, desto mehr wurden es.

Walli wusste nicht, ob es mittlerweile die Auswirkung des Punsches war, der sie bereits eindeutig benebelte, oder doch ihre Wahrnehmung der Unendlichkeit des Universums.

Plötzlich bewegte sich am Himmel etwas. Zog einen glänzenden Schweif hinter sich her.

Sie bemühte sich, genauer hinzusehen. Das Licht wurde immer heller. Seine Form war wie die einer Wolke. Augenblicklich fühlte sie, wie ihr leichter wurde. Dieses besondere Licht sie alle Anstrengungen der letzten Tage vergessen ließ. Ihre Seele durchdrang. Ihr Herz erfüllte.

»Stille Nacht, heilige Nacht« mit original Gitarrenbegleitung und Gesang ertönte von der Breitenecker-Jugend aus dem Haus.

Wie harmonisch und schlicht es doch klang. Ein unvergleichliches Lied.

Walli schloss die Augen und hörte zu: Gleich war Heiliger Abend.

PR-Agentin Walli Winzer ermittelt:

1. Fall: Waldviertelmorde
ISBN 978-3-8392-2273-7

2. Fall: Killerkarpfen
ISBN 978-3-8392-2411-3

3. Fall: Waldviertelfluch
ISBN 978-3-8392-2601-8

4. Fall: Waldviertelblut
ISBN 978-3-8392-2865-4

5. Fall: Waldviertelrache
ISBN 978-3-8392-0207-4

Stille Nacht, keiner wacht
ISBN 978-3-8392-0304-0